与冠军为邻的猫

鲁迅文学院研修随笔

吉建芳　著

北京日报出版社

图书在版编目（CIP）数据

与冠军为邻的猫：鲁迅文学院研修随笔 / 吉建芳著
. —北京：北京日报出版社，2022.10
ISBN 978-7-5477-4395-9

Ⅰ.①与…　Ⅱ.①吉…　Ⅲ.①散文集—中国—当代
Ⅳ.①I267

中国版本图书馆CIP数据核字（2022）第173541号

与冠军为邻的猫：鲁迅文学院研修随笔

出版发行：北京日报出版社

地　　址：北京市东城区东单三条 8-16 号东方广场东配楼四层

邮　　编：100005

电　　话：发行部：（010）65255876

　　　　　　总编室：（010）65252135

印　　刷：北京军迪印刷有限责任公司

经　　销：各地新华书店

版　　次：2022 年 10 月第 1 版

　　　　　　2022 年 10 月第 1 次印刷

开　　本：710 毫米 ×1000 毫米　1/16

印　　张：16

字　　数：230 千字

定　　价：79.80 元

　　鲁迅文学院被称为中国作家的"黄埔军校"。幸甚之至，2017年，我成为鲁迅文学院第三十三届中青年作家高研班的学员，进行了为期四个月的学习，那是人生旅途中一段永生难忘的记忆。

　　进入鲁院学习之前，我是一个媒体工作者，文学仅仅是我的业余爱好之一；离开鲁院之后，或者说离开鲁院相当长的时间里，文学仍然只会是我的业余爱好之一，并不能成为我生命的全部或者唯一。但是，从此我对"文学"二字多了一份更深层次的理解和更多的牵挂。

　　进入鲁院之前，对文学有过太多期待吗？虚空的或者现实的，都很难说清楚。但进入鲁院之后，收获的全是意外和惊喜，半军事化的管理模式、众星捧月的校园氛围、非纯文学的授课内容……在我的眼前打开了一扇大大的窗户。窗外是一个无比广阔的美丽新世界，窗内是单薄羸弱的我。

　　在鲁院学习期间，我有幸聆听了中央党校文史部原主任周熙明、国防大学教授徐焰、中共中央文献研究室副主任陈晋、中国国际问题研究院常务副院长阮宗泽、中央党校政法教研部副主任刘学军、全国政协常委陈锡文讲授的国情时政；聆听了清华大学人文学院教授吴国盛、鲁迅文学院原副院长王彬、中国社会科学院世界宗教研究所所长卓新平、北京大学中文系教授戴锦华、中国社会科学院文学所研究员叶舒宪、中国艺术研究院研究员欧建平、北京师范大学心理学部部长刘嘉、北京大学音乐系教授毕明辉、中国国家话剧院常务副院长王晓鹰讲授的大文化；聆听了著名作家王蒙、中国作协副主席何建明、中国作协书记处书记吴义勤、著名作家梁衡、中国作协副主席阎晶明、鲁迅文学院常务副院长邱华栋、鲁迅文学院教研部主任郭艳、北京大学中文系主任陈晓明、《美文》杂志副主编穆涛、《诗刊》杂志副主编李少君、首都师范大学教授刘文飞、西悉尼大学人文交流艺术学院交流与写作课讲师瑞秋·莫莉、西悉尼大学写作与社会调研中心主任安东尼·乌尔曼、中国社科院外文所所长陈众议、中国作协副主席白庚胜、中国作协办公厅主任李一鸣、中国社科院文学所所长刘跃进、著名作家刘庆邦、《人民文学》杂志主编施战军、海军政治部创作室主任朱秀海、海军政治部创作室原主任黄传会、北京师范大学文学院副院长张清华讲授的文学；还聆听了李洱和梁鸿、宁肯和徐则臣、周晓枫和汪惠仁等文学大咖之间进行的文学对话，参加了各种形式的文学沙龙和文学作品研讨会等。

老师们的讲课录音是必须反复聆听的，老师们的谆谆教诲是必须反复琢磨的，那些说过的话讲过的事，那些老师们多年摸索和探索出的丰富经验淬炼的精华，那些未知领域的无穷奥秘，那些已知领域的别样芳华，那些曾经一知半解懵懂的一些事情，在某一日才恍然有了一些豁然之感。

鲁院学习之外，还去中国现代文学馆、单向街书店等地听取作家们的文学讲座或新书分享会、读书会等。坚持每周数次到距离鲁院不远的中央美术学院蹭课；多次到中国美术馆、中央美院美术馆、今日美术馆和798艺术区等观看展览；到国家大剧院、蜂巢剧场等看剧观影；充分汲取北京作为全国文化交流中心的多种养分。

也曾去鲁院的图书馆借了一些书籍阅读，但很快就从授课老师的建议中、从同窗朋友圈晒出的图片或各种聊天记录中、从茶余饭后闲谈时捕捉的信息中……确定阅读书目，开始线上线下地购买来一些书籍阅读。这些书是在我以前虽也庞杂但却大多选择性阅读的基础上扩展开来的。阅读是一个人一辈子的事情，因而在大量阅读的同时，我也跟大家进行了一些必要的交流。而现实中的每一个人，其实都是一本活生生的书。

在紧张的学习之余，我抽空记录、书写、勾画了那些令自己感动的瞬间，以及那些意味深长的美好。并不是在每一堂精彩的课后都会抒写听课感悟，也不是每一本读过的书和每一部看过的剧都会写一些共鸣思考，更不是每一次观展和每一次遇见之后都会"记录在案"，但总有一些文字帮我留下了些什么。

通过鲁院四个月的学习，我对曾经计划中的文学写作将会多一分审慎和思考，对即将实施的文学创作将会多一分清醒和沉着，多一分执着和敬畏。

四个月的时间，于我们每个人的生命长度来说或许微不足道，但是这段人生经历却永远无法复制，永远都不可能再重来。而思念，在尚未分别时已经开始。

感恩文学，感激鲁院，感念所有的遇见。

（此文原为作者在鲁迅文学院第三十三届中青年作家高研班结业典礼上的发言，收入书中时有改动。）

目录

我又来到正经的北京

2017 年 9 月 6 日，周三，晴

这一天等得实在是太久了。

掐指头算，看日历，看手机，看一切可以准确看到日期的东西，以便于一再确认鲁院开学的日子，眼巴巴地盼着这一天早点儿到来，快点儿来吧！同时，隐隐的，又好像有一丝丝担忧、紧张，或者说还有一些些的害怕，其实我自己也不能说清楚这担忧紧张害怕都来自何方。就这样，在各种乱七八糟的情绪轮番上演的过程中，开学的日子悄悄地一天天临近。

几天前的周末，我就收拾了一些衣物，装箱寄走。这些都是被反复考虑之后，觉得确实极有可能穿戴的。四个月的时间说长不长，说短也不短，从夏秋交替时节一直到隆冬，横贯几个季节。加之北京的天气多变，薄薄厚厚的衣服是需要都准备一些的。

几天后，这些从长安城被寄至京城的衣服在物流的协助下，先我一步到达鲁院，等待着我的到来。

出发的前一天晚上，意外地迟迟难以入眠。

意外吗？因为各种原因，都快一年没有离开长安城了。生命也许就是这样子的，紧一阵，松一阵；松一阵，再紧一阵。否则一直那样马不停蹄地四处奔波，采访或者书写画画，过多地接受一些东西，然后又很快转化成其他东西输出，从精力到体力其实都是一个损耗。好在生命本就是一个过程，在过程中所看到的风景多彩一些、丰富一些，人生也因之而充沛饱满。

从去年年底到目前这一段时间，刻意给大脑放空。也稍微集中地读了一些书，但不再像以前那般急切，或是目的性太过明确地阅读。只为阅读而阅读，亦并没有为每一本读过的书都写一些什么文字，以期记录那些获取知识之后的各种情绪和感悟。留一些给自己，留一些给岁月，留一些和自己的经历相糅合，看它们究竟会产生怎样的化学反应。

那一夜，辗转反侧。整个人静静地躺在那儿，脑海里则翻江倒海，既有对未来学业的期待和憧憬，又有对一些人生过往的反刍。可能还会对一些做法欠妥的事情心生懊恼，对一些过于执着的欲念产生毫无意义的自责。前思，后想，想想那些已经远去的人和事，再想想近在眼前的现实，反反复复的，越是想睡就越是睡不着。

不知到了什么时候才恍恍惚惚睡去。正沉浸在梦境中睡得香甜时，闹铃却不耐烦地响了起来。一遍又一遍，急切而又冷漠，恨不能一把将我从被窝里揪出来似的。

终于踏上了奔赴鲁院的征途。

孩子爸开车送我去西安北站，果然又是在导航的指挥下毫无征兆地出错了路口走错了路，然后重新修改路线。这实在怨不得导航系统，其实也不能一定就怨孩子爸，那么到底该怨谁呢？

幸亏出发前把种种可能的因素全都想到了，为各种意外预留了足够多的时间，所以并不显得有多匆忙。

进站后过安检，去卫生间，候车，这些程序也都不慌不忙。

我的位置是一个靠窗的座位，位于车厢的最后一排。拉杆箱自然不必费劲地放到行李架上，直接拖到座位后面即可，其他几个包就放在脚边，也方便随手拿取物品。

取出水杯放在旁边的窗沿上，然后习惯性地拿出一本书。这次带着的其中一本书是刚出版的插画书，文字几天前已看过一遍，觉得还有嚼头，出发时就又装进了随身的背包。

四个多小时的车程，并不算太难熬。

有书读，有水喝，还有小猫同学没带走的一些零食作陪，爆米花、薯片都是很好的旅途休闲食品。早上临出门前又削了几根黄瓜，洗了一些脆枣，各种东西搭配着吃，甚好。

熟悉的北京西站到了。

沿着既定的路线，乘坐地铁7号线，到磁器口倒地铁5号线，到惠新西街南口出去后再坐125路公交车，就顺利抵达位于朝阳区文学馆路45号的鲁迅文学院。

一路上总体都还好，只是在乘坐125路公交车时出现了一点点小意外。

首先是出地铁后搞错了方向，一时没能找到125路的站牌。

对照手机地图上的方位，并根据地上树影投射的方向和当下的时间判断，很快就找到了站牌。突然想起那天一位讲者说道，"在正经方面，北京确实遥遥领先，唯一能匹敌的就是石家庄！"那位长相还算帅气的"帝都绘"联合创始人，按照他们发明的城市正经指数计算，北京的正经比例是43%，长安城是38%，而比例为10%的大上海则是一座非常不正经的城市。

也许不久前刚刚过去了一趟车吧。以至于我拖着行李，在这个初秋的午后艳阳照耀下，足足站立了二十分钟，或许还不止，才终于眼巴巴地等来了一趟125路公交车。那一刻，有没有想扑上去做些什么的感觉呢？

下车后的路线就熟悉得多了，因为之前已不止一次到过中国现代文学馆。参加文学作品研讨会，听文学讲座，参观中国现代文学馆，还在这里先后采访过著名作家何建明、李敬泽、蒋子龙，在这里认识了我亲爱的同乡、著名作家阎纲、周明、何西来、李建军等，跟许多文坛老师的结识也都始于此……

只是那时做梦也不曾想过，有一天自己也可以坐在这里的教室听课。那时还不曾做过文学梦，其实即便现在已身处其中，好像也没有多么强烈的文学梦，只是把这段经历当作人生的一段路程，认真走过。

才走到鲁院楼下，就已经透过洁净的落地窗玻璃看见大厅里的滚动字幕——热烈欢迎鲁迅文学院第三十三届中青年作家高级研讨班学员。一瞬间，有没有很激动呢？以至于鼻子一酸……讲真，没有。

进得大厅，一眼就看到已经先期抵达的两个纸箱子，仿佛见到亲人一般。工作人员告知先去三楼 318 房间报到，我们亲爱的班主任张俊平老师在那里等候。

一出三楼电梯口，右手方向远远有一个人在向我招手。

张俊平老师！

"张老师人很好！"这是我还没有出发时，一位鲁院学姐从微信上告诉我的。

办过简单的手续，从工作人员手上接过身兼饭卡的白色房卡，同时张老师看到我面前的一堆行李，说他送我到四楼的宿舍。我说不麻烦了，自己完全可以，可张老师执意要送。到房间后，张老师——告诉我房间里陈设等相关事宜，并告知矮柜上黑色袋子里的资料和学习用具等都是我的，又叮嘱了其他几件事。

后来，张老师在班级群里委婉地告诉大家，那个装资料的包包算是送给大家留个纪念。好大方的口气呵！我大鲁院果然不同凡响。

别过张老师，我乘电梯到一楼，用拖车拖回了我的衣物，并把它们简单收拾后放入衣柜。实在困乏至极，洗把脸倒头就睡。

一个小时的时间要好好睡一觉显然是不够的。没有午休，早晨又起得早，此刻舟车劳顿甚为疲惫，但我在闹铃响起的那一刻还是毫不犹豫地从床上爬了起来。

这一次，我选择从鲁院的院子里穿行而过，沿着校园的西边院墙一直走到文学馆南门，然后出门乘车。回去带了几件衣服，拿了几个衣架，取了两个包，还有拖鞋和作家梁晓声的一本书等，哦！还有小黑。然后返回学校。其间不忘到崇文门菜市场小逛一圈，顺便买了一些酸奶。

是为了城市管理更加规范吗？崇文门菜市场西侧的那一排房子不见了，取代它们的是一堆堆残砖断瓦，凌乱地堆放在那里，露出菜市场外墙上无序的空调外机，墙体斑驳。那家好吃的拉条子，那家杂货铺，那家卖小电器的商铺，那家我买过不少生活用品的街角小店，全都渺无踪影。其实也不是找不到，它们就在那里，曾经在那一块土地上的一个空间里，只是那个空间因为失却了屋顶和墙壁，已不复存在。

本打算从广渠门桥下乘一趟公交车直达鲁院附近，途中顺便看看这座城市久违了的夜景，然后走回宿舍。结果看看时间已是晚上八点钟，犹豫了一下觉得还是原路返回乘地铁更快一些，只得作罢。

入睡前，随手翻看了一下黑色袋子里的物品：一本画册、四本书，画册是荧光咖色封面的《鲁迅文学院六十年——如歌岁月（1950-2010）》，书是学习出版社出版的《习近平总书记在文艺工作座谈会上的重要讲话学习读本》、新星出版社出版的《我的鲁院》、棕色封面的《作家权益》第10期及人民出版社出版的《在中国文联十大、中国作协九大开幕式上的讲话》白皮书，还有一个印有银色"鲁迅文学院"字样的黑色皮面笔记本，一支签字笔，一个红底金字的胸牌——鲁迅文学院。加上包包，共有九件物品。九是个好数字，我喜欢。

这一夜，睡得非常好，甚至都没来得及做个梦就到了次日凌晨。晨曦中睁开睡眼，就听到窗外枝头鸟儿欢快的鸣叫声。我不懂鸟语，不知道它们都在热议些什么，其中是不是有几只喜鹊呢？但无论如何，新的一天已经开始。

猝不及防。

央美离鲁院为什么这么近

2017 年 9 月 7 日，周四，晴

不知到了凌晨几点钟，突然就从香甜的睡梦中醒来。有那么一瞬间，我好像忘记自己身居何处了，但房子里陌生的陈设布置立刻不容置疑地告诉我，这不是在家。

起身拉开厚厚的、浅棕色和棕黄色相间的斜纹竖条窗帘，隔着轻薄的白纱帘，抬眼就看到窗外的天空尚且暗沉沉的，外面很安静，空中斜斜地挂着一轮月亮。之所以没有用"圆月"二字，是因为虽睡眼蒙眬，却还是看出那家伙并不似白白圆圆的一个银盘，而是略亏。

后来无意间瞅了一眼日历，发现当天是白露节气。如此说来，我在凌晨时分看到的那轮月亮，应该是阴历十六日的。可是，不是说十五的月亮十六圆吗？是此说法有误，还是自己当时只那么不经心地一瞥，未及细看，才觉得它并非圆盘，而是亏了一些些的一个盘子呢？

突然就有一些情绪想要宣泄，便急不可耐地打开电脑敲字。

待心情终于平缓一些后扭头去看，这才发现不知什么时候，天色已经亮了起来。天幕已由灰黑的色调过渡到了极浅的夹杂着灰和蓝的一种调和色，院子大树上栖息的鸟儿们早就起床洗漱觅食，并不时发出愉快的叽叽喳喳的叫声，一声接一声，给这个看上去安静的城市的早晨带来一些欢腾。其实在我看不到的城市建筑物中，大人、小孩也都起了床，各有各的忙碌，工作、上学或是晨练、采买。城市道路上已经车来人往，进入喧闹的序曲。

早餐差不多就是想象中的那样。几样简单的蔬菜清淡素朴，花卷和馍都有，黑米粥熬得不错，我一次舀了两碗。

从房间下楼时，在电梯里遇到一位头发很短，着一袭素色无袖长裙的女子。裙裾飘飘，但我还是隐隐感觉到了她的一种凌厉。两人只简单互相问候，也是不熟，并未多说什么。后来才知道，原来她是一名女警。

再后来知道，鲁三十三班共有三名女警、一名男警和一名警嫂，另有现役军人和转业军人若干。犹记得出发前的某一天，班主任张老师曾在班级群里开玩笑："我们班枪多！"

我吃饭较慢，加之本就木讷腼腆认生，便没有跟大家说太多话，只是礼节性地打了个招呼就闷头吃饭。进餐厅的时候张老师跟三两个女同学已在吃早饭，围坐在一张圆的餐桌旁，我和那位女警端着各自的餐盘也坐在了他们那桌。张老师朝四周扫视一眼后说：我们班女生都比较勤快，来吃早饭了，男生一个也没有。

呵呵！好像是这样子呢。

其间，一个女生边吃饭边跟张老师闲聊。张老师人好年轻哦！我已经二十大几，快奔四的人了……文科男的算术必须这么差吗？我表示不信。张老师您结过婚吗？……一小段沉默过后，张老师慢悠悠地说，这个……这句话好像是不是哪儿有点什么问题，说的好像曾经结过一次，又离了似的……我只能暗自揣测，写东西的人果然单纯得可爱，张老师也果然是个好人——好脾气的人！却不便流露笑意，更不好笑出声来。

所谓前一天张老师说过的"上午九点左右到一楼大厅报到"，呜呜呜！不过是让人家硬生生在房间里熬到九点下楼，然后在一张表格上再次签下自己的大名，为什么不在前一天就签过呢。在房间里也有自己的事情可以做，但却将去中央美院的时间推后了不少。

这事其实也不必埋怨什么，或许正因为此，才让我后面的央美之行有了意料之外的收获。

一切都是最好的安排！

出门前做足功课，出门后的行程自然不慌不忙。

出鲁院东门后左拐，走到北四环路南后再次左拐，即看到一个公交站牌。走近去看，果然这一站就是育慧里。只等候了两三分钟，就来了一辆 696 路公交车，果断上车刷卡。

长长的公交车蛇样穿行在这座正经城市的道路上，时而左拐，时而右转，然后又是大大的一个急转弯。停停走走，走走停停，花家地西里就毫无悬念地到了。

回首我曾与这里一次次地近距离接触，转眼间已过去数年光阴。

来不及慨叹什么，下车后就赶紧朝前走去，然后右拐。还没走到斑马线跟前，远远地就看到从校园里高高耸起的几个大字——中央美术学院。心里一急，脚下的步子走得就更快了。

站在斑马线的红灯旁，我从包里取出太阳伞。虽已立秋，但北京的太阳还是一如盛夏时那般毒辣炽热，在大太阳下穿行实在有些吃不消。

"绿灯亮了！"这时，一个声音从近旁传过来。

我顺着声音传来的方向看去，只见一张真诚的笑脸正在望着我。

"哦！谢谢你。"我说道，同时很快打开太阳伞，沿着斑马线往路对面快步走去。

见她跟我一样过马路后继续右拐，同样朝央美的方向走去，稍稍犹豫了一下，我快步走到她跟前，轻声问："您好！请问您是去央美吗？""是啊！您呢？""我也是。""哦！"

我告诉她，自己既不是央美的老师也不是这里的学生，只是一个喜欢画画的业余爱好者。她竟也告诉我，自己和我一样，甚至于也不喜欢画画，只是被她所供职的公司派到这里来整理和管理档案的。

档案！一瞬间，我的脑海里迅速翻腾起人生旅途中跟此有关的一些人和事，百感交集，却又不能任由思绪没边没沿地四处蔓延，赶紧收住，回到现实。

两个本来跟央美完全没有任何关系的人，在这一刻偶遇、相识，这怎能不是一种缘分。

途中，她告诉我自己平常上班都很准时的，只是今天有事稍微耽搁了一下，才来迟了些。我也告诉她自己本来打算一早就来央美的，也是有事耽搁了一下，然后这会儿才来。同时告诉她，自己喜欢央美，曾无数次来过这里，在校园里徜徉，在美术馆流连。这次又有一个机会来到央美附近，报到后便急不可耐地再次来这里，以期能够尽可能多地感受它的艺术气息。

我跟她进门后，眼前即是十分熟悉、现代造型的央美美术馆。她急着要去忙工作，我急着要去看展览，临分手前，我们互加了微信。就在我低头操作手机时，她告诉我说我可以屏蔽她的朋友圈，因为她是兼职微商。

我突然觉得眼睛一热，鼻子有点酸。是的！我为她的真诚所感动，竟想要伸手去拥抱她一下，以示谢意。最终，却还是忍住了。

数小时后，我们再次在央美美术馆门口遇见。

如果一早按计划实施，是不是我们就擦肩而过了呢。

如果我离开美术馆后很快离开，是不是我们就不可能有第二次的偶遇呢，更不太可能发生接下来的事情。现实中的许多人和事真的很难说清楚，确实很蹊跷，好在都是美好的不可多得的遇见。

当天的时间不凑巧，央美美术馆之前的展览均已撤展，随后的展览还在布展中，只有四楼"传统的维度：20世纪五六十年代中央美院对民族传统绘画的临摹与购藏展"还执着地陈列着。

不幸，也是万幸。央美的藏品展览看过的也不止一两次了，每次都会觉得收获甚多。这种视觉和思想上获取的能量，需在一定的时间内慢慢消融，转化成自己的某种东西，然后在文学书写和绘画中隐隐地渗透出来。

当时"传统的维度"展览已经是第二期了，它是在一年半前第一期展陈后，由央美美术馆典藏部再次推出的一个主题相同展品更新的馆藏品展览。

在 2015 年 12 月至 2016 年 5 月，央美美术馆典藏部承袭立足校史与馆藏、深度挖掘和呈现其中的美育逻辑与价值的思路，策划并实施了"传统的维度：20 世纪五六十年代中央美院对民族传统绘画的临摹与购藏展"，在当年获得由文化部组织评审的 2015 年度全国美术馆馆藏精品展出季优秀项目的表彰和奖励，这也是央美美术馆典藏部整理和利用馆藏，讨论北平艺专和央美历史与教学的第四个获奖展览。

顺便摘录当时展览的前言，以为记——

当下知识界、文艺界都在以自己的方式表达着对我从哪里来、我是谁、我该怎样的焦虑和思考。传统，已成为各种研讨中使用频率最高的词汇之一。怎样认识传统及其价值与命运，或者更宽泛地说，怎样认识我们曾经走过道路的经验与得失，以便为我们现在应对和处置更大的文化机遇和挑战提供比较恰切的参鉴，已经成为每个有思考的知识分子在考量相关问题时不可或缺的坐标轴。这样说来，对央美成立以来 20 世纪五六十年代触摸民族传统绘画的作为和经验，做些梳理和展示，其意义也就不言自明。

每个时代有每个时代理解传统的维度，不同维度下理解和聚焦的传统对象也不尽相同。通过对央美美术馆藏品的整理和分析，我们可以看到，在五六十年代文艺"二为"和"双百"方针的偏政治性维度下，对于作为传统的艺术对象选择也就有了这个时代的要求和特色。相对于民国时期的艺专，央美所触摸的传统对象已不同于过往。过去艺专学生学习民族艺术传统主要表现为临习卷轴画为载体的文人绘画传统（所临习的卷轴画或为先生之作，或为古人之作），而新兴的央美在五六十年代则表现出从两方面对接民族艺术传统的努力：其一是"走出去"，即走出校园到那些经过初步科学保护和整理的洞窟、宫观、墓葬，临摹古代工匠制作的壁画，因为这些壁画是"劳动人民创造的艺术和精神财富"。这方面，央美主要是从 1953 年开始落实的，以后逐步成为国、油、版、雕、美术史各系实习的一项主要教学内容，当年师生临摹的壁画尚有不少被保留在今天的央美美术馆，成为五六十年代教学"走出去"触摸传统的有力证据，我们整理和挑选了其中的部分，观众据此可以进一步了解那个时候央美师生主要去哪里接民族艺术传统的"气"。

令人瞩目的是在"走出去"的同时，央美领导层，特别是在政治压力相对舒缓的五十年代末六十年代初，非常有眼光和远见地从北京的画店、市场收购了三百余件宋元明清卷轴画，这种购藏行为——我们称之为"收进来"——即展览陈列和交代触摸传统的另一方面。从一些蛛丝马迹来看，院方当时是有将其长期陈列以利教学的打算，只不过这样的愿望终因社教、"文革"的接踵而来没有真正得以落实。相信随着美术空间和教学条件的改善，随着共识达成下的具体规划和落实，这批藏品在不久的将来能够在制度保障中有效用之于研究和教学，而不是在库房里沉睡或仅仅是为了展览才登台亮相一回。

"走出去"与"收进来"，作为央美在20世纪五六十年代触摸民族传统的主要方式，为今天央美的继往开来留下了宝贵的艺术遗产，也建立了我们理解民族绘画传统的物质条件和文人、工匠并行的维度前提。这正是我们今天再讨论或再阐释传统的学术基础。为此，我们要感谢那些为建立这一基础而搬砖铺路的所有前辈，这个展览也是对他们当年辛勤工作的一次致意。

今天，美术馆为满足学院师生和社会各界对这部分藏品的关注，本着既有项目做充分、利用现有空间和档期多批次成序列展示项目藏品的态度，举行第二期"传统的维度：20世纪五六十年代中央美院对民族传统绘画的临摹与购藏展"。除延续第一期"走出去""收进来"的已有展示板块外，第二期所有陈列藏品全部予以更换。但第二期依旧难以将第一期之后该项目余下的藏品全部展示完毕，依旧是从中挑选部分品相保存良好的壁画摹品和卷轴画作加以陈列，共计展出三十余件。其中，"走出去"的壁画临摹板块，选陈董希文、叶浅予、邓白、吴作人、刘凌沧、陆鸿年等教师 1953、1954 年在麦积山、敦煌的壁画摹品十余件，其中不乏对著名壁画遗存长达数米的长篇临摹。"收进来"的古代卷轴画板块，未特以名家流派为要，而着重于藏品本身的艺术特色和价值，选陈明清大小名头或名不见经传画家的山水、花卉和人物卷轴真迹十余件，另外也选陈了个别虽非名家真迹，但却不乏艺术价值，可以用为参考资料的作品。这十余件卷轴画有四分之三是二十世纪六十年代从宝古斋、西单门市场购入，有四分之一应为央美旧藏。

以二期展览的方式调度藏品，对同一主题展览予以再实施，在央美美术馆的典藏系统还是首次，这是这个展览非常偶然地在央美自身馆藏研究史上创造的第一。自然，这个第一有它的节点性纪念意义，但其中的主旨并不在于此。在这个讲求速度和效益的时代，对于自身悠久的民族文化艺术传统而言，最应该提倡的反倒是多嚼、细品、慢咽。一期不够，再来一期。以展览周期延伸展览空间，更换藏品，滚动陈列，既利于学术研究和师生课内外讨论，也助益现代美育和民族文化自信建设，这才是二期馆藏品展览应有的美术馆学意义。为此，诚挚欢迎饱学之士和学位候选人，就本展览一、二期藏品展览专门研究。你所期望了解的藏品已经走出库房，立在这里了！

其中的"多嚼、细品、慢咽"几个词打动了我，让我不得不调整当天的观展计划。本来打算上午泡央美美术馆，之后到中国美术馆去的，当下就决定今天安心在这里多嚼、细品、慢咽，中国美术馆随后再去。

展品之震撼自不必说，或精细唯美，或粗犷随性，或古意盎然，或雅致有趣，不一而足。我在一幅《女仙图》前站立良久。

作者名曰袁镜蓉，字月蕖。是清江西巡抚袁秉直的孙女、广宗知县袁厚堂的女儿、工部侍郎吴杰室的夫人。出身书香门第，家学渊源，擅长诗词，工花鸟人物，尤其擅长仕女画。画中人物艳而不冶，秀雅有唐人笔韵，著有《月蕖轩传述略》《月蕖轩诗集》等，为嘉道年间不可多得的女才子。

《女仙图》中有三位妙龄女子：鹿车上端坐一位，车旁随侍一位，另一位一手扶车辕一手拽缰绳。很显然，车上的女子必定为女仙无疑，她腰背挺直，神态自若，发髻在头顶扭挽着，左侧鬓角位置斜插着一个跟披肩一色的、淡蓝色的装饰物，清新淡雅。车旁的侍女一边随鹿车行走，一边侧身扭头回看车上的女子，发髻亦高耸头顶，耳旁两绺秀发自然下垂，随风飞舞。牵缰绳的女子则头发全部梳挽至头顶，干练有加。

三人的眉眼皆颇为娟秀，都是柳叶弯眉，丹凤眼，樱桃小口。我突然就觉得，都是这般看上去容颜姣好的女子，何以就因出身的不同而现实境遇大不相同，人家坐着她走着，人家享受她劳碌。忽又为自己这个无厘头的想法感觉好笑，天下的事就是有那么一些是因为出身决定命运的，那些含着金汤匙来到人间的，家族若无太大变故，一生必定尽享富贵荣华。寒门出贵子，不过是屈指可数的一些成功案例，永远也不可能成为一种普遍存在的现象。

而她们三人乍一眼看去，着实并无多少姿容差异，但若仔细观察还是可见分晓。当书香浸润下的气质由内而外渗透出来时，是会给一个人的外貌加分的……

还有一幅不知谁临摹的巨幅白描墨线图，那粗细匀称的笔墨，那潇洒飘逸的线条，尤其是画中人物的发须和眉毛简直美到让人窒息，当然还有栩栩如生又迥异的神态表情等。我不由得一再凑近隔着玻璃细看，以至于使得工作人员不得不一再假装路过来窥视我的行为，令我好生尴尬。

一楼展示的部分展览海报，设计独特，风格迥异。在《自我画像：女性艺术在中国专题展（1920–2010）》的作者名单中，排在第一的是潘玉良。出身有时候很重要，有时候好像也不是那么太重要。好的作品是可以替人说话的，更是可以流传百世的。

之后，我又在美术馆一楼的书店里徜徉良久。

那里环境雅致又安静，玻璃橱柜和四周墙壁以及高高低低的柜子上陈列着不少央美师生的精品佳作，它们既是艺术品也是商品。最吸引我的是许多的展览画册和艺术相关书籍，无人相扰，我就静静地浏览翻阅。

不知过了多久，我对一本已经被许多人翻看过有些破损的书——《想像：青年摄影家采访笔记》产生了购买欲，之前对作者孙慧婷并不熟悉，完全是被书中的内容、被采访对象的艺术理念和书籍的装帧设计等吸引。工作人员一番查找后无奈地说，只此一本，再无其他。

看到我的遗憾，她犹豫了一下说：如果你确实想要，又觉得这本书有些旧了，我们可以给你打折。打多少？95 折。95 折还叫折吗？我一边说着话一边打开手机搜索，很快就从当当网上查到有货：一本。遂在心底暗暗叹息一声：怎么这么幸运又这么悲催呢？同时生怕这一本也不小心被别人拿下，赶紧迅速下单付费，急不可耐地想要捧在手上阅读。不曾想就在显示"付费成功"的一刹那，我才突然意识到忘记修改送货地址了，瞬间就有一种想揍自己的冲动。

这倒不是说我有多么的小气，人家都打 95 折了我还不买；也不是说我有洁癖，别人碰过的东西就一定不要了。当时只是想顺便瞅一眼网络，如果网上买不到，就果断付钱拿走了事。

等我再回到书店里翻阅书籍时，已经心神不宁，盘算着该怎样修改一下送货地址，才能尽快拿到书。却又不好意思在工作人员的视线下进行操作，好像对不住她似的，便移步到美术馆外，找了一处凉快的地方，蹲在地上慢慢研究。

正在这时，一个声音从我身后不远处传过来："嗨！你在那里干吗呢？"

我起初还以为她在呼唤其他人，就继续自己焦灼地忙碌。她又喊了一声，我这才扭头去看，原来是上午来央美途中偶遇的那位。

她手里拿着一瓶打开的饮料，正笑吟吟地向我走来。

我赶紧站起来，笑着回应她的招呼。

她说刚才的午饭吃得有些油腻，就出去买了一瓶饮料喝，缓解一下。

谁知一进大门就看到美术馆门口蹲着一个人，看背影猜测应该是我。果然如此。

如果说我们早上的第一次见面纯属偶然的话，那么中午的再一次见面简直如有神助。两人都为同一天的第二次偶遇而欣喜不已。她又聊了她的一些工作以及我想知道的美院方面的一些情况，我犹豫了一下大胆跟她说，自己特别渴望能到央美旁听一些课，如果真的能有幸踏进央美的教室，简直会开心得不得了。她说跟自己有工作往来的都是央美的老师，只是不确定能不能帮上我。之后她建议我去央美北门附近的一个巷子，说那里时常会有一些流动摊贩售卖一些美术相关书籍，央美师生们经常在那里购买，听说售价不高，有的还是其他书店少见的。哦！这等好事，我自喜不自胜。

果然在小巷子里见到一个停在墙边撑把大遮阳伞的流动小书摊。书摊虽小，书籍颇多，一番挑挑拣拣，我欣喜地拎着著名中国美术史学家、美籍华人高居翰教授的一套艺术史论著作回了鲁院。

写到这里，不得不提到我跟央美的另一段渊源——我跟央美学子王钊之间的故事。王钊是毕业于央美的高才生，画展曾办到了国外。之前我们俩人并不认识，就因为都曾给著名作家王蒙的文学著作画过插图，才在2016年春夏之交举办的"尴尬风流——王蒙作品意象五人绘画展"上谋面。同时参加画展的还有著名画家刘巨德、谢春彦和文化部的于芃主任。

那次展览因时间太过仓促跟王钊并未过多交流，但我在奔赴鲁院之前跟她联系时，俩人之间好似不曾有任何陌生感。从王钊那里，我获取了不少关于央美的信息。当然，也从其他朋友那里打听到一些。都是同道中人，对于一名热爱学习的菜鸟来说，善良的人们谁都不忍心拒绝的。

下午短暂休息后从床上起来，我一度有些怀疑当天种种遇见的真实性，可当看到床边整齐码放的高老爷子的鸿篇巨制，又觉得自己的怀疑似乎有些多余了。

晚饭前，就有同学在班级群里张罗着晚上小聚云云。考虑到一顿饭会耗去三两个小时，加之自己又不喝酒，干坐着也很尴尬，却又觉得第一次聚会我就无故缺席，似乎也有不妥。正在犹犹豫豫间，发起号召的同学私信我，令我很是不好意思，只得应允。

除个别同学曾经熟识或者知道名字外，绝大多数同学彼此都是完全陌生的。30多个人挤坐了两桌，轮番介绍各自的基本情况，但真正记住对方的应该没有几个人，更多的了解还是在以后的日子里。

无论如何，为期四个月的鲁院生活就算正式开始了。

我是"黄埔"的学员

2017 年 9 月 8 日，周五，晴

继续延续晨起干活，听鸟鸣，然后吃早饭的节奏。

班主任张老师在班级群里反复提醒大家，上午 9 点 45 分在一楼集合，10 点进行开学典礼云云。一次又一次的，渐渐把大家的情绪点燃调动起来，对即将进行的开学典礼满怀期待。

到达教室后，一眼就看到右侧台上红底黄色的几行文字——

鲁迅文学院北京师范大学联办 2017 级研究生班

鲁迅文学院第 33 届中青年作家高级研讨班

开学典礼

2017.9.8

其中"开学典礼"四个黑体大字最为醒目。

许多同学或一个人或三三两两站在台前争相拍照留念，留住这难忘的一刻。

主席台的桌签上分别写着：铁凝、吉狄马加、莫言、陈光臣、邱华栋、邢春、王璇、张弛、张清华。

开学典礼的仪式简单而又隆重，朴素而又高调。借用莫言学长的话来说，就是"规模不大，但却很亲切"。仪式由邱华栋常务副院长主持。一开始就全体起立，奏唱国歌。这个环节很令我感到意外，却也似乎在情理之中。整个过程庄重严肃，仿佛一下子就上升到了某个政治高度，瞬间有一种使命感被沉沉地压在心头。台上台下的人们在雄浑有力的国歌声中，笔直地站在那里，相互对视。

铁凝主席自始至终都不曾讲过半句话，但她亲自出现已经胜过万语千言。她一直面带微笑地认真聆听大家的讲话和发言，只在最后当全体人员站在鲁院门口的台阶上拍合影时，她面朝大家深鞠一躬，并微笑着说：我给大家鞠一躬，因为你们都站着，我却坐着。拍完大合影后她就成了"道具"，身旁不停地换人、换人、换人，一拨又一拨。

她负责笑靥如花，我负责站远围观。

众多手机，"咔嚓、咔嚓、咔嚓"的声音，还有熟悉不熟悉的笑脸将她团团围住。可以想象，午饭前后，微信朋友圈和一些群里，将会到处都是铁凝主席的笑容。这是亲爱的鲁院校友们在喜不自禁地嘚瑟。

同样被当作"道具"不停使用的，还有已经冲出国门、走向世界的莫言学长。莫言学长的长相虽远不及阿亮学长那般英俊和帅气，但他的名头却远在阿亮学长之上。文化圈里自不必说，即便是乡野村夫或贩夫走卒，莫不知道他的。

中国作协党组成员、书记处书记、副主席吉狄马加在讲话中说，文运同国运相牵，文脉同国脉相连。当前，我国政府处于实现中华民族伟大复兴的关键时期，中华民族正在经历着一项改天换地、震古烁今的伟大事业，实现中华民族伟大复兴需要物质文明极大发展，也需要精神文明极大发展；需要坚韧不拔的伟大精神，也需要振奋人心的伟大作品。在座的学员朋友坚持贴近生活、贴近实际、贴近人民，配合全面建设小康社会的伟大实践，努力创作生产更多传统文化和当代价值观念，体现中华文化精神，反映中国人审美追求的精品力作。

从平原走向高峰，是时代赋予大家的光荣使命。

他讲道，鲁迅文学院作为我国唯一一所国家级文学院，自 1950 年创办以来，已经走过了 67 年的风雨历程。从最初的中央文学研究所、中国

作家协会文学讲习所到鲁迅文学院，从鼓楼东大街、东八里街到芍药居，鲁迅文学院栉风沐雨、与时俱进，以越来越坚实的步伐行走在不断推动当代中国文学繁荣发展的道路上。

多年来，鲁院始终秉承坚定的文学理想和信念，用正确的价值引领文学导向，不断深化教学思想，创新培养模式，改善教学环境，强化教育管理，服务文学、服务作家，为我国文学的繁荣发展做出了重要贡献，奠定了在我国文学人才培养中的重要地位，成为中国文学传承的重要居所，滋养文学创作力的一方沃土，坚守历史使命与时代担当的历史重任，被誉为"作家的摇篮、文学的黄埔"。

他还回顾了鲁迅文学院自 20 世纪以来联合办学的历程，强调了时至今日再度联合办学的重要性和现实意义以及中国作协为之而付出的种种努力，对 52 名学员给予厚望。20 世纪联合开办的研究生班，走出了诺贝尔文学奖获得者莫言以及在国内有广泛影响的余华、刘震云、迟子建、张抗抗、严歌苓等一大批优秀作家，为中国文学繁荣发展和走向世界做出了重要贡献。

谁会是下一个莫言，有没有人来接这个接力棒？我仿佛感受到了领导们的急切心情。

第 33 届中青年作家高研班是一次涵盖散文、报告文学和非虚构、纪实文学在内的一个专题性培训班，是中国作协和鲁院在着眼当下文学实际，呼应广大作者的诉求，壮大文学写作队伍，促进文学写作均衡发展的一次实践。中国作协和鲁院从招生录取到课程设置、活动安排等都有明确指示并严格把关。本届高研班的 52 名学员，是经过省级作协、行业作协以及中国报告文学学会慎重推荐的比较优秀和有潜力的作家，在各自的写作领域都曾取得过不错的成绩。鲁院将在充分吸纳以往办学经验的基础上，根据本届高研班学员的具体特点，对教学环节进行有针对性的设置和调整，以更好地满足学员的研究和学习需求；将邀请国内一流的专家学者给大家授课，精心组织高质量的国内研讨会和文学沙龙，既为大家提供有分量的精彩课程，也为大家搭建交流思想和分享经验的平台；还将安排富有特色的社会实践活动，以使大家的视野和胸襟得到拓展，思想认识得到提升，创作经验得以丰富，各方面都能获得新的提高。这既是加油充电，也是繁忙的工作和生活之余一次难得的学习机会。

他还语重心长地对大家提出要求和希望。要求大家迅速转变身份、角色和状态，珍惜这次的学习机会，排除干扰、心无旁骛、专心学习，力

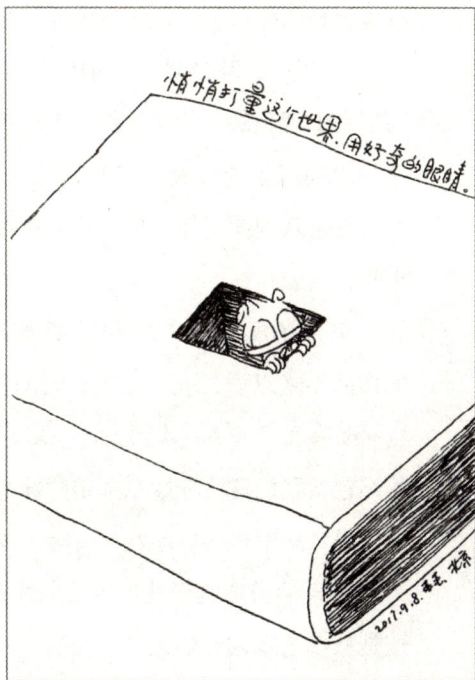

争在学习期间获得最大的收获。要密切关注国情时政，坚持以人民的需求为创作导向，弘扬社会主义核心价值观；坚持正确的创作方向，为人民创作更多更好的精神食粮。要以积极的态度、勤勉的精神和良好的操守投入到学习中去，保质保量地完成学习计划和学习任务……从今天开始，大家将在鲜活诗意的校园里度过一段美好时光。

莫言学长的讲话要轻松幽默许多，不时出现"此处应有笑声"或是"此处应有掌声"的场面。

莫言学长说，他为了参加当天的开学典礼，特意去买了一件新衬衫。还客气地说："虽然衬衫不太合体，但也差强人意。"他讲得很认真，好像这件事是真的一样，让人不由不信，可是我却不信。我更愿意相信这是他对当天活动的重视态度，而不是说真的就特意去买了一件新衣服。

29年前，莫言学长33岁时即参加鲁院和北师大合办的首届研究生班。29年弹指一挥间，但回头去想也是步步艰辛，很不容易！如今面对这么多年轻的师弟师妹，他感慨万千，想说的话一大堆。不！好几箩筐呢。

29 年前，我还是一枚偏理科的乖乖女，学业轻松，常常趴在家中的写字台上帮我的记者父亲抄写新闻稿件，无论如何都想不到多年以后会跟文学之间产生一种莫名其妙的关系。即便后来成为一名不折不扣的理工女，也喜欢泡图书馆，但却从未做过一星半点的文学梦。我怎么这么没追求呢，捂脸！

莫言在言语中对 20 位"亲师弟师妹"偏爱有加，风趣地说："你们的作品出来以后，我一定第一时间看。看了以后，永远说好！即便不好，也只是在私下里对你们说说。"多好的学长呵是不是！只是您确定其中真的不包括我们这些非嫡系师弟师妹吗，真的吗？有句话说"手心手背都是肉"吗？您怎么可以厚此薄彼呢，本猫表示很伤心。

莫言学长感慨于社会生活的快速变化带给人们思维方式方法的变化，这是从事艺术创作的人都必须高度关注的。他说他读过一些 80 后、90 后作家写的小说，明显感觉到他们笔下所描写的事物，他们作品中展示的环境、塑造的人物，已经跟他当年写的完全不一样。他那时候文学作品中的高粱地、玉米田，那些牛羊猪狗在现代年轻作家的作品里面几乎没有再出现过，或者很少再出现。因为现在农村几乎没有牛，也没有羊了。当然，可能到新疆和张家口有羊，但内地乡村生活和农业生产的模式已经跟他曾经熟悉的、当年的状况大不一样了。这样一种社会生活所带来的变化，也使文学作品产生变化，这是令他感到欣喜的。

多年前，莫言就曾说过：每一个时代有每一个时代的作家。每一个时代的作家之所以是不一样的，是因为他们面临的生活是不一样的。快速变化的生活带来文学作品的变化，当然也有很多东西是没有变的，就是对人物的描写、对人心的描写、对人性的描写是没有变化的。这就像我们现在读《红楼梦》《聊斋志异》和外国著名作家托尔斯泰、巴尔扎克等的作品一样，他们作品里展示的生活环境跟现在有差距，但作品中的人心和人的情感、人的本性，人性的光明面、温暖面和人性的丑恶面、寒冷面，还是让我们感同身受，感觉到我们跟那个时代的人还是息息相关的。也就是说，在剧烈变化的社会生活里，人心的变化、人性的变化非常之缓慢，但还是有变化的。我们应该在变的前提下，千方百计地用我们的慧眼去发现这种人性的微小变化，这些新的变化对我们作品必定能发挥巨大的作用。

关于人的变化是最为宝贵的文学资源，我们一定要看到这个时代的变化，并且一定要利用好这个变化。在这个变化的时代大背景下，写出精彩的文学形象。

文学的根本目的就是一定要塑造新人物。《红楼梦》里的贾宝玉可以被贴上"新人"的标签。《金瓶梅》里的西门庆也可以被贴上"新人"的标签，因为他在当时的封建社会里从事商业活动，他的思想里已经有了资本主义的启蒙。《聊斋志异》里蒲松龄笔下那些妖鬼狐仙也是"新人"……总之，我们一定要充分利用巨大变革时代下人们微妙的、微弱的变化，使小说的人物在继承最基本模式的情况下，能有一些对生活的、对未来的、对人心的探索。

他认为这也是他自己正面临的一个课题。为了弥补自己这方面的一些短板，他正在大量阅读年轻人的作品，年轻人是有许多感同身受的。他建议大家学习期间可以写作，但最好还是把大量的时间用在学习上，否则就违背了在这里学习的初衷。

莫言学长还提到自己当年求学时的一件趣事。那时适逢山东水灾，自己农村老家的房子被大雨淋塌。没有房子住对于农民来说，是一件十分可怕的事情。他当时觉得即便被鲁院开除，也要回老家把房子盖起来。等到终于把房子的框架立起来后，就匆匆忙忙赶到学校继续完成学业。结果被何振邦老先生训了话，好像还为之写了一份检讨书。

他戏谑道，如果鲁院什么时候发现真有那样一份检讨书，一定偷出来毁掉，或者卖给他，他愿意掏高价钱买回。

本猫建议：到时候竞价拍卖。没准儿鲁院还能小赚一笔，顺便把学员的伙食再提高一个档次。

莫言学长寄希望于大家以后的作品，也希望大家在共同的环境下，面临共同的时代，写出伟大的作品。

之后，学员代表一一发言，各有特色，其中不乏一些精彩内容。本猫在座位上一边聆听，一边用 0.35mm 笔芯的签字笔在面前的小本上涂鸦。看到这里，您如果忍不住想到"一鸭两吃"也未尝不是一件好事。本猫突然想去吃北京烤鸭，谁人愿一同前往？

下午是入学教育，台上坐的都是鲁院的领导，整个过程也要比上午的开学典礼轻松许多，尤其是邱华栋常务副院长的讲话。

虽乍一听上去拉拉杂杂谈到文坛的许多人和事，但讲话的核心则是向大家陈述——文学是包容的、开放的，有无限可能性的，每个人都是有无限可能性的。让台下伸长脖子认真听的 52 个人无不热血沸腾，恨不能立刻拿起手中的如椽之笔，即刻就写出经得起时间打磨的文学作品，我尤其对邱院长讲的"读书应泛读、精读、浏览、不读结合起来进行"深以为是。

关于邱院长的讲话细节，本猫决定在以后的文字中再娓娓道来。好东西要细嚼慢咽仔细吃，三口两口地囫囵吞枣，未免有些可惜。

入学教育结束后，大家争相到二楼的图书馆去借书。我亦挑选了几本，喜滋滋地捧回宿舍就开始读起来，以至于差一点影响了当天晚上的睡眠。

央美和她的邻居是什么关系

2017年9月9日，周六，晴

在央美主教学楼的展厅里，我意外看到一个令自己意想不到的展览。唉！这几天亲历的许多事每每总是意料之外，却也不敢说就一定是情理之中的。只是一次又一次，让我总觉得有一种不真实感。如入太虚幻境一般，不知今夕是何夕，也不知所遇为何人所助。

那是"央美参与北京市小学美育特色教育——2016—2017学年第二学期教学汇报展"。自2014年北京高校、社会力量参与小学体育美育发展工作以来，央美作为参与项目高校，积极响应市教委号召，借助学院资源优势，开展以传统文化、创新艺术思维，提升学生审美能力和艺术修养为核心的一系列美术教育研究与实践活动，在课程设计、艺术实践以及师资队伍培养等方面全面支持花家地实验小学、南湖中园小学和南湖东园小学（现北京明远教育书院实验小学）、北京青年政治学院附属中学及小学部四所学校的特色美术教育的发展。

近三年，依据小学的教学需求，结合小学德育教学目标，央美"高参小"项目工作组系统规划了绘美慧心校本课程、创意美术实验课程，开展了剪纸、绘本、书法、国画、版画、数码影像等丰富多样的社团活动，策划组织了"走进名师名画""走进非物质文化遗产""走进大自然"系列品牌活动，并且通过"国培计划""专题培训"等多渠道开展了教师培训。经过合作与实践，在教学研究、社团活动、学生艺术素养提升、师资培训等方面取得了丰硕成果。

当天上午，我就被两层楼的展厅里从墙上到地上布置得满满当当、琳琅满目、丰富多彩的展品深深吸引，它们都出自与央美邻近的几所小学的学生之手。那些用各种材料混合创作完成的绘画、剪纸、折纸、木刻、雕塑、靠垫、背包，以及建筑和园林设计、服饰设计、非洲面具、京剧脸谱、泥塑、手工挂毯和陶罐，还有小学生自己眼中的校园、自己眼中的妈妈、自己眼中的自己等。内容包罗万象，想象大胆不羁，既有许多我国传统的、民间的、民俗的东西，又有许多现代的、前卫的、超现实的东西；既有许多中国艺术的呈现，也有许多向西方艺术的致敬之作。有的是学生自己独立完成的，有的则是几个人一起集体创作完成的；有的是临摹名家名作，有的则是在学习前人作品基础上的再创造；有的明显一看就是孩子的作品，有的则很难一眼就看出是孩子的作品还是艺术家的作品。比如：波普艺术；比如：非洲面具。

我不敢说那些作品就一定稚嫩，因为自己画画多年，作品也未必就有多么成熟。虽然自己也在绘画这条道路上走了一些年头，但野路子出身的菜鸟实在不敢去跟央美学院派亲授下的京城学子相比。无论自己硬啃多少理论书籍，无论满怀虔诚地看过多少不可多得的画展，无论看过多少牛人大咖的画册，终究可能因天资平庸和年少时就艺术养分严重不足，后天见识过于浅薄，导致无论再怎样努力靠近，离真正意义上的艺术还是有相当长的一段距离，前路漫漫。

适逢周末，展厅里的人并不多，只在一楼大厅中央位置的一把椅子上坐着一名安保人员。我便怀着一颗对艺术的虔诚和敬畏之心，悉心地慢慢地一个展厅一个展厅看过去，恨不能多长出几只眼睛来一起看个仔细。

孩子们的用心创作跟央美美术馆里的那些展品自然有着一定差距，但谁知道这些学生里面会不会有天生异禀之人，将来在央美等艺术学府一番锻造之后，再诞生出一个中国的毕加索或者凡·高，或是又一个袁镜蓉或八大山人也说不定。

寻找 F-109 多媒体教室和 7B-118 阶梯教室颇是费了一番周折。好在最终还是找到了，自是欣喜不已。央美校园里随处可见各种雕塑，既有看上去有些年代的、好像从历史中走来的大大小小的石雕石刻，又有造型大胆前卫，明显是近现代的综合材料制造或铸造的雕塑，它们跟央美的建筑物和院子里的树木、花草、藤蔓和谐相处，两厢安好。

徜徉央美校园，时刻把自己的视觉和听觉调到最佳状态，生怕漏过任何一处美好。"丁零零——"一阵清脆的自行车铃声从身后传过来，我赶紧往路边靠了靠。两个骑着小黄车青春洋溢的少女从身旁飘闪而过。

"我在想，我到底该考央美呢，还是该考北影。"一个对另一个说。

"你喜欢哪个学校就考哪个学校啊！"

"可是我两个都喜欢啊！"

"那就两个都考呗！"

"要不我还是考央美吧……"

听到这里，我愣怔在林荫道上，神情木然，思绪翻飞。

我自然知道，走在央美校园里的未必全都是跟美术或者说跟艺术有关的人，但他们在这样的环境里浸泡着，一天天一月月一年年的，难免不被沾染上一些虽看不见摸不着，但却可以隐隐渗透出来的，有别于其他人的艺术气息。

一个位于校园里半地下，销售美术材料、画册和艺术书籍的商店，成为央美深深吸引我的又一个好去处。只是因为那里实在太大，东西太多，工作人员防贼似的小眼神让人感觉略有一点点不自在。

央美门口的道路上拥挤着许多车辆，那些停放的车辆，多在车体或车窗玻璃上贴着某某画室的字样，并用大而醒目的文字言简意赅地向人们展示他们画室的优势。

798艺术区依旧各色人等来来往往熙熙攘攘，散布在诸多的画廊展厅、陈列室、特色鲜明的餐馆、咖啡茶餐厅中间，流连于艺术品、商品和大大小小造型或传统或新锐的户外雕塑之间，享受艺术带给人类视觉和感官上的美好。一家小店里创意独特的荧光绿拉链小包包丑得可爱，也很是抢眼，但我最终还是把它旁边那个满口大黄牙的小黑仔挂在了自己的背包一侧，也算不虚此行。

文化到底是什么

2017 年 9 月 11 日，周一，晴

周末，这个秋天第一次感冒，并且终于发作了出来。

感冒也不能啥事都不干吧，单单混吃等死是肯定不行的。就做一些力所能及之事，只是那些鸡毛蒜皮的芝麻事就不在这里唠唠叨叨了。窗外的雨也很配合我当下的心情，下一阵，停一阵。停一阵，又接着再下一阵。停停下下，搞得人心里一团潮湿。

今天开学第一课，有没有很激动很激动的感觉呢！

应该有的，怎么可能不激动？自从成年以后，还是第一次这么长时间离开工作岗位集中学习，更何况 52 个来自天南海北的同学还是一起同吃同住同上课，简直新鲜又有趣，快乐又美好。

今天讲课的老师姓周名熙明，原中央党校文史部主任、教授。周老师看上去很严肃认真，当大多数同学到教室的时候，他已经端坐于讲桌前，做好各种准备，气定神闲地慢慢品着杯中的茶，专等上课铃声响起。

老师的课件准备得相当充分，内容丰富而包罗万象。他总是打开PPT 的一页还没讲几句就又进入下一页，表示：这一页就先讲到这里，我就不展开讲了。你必须调动所有的脑细胞，全神贯注地听讲，思想一点儿都不敢抛锚。因为你的思想游移一下，再回来时就明显跟不上刚才那个节奏了。

当天讲课的题目是"打开文化视野，培育文化思维"，引言部分就很是有些意思——中国近代三个重要历史事件为何都以'文化'命名，即

1840 年前后的中国文化危机、1919 年开始的五四新文化运动和 1966 年开始的"文革"。

之后，引出第一个问题：究竟什么是文化？

然后是第二个问题：中国文化的特质是什么？

接着是第三个问题：究竟什么是近代中国的文化问题？

再然后是第四个问题：核心价值观的培育究竟有多重要？

再接着是第五个问题：为什么文化自信是更基础、更广泛、更深厚的自信？怎样做到文化自信？

最后是第六个问题：怎样以文化的方式思考文化的问题（即文化的六大定律）？

……

本猫是一枚认真的学生，可是，如果再这样写下去好像是不行的！如果写的内容很零乱，显得听课不够认真似的，课堂笔记记得也不够全面；如果写的文字跟周老师课件的相似度极高，则又看上去好像有那么一些照搬和抄袭的嫌疑。如何是好？

打住！还是换个话题吧。

话说在七年前的大概这个时间段，我第一次到早已耳闻多次的北京798艺术区去围观。当时是和一位四川美院的高才生一起去的。

苍天呐！虽然本猫并不曾专门学过美术，可是好像身边总是晃悠着那么多的美院毕业生，且许多在离开学校后仍然从事美术及相关工作。这就是说，一枚菜鸟总是不小心就跟一群搞美术的科班牛人混在一起。天长日久的，难免不深受其影响。

一切都是命运女神对咱的垂青哦！

川美那女孩的名字叫廖亮，听上去好像是一个男孩的名字。我们当时一起参加一个媒体视觉设计协会举办的一个活动，恰好住在一个宿舍。

廖亮个子不高，人长得古灵精怪，一看就是聪慧有加的那种。事实也果真如此。廖亮毕业后在四川绵阳一家纸媒担任美编，同样毕业于川美的她的男友，则一直在从事绘画艺术创作，当时已在圈里小有名气，且声名日渐看涨。那几天，她跟我聊了许多川美的人和事，以及景德镇那里一些艺术家的创作和状况等，我听得如痴如醉。

因为她提到的一些画家，我虽不似她那样熟悉，但却通过一些展览或者画册、美术史等，多少了解了他们的代表作及他们的艺术创作等。因而两人交谈时，我并不仅仅只是"嗯！""啊，是的。""哦，是吗？"这样子的简单附和，我们之间可以进行某种程度的交流。

她说说他们那些人的情况，我则谈谈自己对他们作品的阅读感受和观展心得；她说的可能是他们那些人在艺术圈里和专业层面的一些状况，我则谈的是一个普通读者和美术爱好者的一些看法。如果只是她一个人在说，那么不管有多少谈资一会儿也就倦了，很难再有继续说下去的欲望，好在不甚健谈的我在谈起感兴趣的话题时，常常一不小心就会滔滔不绝，有时甚至会激动得手舞足蹈。于是，两个人熄灯之后的卧谈每每总是会很长，以至于难免对次日的晨起有些影响。

那几天我真是太开心了！一方面因为活动内容异常精彩，觉得相当不虚此行，活动参加得太有意义了；另一方面是因为遇到了廖亮。我们那几天几乎形影不离，走到哪里都黏在一起。我恨不能时间过得慢一些，再慢一些。

廖亮告诉我说，她是个"福娃"，总是能给她身边的人带来好运。如果朋友们一起打麻将，她坐在谁的旁边，谁肯定赢，每次都是。

真的？

真的。

我不知道她身上有一种什么神奇的力量，竟能有如此奇怪的事情发生。只是当自己亲身经历了一次以后，我服了。

媒体视觉设计协会有一天举行了一次抽奖活动，活动的奖品是一个iPad，一百多人的活动现场只有一个奖项。我本来就是个不爱争的人，对于天上掉馅饼的好事从来也不曾奢望。

当时我们俩人把写着自己媒体名称和自己名字的小纸条折起来投向那个密封的小箱子时，廖亮笑着说了一句："那个iPad肯定是你的。"

"根本不可能！"我笑着回应她，"我想都没想过。"

她笑而不语，并不与我过多争辩。

抽奖是在偌大的一个会议室里进行的，主席台的讲桌上就放着那个密封的小箱子，台下满满地坐着百十号人。只见工作人员在众目注视之下抱着那个小箱子晃啊晃的，确定把里面的纸条差不多都摇匀了晃乱了，才将箱子郑重其事地放在讲桌上。抽奖仪式由协会负责人、那位人到中年有些发福的女士主持，她的讲话为抽奖做了不少铺垫，也再一次把大家的兴奋情绪调动到了极致。具体抽奖的则是金发碧眼的美国人。

就在大家的目光全都盯着那个小箱子兴高采烈地议论纷纷时，我和廖亮坐在最后一排的边上依旧聊着我们感兴趣的话题。其间廖亮看了一眼那个备受瞩目的小箱子，再一次笑着跟我说："我说了，那个iPad绝对是你的。"

"瞎说！"我依旧不信。

就在我们聊得正酣时，突然听到一个响亮的声音说道"shǎnxī——"，此时也并未多想什么，"shǎnxī"来参加活动的媒体工作者又不止我一个，接着又听到"diànlì——"，这时我不得不停下我们的谈话，扭头去看向讲台。

只见台上的美国人微笑着站在那里，他旁边的女同事手拿话筒，大声地念着他手上那张纸条的内容。这时，我还是不相信自己的耳朵。

见没人反应，她又念了一遍。

这时我才确定自己听清楚了，她念出的是我供职的媒体，后面接着念出的是我的名字。

见我还是愣怔在座位上，廖亮冲我欣然一笑，并推了我一把，说："赶紧上台去领奖了！"

站在被各种复杂的目光聚焦的讲台上，我满脸通红表情尴尬，手足无措又拘谨羞涩，激动不已又语无伦次。站在话筒前的获奖感言简直说得一团乱麻，整个人在台上的表现也毫无可圈可点之处，完全可以被打个大大的差评。

从美国人的手中接过奖给我的 iPad 之后，我就赶紧逃也似的三步并作两步连跑带走地离开讲台，回到自己的座位上。

看到我窘迫至极的样子，廖亮并未就此话题再说什么。感谢她的善解人意。

我们很快跟随老师的思路继续当天的其他内容。

活动结束后在她的提议下，我们一起去了798艺术区。她对那里明显十分熟悉，而我则是第一次去。之后的人生旅途，我一次又一次去过798艺术区，去那里观看展览，欣赏艺术陈列品，阅读和购买相关书籍，感受那里浓浓的艺术气息，拓宽自己的视野。

七年后的这个季节，798艺术区依旧是吸引我的一个所在。

关于当天下午的第一次班会要不要也说几句呢？我很纠结。

文化是人类独有的生存方式。

核心价值系统是国家的灵魂。

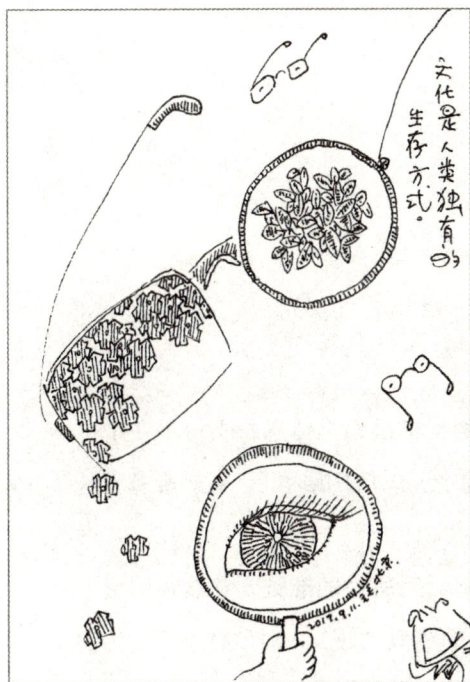

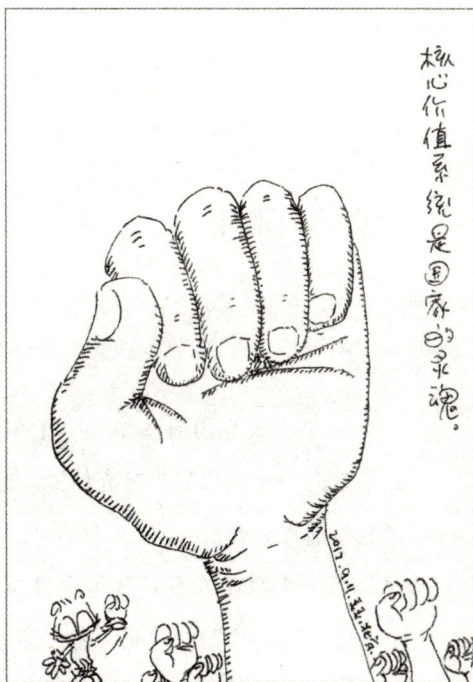

班会由同样"中招"感冒的班主任张俊平老师主持，他的声音当时听起来怪怪的，鼻音很重。那几天感冒的同学还有好几个，大家仿佛提前约定好似的。

参加班会时每个人都有所准备，自我介绍的时间也有长有短，介绍的内容自是各有千秋，在此不再一一详述。

无论如何，希望本猫和亲爱的鲁迅文学院第33届中青年作家高研班（简称"鲁三三"）的同学们：

不忘初心，方得始终；

坚持状态，善始善终。

到央美去蹭课

2017 年 9 月 12 日，周二，晴

  由于当天起得有些早，一上午匆匆忙忙没顾上休息，不得不在十一点左右倒头睡觉以适当补充体能。起床时已过了午饭时间，做好准备就赶紧起身前往央美。

  后来无意中发现，我为这件事前前后后所做的准备，竟然跟网络上一些好心人的"蹭课攻略"有许多惊人的相似之处。一时欣喜不已，仿佛一枚屌丝级的蹭课菜鸟，一下子就找到了表面看不见摸不着，但却真实存在的蹭课军团，心里顿时觉得踏实了许多。

  路过央美北门时，从一个主营报刊兼售食品的报刊亭买了一个手抓饼，边走边吃，一心只想着尽量快些坐在教室。啧啧！那叫一个香啊，全然顾不得周围是否有异样的目光出现。那都不重要。

  匆匆的脚步从北门直接抵达东门，然后急不可耐地抵达 7B-118 多媒体教室门口，根本无暇像往日一样边走路边饶有兴致地欣赏校园里的景致、装置、雕塑或者美女。周围到处都是急匆匆赶往各个教室听课的同学，也有其他教室的门开着，可是 7B-118 教室的门却是紧闭着的。瞬间有一丝眩晕的感觉，但很快就定下神来。客气地向一位同学打听才知道，7B-118 教室不止这一个门，还有其他的。难道同学们全都是从另一个门进入不成？我犹豫着按照她指导的路线到了那门口，只见一位模样清瘦的女教师站在门口。心里一怯人就不敢贸然进去，只在门口徘徊。

  面对身旁急切地走向各个教室的同学，觉得自己不能再这样无谓地等

下去了，遂低着头假装旁若无人地向教室走进去。不承想那女教师叫住我。

"你干吗？"

"上课啊！"我故作镇静地答道，"不是下午这里有一节课嘛，我来上课的。"

不知是我的大方唬住了她，还是当时情急所致的伪装勉强有那么几分真。总之，那女教师"哦"了一声，像是自言自语又像是在跟我说，"可是都这会了，怎么一个学生都不来呢？"

什么？我诧异道："没人来上课？人都去哪儿呢？"

"我也不知道，一个都没有。"

"一般这种情况会是什么原因呢？"我故作轻松地问她，实则内心里早已五味杂陈。

"这不是刚开学吗？可能换教室了吧。"她有些无奈地说，"这样的事情以前也不是没有过。"

可是上周的课表上明明写的就是这个教室啊！难道临时换教室了？

我瞬间有一些沮丧，却也来不及让这种不好的情绪继续扩散。赶紧问她："那对面这个教室上啥课呢？"

"我也不太清楚，不过这是设计系的课。"

设计系？我几乎可以感觉到自己当时眼睛里冒出的炽热光芒，滚烫而急切。简直是"踏破铁鞋无觅处，得来全不费工夫"。不！敢情之前的许多境遇，全都是为了这一刻的欢喜。

"我可以进去听吗？"看到她和善的表情，我毫不犹豫地问道。

"应该没有问题！爱学习还不是好事啊！"

"好的，谢谢您！"

我赶紧顺着人流快步走进教室，教室里已经挤挤挨挨，空着的座位委实不多。我迅即找了个相对靠边的位置坐定，小心脏却因过于紧张忍不住"扑通、扑通"地剧烈跳动。

授课老师已经到了教室，并已打开自己准备的课件，专等上课铃响。

我可以不剧透具体讲课内容吗？单说一句：那是给大四学生讲如何做好毕业创作的内容。

老师是央美的高才生毕业留校任教的，课件上的名字是：陈卓。讲课期间，他总是时不时地忆往昔——"我们那时候"云云。陈卓是在"非典"那年毕业的，而且"特别不费劲地就毕业了"。因为"非典"三月份爆发，学校开始放假，一直放到六七月份。他们那段时间不能外出，只能每天都宅在家里，在 QQ 上跟导师聊聊。最后发了个 PPT，写了个论文，没有毕业展就毕业了，毕业合影都是暑假的时候又把大家叫到学校去补拍……

听到这里，他的学生兼学弟学妹们对于他们当年的"毕业设计"羡慕不已，教室里在某一刻就瞬间爆发出一声沉重的、不约而同的、夹杂着各种羡慕嫉妒恨的情绪，几十张嘴同时发出的一个声音："呵——"

"你们羡慕吗？"陈卓笑道。

"羡——慕——"

其实那样的感觉非常不好！陈卓颇为遗憾："我们甚至于都没有吃个散伙饭，没有举行毕业典礼。我当时非常不开心，其实大家也都挺不开心的。好像大学还没读完就那么给散了，而且还损失掉一个证明自我的机会！"在说最后一句话时，他略带鼻音的嗓音稍稍加重了些。

只有在学生时代足够强大的人，在回首往事时才有勇气和底气心生如此憾意。

如本猫，当年虽不能被称为学霸，但也是拿过奖学金的人；虽有补考的不良记录，却也不能算到坏学生那一类，身份尴尬而为难。

陈卓老师总是会提到，他在课件中讲到的某位艺术家，曾是在场同学们的学哥学姐，或是自己当时的某个同学，其中不乏溢于言表的自豪感，夹杂着那么一丝丝不易被察觉的小小的嘚瑟，风趣极了！他举的例子中有不少是在国内颇有名气的青年艺术家，有的甚至走出国门，在国外某个艺术机构站稳了脚跟，成为更加广阔的世界里炙手可热的青年才俊。

任何艺术作品都不可能完全脱离形式和材料。陈卓讲到著名艺术家、央美副院长徐冰的一些往事。

在20世纪80年代末，徐冰还很年轻的时候就开始创作"天书"系列，他自己设计并刻了数千个"新汉字"，以图像性、符号性等议题深刻探讨中国文化的本质和思维方式，成为中国当代艺术史上的经典。他在刻木版的时候刻到昏天黑地，刻刀把手掌磨起了水泡、磨出了厚厚的茧子。他也曾一度怀疑自己到底是在干什么，是不是在干一件没有什么意义的事情。他在那段时间就努力保持那样一种恒定的状态，以至于那种状态也成了他作品的一部分，也就是后来人们称赞的工匠精神。

放到教学中来讲，这种艺术工作量就是艺术作品创作"三角"中一个非常重要的标准。正因为徐冰把自己的时间和生命都倾注在这件作品的创作中，从而加重了作品的质感。

陈卓同时也是位独立电影导演，北京老虎数字传媒有限公司总裁及艺术总监。因为他当天的课堂内容准备得实在太过充分，而且动则就发散思维延伸开来去讲述，以至于当天的课被严重拖堂。当我下课后急火火地赶到F-109阶梯教室时，外国文学课已经只剩半个多小时了。

当天晚上的外国美术史因故未能去听，令我深为遗憾。

回鲁院的车上，我悻悻地安慰自己：留得精神在，不愁没课蹭。哼！

"心机婊"的小心机

2017 年 9 月 14 日，周四，晴

当您看到《州官、名妓与刺客》这样的书名时，会做何感想？

对不起！本猫在这里并不打算坐下来耐心听您的阅读癖好，单表自己对一本书的一点点阅读感受。

进入正题之前先扯几句闲话。

虽然长期以来我坚持认为自己是一枚木讷、腼腆、羞涩的资深菜鸟，可是却似乎并不影响我对惊悚悬疑探案推理小说和妖鬼神怪狐仙故事的热爱，虽然常常读后会因书中的内容而把自己吓得够呛，但只要有机会，还是会满心欢喜地又捧起一本热烈地阅读。

话说那天上完课之后，同学们蜂拥至鲁院二楼的图书馆去借书。我亦欣然冲进去，却"不慎"误入古典书籍那片区域，快乐地徜徉其间，乐不思归。身边很快堆起了一小摞挑出来的书，听着图书管理员老师一再强调的"每个人一次最多只能借五本，谁都不能多借一本"时，别提有多纠结了。于是，又对挑出来的书仔细地算减法，不得不承认这个过程还是有些艰难的。

那就立刻将邱院长刚刚进行的谆谆教诲付诸实施——读书应当"粗读、精读、泛读、不读"相结合进行，先来一个粗读如何？

很快，好几本书立刻心情沮丧地重新回到它们栖身的书架上歇着去。这时，《州官、名妓与刺客》这本书引起了我的注意。讲真，被它吸引并不是因为猎奇，却也并不排除有少得可以忽略不计的那么一丁点儿小意

思。这本出版于 20 世纪 80 年代中后期的书籍，纸张并不怎么讲究，纸页早已泛黄得一塌糊涂，仿佛出现在眼前的是一个早就风韵荡然无存满脸沟壑纵横的黄脸婆。

其实也不尽然。

书名是毛笔写的行草，笔法苍劲有力，功底非同寻常，尤其"刺"字右侧立刀的一抹飞白，更是犀利得恰到好处，不可多得。封面寥寥数笔绘就的三个主要人物画像，精准老辣，神态逼真，多一笔嫌繁，少一笔过简。虽只用色块填充脸部，并无任何笔墨描摹他们的容颜，却似乎并不影响你去猜测他们的身份所对应的相貌，必定或相貌堂堂或如仙下凡。三个人分别着绿裙、红袍、蓝短衫，或站或走或跃，呈逆时针方向形成一个看不见的圆环。

内页没有插图，每一页都是密密麻麻的文字。330 页的书籍定价只有 1.95 元，亲，你还可以再便宜一点不？！

这是一部以北宋为历史背景书写的传奇小说。嗯！不是说"唐诗""宋词""元曲"么，想必里面应该有不少文人雅士所作的辞赋吧！故事大概讲的是新天子的亲信黄谦，领了一项特殊使命——要将杭州名妓秀奴秘密送入宫中，因此千里迢迢从京城奔赴杭州担任州官以掩人耳目，还有一个"奉旨寻母"的说辞。但他刚一出发，就意外受到一个神秘刺客的跟踪追杀。只是令黄谦更为意外的是，那武功高强身手了得的刺客，在完全可以轻松致自己于死地时，竟莫名其妙地放了他一条生路。

刺客此举令黄谦百思不得其解，却也倍感杭州之行扑朔迷离险象环生，须谨慎从事或可免除祸患。于是，州官、名妓与刺客，这三个乍一看上去身份悬殊、命运各异的人，却被一条挣不断、看不见的纽带紧紧连接在了一起。

就在黄谦煞费苦心地用瞒天过海之计，即将完成天子使命的当口，由于一个偶然的事件，这个秘密实施的计划却又被他的政敌——当朝宰相于衡得知。立刻引发了一场又一场明争暗斗、宫廷争斗、官官相斗，险象环生，高潮迭起，夹杂着才子佳人的爱情故事，穿梭着"孝子寻母"的心酸故事，同时又有替父报仇的血泪故事。真个是复仇与血缘亲情交织，阴谋与真爱炽情较量的故事，情节跌宕，悬念迭生。

那天蹲在书架后看到晚饭点儿，腿也因长时间蹲着困乏至极，只得将这本书和其他几本爱不释手的书一起借了来。课余饭后闲暇之时，就抓起来读一些。谁知这种情节曲折的书籍最好的阅读方式是一气读完方觉畅快，因为每每读到精彩处，要么是夜深人静早该洗漱就寝，要么就是必须去做某件紧迫的事。那种欲罢不能放下不舍的纠结，真正是让人牵肠挂肚。

于是，这天从一早开始，我决定放下所有的事情，歪在床上仔细阅读。记住！"所有"是指除了读这本书以外的所有事，但不包括鲁院餐厅里花样不断翻新的美味饭菜。

宿州知州尤枢通过科举考试好不容易得到功名，成为封建统治阶级链条上的一环，一向以清廉精明自诩，看上去也年轻有为前程似锦。上任三年后适逢新皇登基天下大赦，他意外发现狱中私牢里竟然还秘密关押着一个重刑犯，皇命难违，惊诧之余命人打开重重枷锁将其释放。从那犯人口中得知，他跟前任知州黄仲贤像是有深仇大恨似的，他也是被黄在任时投入私牢的。

黄谦是黄仲贤的一个妾室所生，在家中排行第三，年幼时每每被正妻所生的两个儿子欺凌。年少时生母即被卖与他人。幸好他天资聪颖，少年得志，学有所成，十八岁就进士及第，在做了两任州县属官后当上了东宫官，干的是侍奉太子的差使。因颇为用心，得到皇后的赏识，亦是太子身边不可或缺的人物。

杭州西子湖畔景色秀美宜人，历来盛产美女。色艺俱佳的官妓秀奴乃其中花魁，世人以她的样貌为型捏制泥偶闹市高价叫卖，引围观者无数。如此绝色女子自是声名远扬，以至于远在京城的太子在成为新皇之前，就已经见过秀奴的画像。无奈虽心心念念渴望得不得了，却也不敢有一丝半点的动静。终于熬到父皇驾崩自己临朝，便迫不及待地派身边可靠的人、右庶子黄谦去设法弄进宫来。

好事多磨必定一波三折，但总体情况还是朝好的方向一路发展下去。谁知这件事不知怎的被前朝老臣、不被新皇待见的大臣于衡知晓，他一心只想着维护朝廷和国家的威仪，遵照老祖宗留下的条条框框行事，全然不顾当今圣上年轻气盛的龙颜。

可怜的于老丞相聪明一世糊涂一时，他明知自己的独苗跟秀奴两情相悦私订终身，却依旧不管不顾一意孤行，最终只落得个搬起石头砸自己的脚。

不能说黄谦、尤枢、于衡这样的角色一定就是忠臣，但也不能说他们都不是忠臣，只能说他们的忠并不是那么完全和彻底。从某种程度上来说，他们更忠的是自己的职位高低和手中权力大小，忠的是自己的前程和未来。

写到这里，本猫再剧透一句：州官名曰黄谦，刺客自称姓齐名惠源，名妓秀奴随父姓郭，然此三人竟为兄妹。黄、齐二人为同根生的亲兄弟，秀奴为他们同母异父的妹妹！没想到吧？呵呵。

悲乎！可叹！

凤凰凤凰往哪飞

2017 年 9 月 15 日，周五，晴

　　接连两节关于文化和文艺的课程之后，我们终于迎来了一节名副其实的文学课。北京师范大学文学院副院长、教授、博士生导师、评论家张清华老师讲述了什么是中国故事，如何讲述中国故事。

　　张老师讲道，中国故事的特点是循环论或非进步论。这种故事正在复兴：莫言的《红高粱家族》是降幂排列的历史故事，余华的《活着》是历史背面的故事，贾平凹的《废都》是致敬《金瓶梅》的小说，王安忆的《长恨歌》是致敬白居易《长恨歌》的小说，格非的《江南》三部曲是致敬《红楼梦》的小说。

　　那么到底如何处理近代、现代以来的历史？1. 用非进步论的历史观，用《红楼梦》式的"几世几劫"、大轮回的构造，来处理近代以来的中国历史。2. 现代史、革命史、知识分子的精神史，三者同构，三代人命运的循环，这是一种"中国叙事"，它不止真正处理了中国现代史，也为世界提供了一种不同的故事，而且在美学上别具一格，只有中国才有的。3. 格非最近的《望春风》，叙述了"故乡"的消亡，从鲁迅的《故乡》开始，她陷入了一个毁灭之旅，但现在终于毁灭了。4. 个体经验的出路，也是中国故事的诞生之路。

　　这些小说出现的意义——中国美学与中国诗学印证了普罗普所说，也是对现代性的反思，是中国对世界的一份贡献，使中国当代文学在新文学的基础上，修复了中国古老的叙事。这无论如何也是一件大事，这是一种

真正的成熟与自信。真正的"文化自信"应该是这样的东西。

张老师在课堂的最后说，他完全赞同现在一些政治的、正面的一些说法，但是从美学上来讲，我们只是讨论中国传统叙事中的一些特点，中国当代文学完全有理由借鉴这样一些本土的方式和观念。

当下在世界版图上中国文化的位置在哪里，已经成为中国人自20世纪九十年代后期以来思考的一个问题，同时反映中国现代化其实就是一个西学东进的文化单向传播的过程。中国文化自觉已经成为广大中国人的一个内在文化需求和思考的问题，同时在中国崛起之后，从中国周边开始的一些亚洲国家，乃至世界上其他一些国家已经越来越把中国视作一个理论热议的命题。中国模式是怎么样的？中国是怎样打理的？都是世界上讨论的一个话题，文学界提出的"中国故事"和"中国小说"，就是自然而然的一个命题。

然而，天下的事情往往总是十全九美。张清华老师不停歇地讲述了三个小时的课程精彩绝伦，其信息量和知识性、文学性、社会性等俱佳，

堪称一场视觉和听觉的盛宴。只是他一气呵成的讲课方式，让一些想去洗手间的同学不得不一忍再忍，一憋再憋，整整一上午都像是被钉在了座位上一样动弹不得，幸好最终也无甚大碍。

之后回想当天的课堂内容，我总是对张老师讲过的、关于艺术家徐冰的那件凤凰题材装置艺术记忆颇深。因为在央美听设计系的课时，了解到的是徐冰身上的那种工匠精神，是徐冰当年创作《天书》时日以继夜的种种艰辛，是想要成为一位著名艺术家必须进行的"一万小时"刻意练习。

然而在鲁院学习到的，则是艺术家作品带给现实社会和现实人生的各种或意象、或具象的意义，呈现给公众时所引起的各种关注，以及这些关注背后的显性或隐性效应。

徐冰曾于多年前创作了一个装置艺术《凤凰》——一雄一雌两只凤凰。曾被吊装在北京市东三环高楼林立的一个地方，背后不远处就是央视的大楼。当夜幕降临时打开灯光，两只凤凰是璀璨夺目，绚丽多姿的，但白天看到的它们却是完全不一样的视觉感受，而且凑近去看和远观的感受又大不一样。离得越近越看得真切，它们是由一些工业时代的碎片垃圾：废弃的建筑材料、铁片、玻璃、塑料，还有竹竿等作为材料制作而成的。

凤凰无论在我国古代神话中，还是在阿拉伯神话中都是神鸟，都广为人们喜爱。

《凤凰》历时两年多创作完成，在北京今日美术馆艺术广场首次亮相，后在世博园露面。法国密特朗艺术基金会曾想把《凤凰》这件他们认为最能体现中国智慧的世博公共艺术品设立在世博轴上，但可惜没有能让《凤凰》飞起来的吊点。之后，《凤凰》几经辗转——它12吨的体重和一身看上去摇摇欲坠的所谓"羽毛"，其实是建筑工地上的垃圾，必须受到前所未有的防雨保护，这造成了《凤凰》历经主题馆、中国馆等场地的数次转移，最终落脚在世博园"宝钢大舞台"室内。这里有原来废旧钢铁厂建筑的遗迹，充满了流水线以及钢架结构强硬又有张力的线条，《凤凰》

相对于周边环境既独立又和谐统一，它仿佛找到了自己的"前世"和出生的地方。

在中国的建筑工地上，《凤凰》曾经是一堆堆任人恣意践踏的垃圾。旅美18年后的徐冰，回国第一次踏上北京CBD的工地时，就被这些建筑废料原始粗陋的美感、被高楼大厦背后的真相深深吸引。他同意委托方的邀请，决定用这些建筑废料制作艺术品，最终的形态将是中国人熟悉并喜爱的吉祥图腾——凤凰。

郭沫若曾有一个作品《凤凰涅槃》寓意指中国新文化的再生，从传统文化的废墟，甚至尸体当中复活再生的、新的希望所在。凤凰的复活，是中国新文化诞生的隐喻，或者说预言。

今天，在我们这个时代又创造凤凰，就非常有意思了！

"什么是中国经验？"张清华教授自问，接着又自答，"我觉得这只凤凰很能说明问题。"

徐冰曾说过，自己的作品为什么会被别人记住呢？不是因为技巧比别人的好，也不是说制作比别人的精美，或是作品更像是艺术的范本。这些都无效！在我们这个时代创作精美的作品，徐冰认为是无效的。假如用非常高级的、珍贵的材料，可以跟凤凰匹配的材料制作一只精美的凤凰，实际上是无效的。因为对于我们当下的经验和文化并没有指射，或者说没有关联。

什么叫有关联？就是从现实中直接提取的材料，也就是这些垃圾、碎片和工业时代的泡沫或剩余。用这些材料制造成凤凰，它就会有社会价值了。它的社会价值是承载了一种看事情的角度和思维的方法。

最主要的是把凤凰的性格呈现了出来。把它放在北京东三环的CBD，它就是对中国现代化建设的隐喻和思考；放在上海世博会，更增添了对历史绵延的追溯……最终，两只备受瞩目的凤凰被一个台湾藏家花三千多万元买走。它最终也许会被藏家带往宝岛，成为那里人们熟悉又陌生的一个图腾。

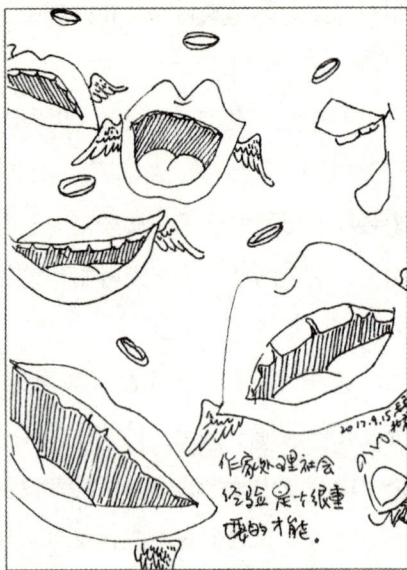

　　关于这两只凤凰的装置艺术，曾引来许多评论。艺术不是讲究百花齐放百家争鸣嘛，再说了，著名作家王蒙曾说过："被人议论，就是风流！"徐冰先生的一件艺术品被人们热议，无论口水还是鲜花，总要比无人问津不知好多少倍呢。活脱脱地风流一把，未尝不是一件好事。

　　其实徐冰的不少艺术作品都曾引起争议，比如央美陈卓老师讲的那个《天书》。

　　和这两只凤凰装置艺术互文的，是欧阳江河先生的一首长诗——《凤凰》。这首诗的争论也很大，各种声音的分歧也很大。某种意义上，欧阳江河的《凤凰》就是徐冰《凤凰》的衍生物，欧阳江河像徐冰一样，只是转换了一个角度。徐冰是用装置艺术来指射中国新文化的再生，欧阳江河则是用文字来装配凤凰，其复杂性和混乱性是一致的。也可以说欧阳江河是用诗文的凤凰诠释了徐冰的装置凤凰。

　　如何通过文本来指射中国经验？欧阳江河为大家提供了一个例子。

报告文学、纪实文学、传记文学和非虚构文学是亲戚还是亲人

2017 年 9 月 18 日，周一，上午，晴

　　一早起来就有那么一些小激动，因为上午将有中国作协副主席何建明的课，这激动既因为何老师长期从事报告文学创作的身份，又因为他当天讲课的题目——"经典和精品的报告文学怎么写？"。

　　从第一次在鲁院八里庄校区听何建明老师的课至今，已过去了七年。七年以来的许多人和事，每每回想起来都倍觉五味杂陈……打住，五味怎么可能说明问题？远远不够呢，怎么着至少也得有七味才差不多。

　　真是造化弄人呵！"七"之于本猫的人生历程来说，是一个多么让人忍不住感慨万千的数字啊！每七年换一座城市，每七年换一个工作单位，虽然现实工作状态并无什么太大变化，但却一直是本猫十分享受的状态，受益颇多。

　　七年前聆听何老师的课之前，虽也断断续续出版了一些书籍，但可以算作文学的书籍只有《游走，在新闻和文学之间》，又因某种原因，倾注一番心血的它，并未被太多人看到。时隔七年后的今天，或主动而为或被动所为，已经出版了或薄或厚或被人们谈论或走到一定程度一些场合的书籍，林林总总的有 50 多本。

　　那又怎样？本猫并不会因此而多长一块肉肉，或是少掉一些恼恨已久的肉肉。走在大街上，仍旧不过是一枚貌不惊人亦不吸引人的路人甲，跟生命中路过的任何一枚大咖都没有可比性，哪怕一点点都没有。好在咱天

生也没有那份攀比的闲心，所以并不因之而有什么不良情绪产生，每天吃饭睡觉打豆豆的庸常生活倒也过得幸福指数蛮高，这就够了。

叨叨至此，本猫忍不住翻出七年前一篇关于何建明的旧作，瞅一眼吧——

何建明的黑暗记忆

2011 年 1 月 8 日，那天下午参加一个文学作品研讨会，当早到的我从会场来宾的桌签上看到何建明的名字时，有一种似曾相识之感。因为几个月前，刚刚在鲁迅文学院听过他讲的课。心里偷偷想，不知道一会儿在研讨会上能否采访到何建明。这样想着，心里就在偷偷揣摩采访应该怎样开头。

何老师不愧是有长期军旅生涯、久经新闻历练的优秀宣传干事，也不愧是中央机关报社培养的优秀记者。这个长期奋战在文学创作第一线的优秀作家，在担任诸多领导职务的同时，还创作了大量优秀的鸿篇巨制。他的作品，紧扣时代，题材宏大，能抓住中国社会最敏感的神经。他也被评论界称为"中国报告文学的领军人物"。

研讨会在进行中，嘉宾们也按照一定的次序发言，很快，何建明的发言结束了。等了一会儿，我拿着笔记本和周明老师替我做的一张名片轻轻走到何建明身后，半蹲着轻声对他说，自己曾听过他讲的课，并向他说明自己的采访意愿，说希望自己能采访到他。何建明在听了我简短的一番话后说，要不现在到外面找个地方采访吧！一离开这里，可能就不太容易找到我了。我没想到他这么爽快地就答应采访，稍稍愣了一下。

他又说了一句：现在可以吗？

哦，当然可以，当然可以！

我赶紧回到座位上，带着录音笔和照相机，从会场另一个门走出去，此时，何建明也已从门里出来。我跟在他后面下楼，发现一楼大厅一侧贵宾室的门虚掩着，推门探头进去一看，空无一人。就在这里吧，何建明说好。

于是，就在这间贵宾室里，我完成了采访。采访的过程中，贵宾室四周墙壁上的前辈作家们，一直微笑着望着我们。

侃侃而谈的何建明，道出了人生旅途几段被"黑暗"缠绕的痛苦记忆——

出生于江苏苏州的他，小时候几乎没有任何关于电的印象。读初中时，家乡仍旧许多地方都没有通电，只有用煤油灯来照明。煤油灯用起来很费油，而且煤油的价格也很贵，因为何建明自幼喜欢读书，这就给本来贫穷的家庭又增加了经济负担。于是，总被父母批评。

在之后采访其他作家和文化名人时，也有好几位都谈到自幼喜欢读书而因家庭生活窘迫受到影响一事。我总是会由此而想到自己，也许正因为自己童年的蒙昧，才使得自己在许多领域的发展中并不具备先天的任何素养，也缺乏那种强烈的学习渴望，所以，前行的每一步都需要比常人付出更多的艰辛。

陷入深思的何建明还追忆了1975年当兵之前，在农村干农活时的一些黑暗遭遇。他说，那些没有电的夜晚，只能在黑暗中摸索，而且没有方向感。每次碰到停电的日子，心都在颤抖，真是苦不堪言！说到这里，何建明的眉头微微皱了一下，那种被黑暗笼罩的苦楚，一定让那时的他倍感无奈，却又无法摆脱。

他还讲到自己当兵后在农家吃饭时的一次遭遇。那次在湘西搞战备调查，被安排吃饭的那户农家没电，也没有其他照明设施。主人盛上晚饭后，饿极的他们摸黑端起来蹲在地上就吃。不一会儿，他被奇辣无比的"饭"折磨得一把鼻涕一把泪的。大约吃到一半时，他被辣得再也吃不下去了，就着地上灶火的微光，这才发现自己端的原来是一碗腌萝卜和辣椒做的菜。

几十年过去了，这段至今想起来仍觉得很窘的往事，让何建明刻骨铭心。在讲述的过程中，他还情不自禁地带着动作，仿佛当年那些被辣出的汗珠至今还挂在脸颊似的。

何建明还讲到多年前在唐山大地震现场采访报道时胆战心惊的 15 天，在一个又一个漆黑的夜晚行走时，他踩在废墟上的腿总是会忍不住地发抖……讲到离开多年后偶尔回老家，夜晚走出家门后那种没有电的黑暗状态，依旧会觉得十分不安……那些被黑暗包围的记忆，已经深深烙在何建明的脑海中，岁月流逝，却历久弥新。

关上"黑暗"记忆沉重的阀门后，何建明如释重负，用极轻快的语调对电给地球、人类生活、人类的心灵世界，以及给历史和未来、人与人之间的距离所带来的巨大变化作了阐述。

他最后用这样一句话来结束采访：电是我们生命中的阳光，是白天辅助的光明，是晚上生命的白天；电，增加了社会的精彩，使写作者获得极大的快乐。

那是一个愉快而又令人难忘的下午。

2012 年夏初，中国电力作协在山西太原举办了一期文学创作培训班，邀请何建明等著名作家授课，我有幸参与整个培训的筹备工作，并于当天一早去太原机场接机。途中还就写作中遇到的困扰向何建明进行请教，他都毫无保留地一一认真作答，令我心生感动。

在 2014 年 11 月召开的陕西作协成立 60 周年大会上，我再次见到了何建明。

除了上述这些，这七年间，我还在其他一些文化或文学活动中遇见他，听他授课或是讲述关于文学的话题。那天何建明在讲课期间突然看向正在专心致志听课的我，并冒出一句话——"我讲课从来不准备课件，建芳知道的，是吧！"

什么什么？怎么话题突然转到我这里来了一下，还是我的耳朵当时听错了呢？

我瞬间脑子短路，有那么一小段空白。只在他朝我这边扭头说话时，本能地向他招手致意，表示我在听，并且已经听到了。

这说明我真的听过不少何建明的讲课或讲话。那些时候，他确实是不用材料不拿讲稿不需要课件的，往往在主持人的话音刚落就开始侃侃而谈，并且在他认为合适的时间恰好停住。既没有给人感觉言之不尽，也不觉得突然就戛然而止，从开头到结尾都自然而然，只因为多年来大量的深入采访和文学书写，使他积累了足够多的素材资料，开讲的时候只需打开记忆的闸门，随便抽出一些来就足以令在场的人听得兴味盎然了。

而 2017 年 9 月 18 日上午，坐在鲁迅文学院芍药居校区教室里第一排聆听何建明的课，则跟其他任何一次的感受都完全不同。原因有三：一是近些年关于报告文学体裁的创作任务渐多，越写越觉得若要篇篇出彩难度系数还是很大的，迫切需要更高的招数指导；二是何建明当天的课不谈其他，单讲他报告文学创作方面所有经验淬炼的精华，句句都是干货，毫无一星半点的虚词浮句；三是在鲁院的前几天的课大多是一边听课一边偷偷涂鸦，唯有那天例外。

至于报告文学、纪实文学、传记文学和非虚构文学，它们到底是亲戚还是亲人？额，在这样好的一个时代，要搞清楚它们还不是一件小事么，关键是得赶紧拿起手中的笔，速度抒写并大写特写那些或宏大叙事或小人物的小故事，不至于愧对"作家"这两个汉字才对。

我怀疑自己曾到过一个假北京

2017 年 9 月 18 日，周一，下午，晴

　　下午是原鲁迅文学院副院长、研究员王彬讲述的"北京的历史地理与人文地理"。在三个小时左右的时间里，王彬老师主要讲述了北京的建城历史、中轴线、胡同与四合院。从房山董家林燕国都城遗址谈起北京的建城历史，迄今已有 3074 年的历史了。这是一个多么惊人的数字呵！一个人的生命如果放在漫漫历史长河中去看，实在是微不足道渺小至极。因此，无论你曾经做出过什么事，都万万不可瞎嘚瑟，因为那相对于人类历史来说，真的算不得什么。

　　在中国，城市布局与井田制密切相关。专家考证，井田制在中国原始社会末期已经出现，发展到西周时期，成为定制。在今天的北京二环路以内，依然保存了历史上的城市格局，只是道路拓宽了，不少胡同与四合院被拆掉、盖高楼，城垣被拆掉，修筑环城路而已。然而，沟通环路的主要通道仍然以旧有的干道为主。就此而言，北京城仍然保持了井田制的基本形态，是历史在当代的凝固与延伸，并没有发生根本性的变化。

　　是啊，不是说北京是一座正经的城市嘛！而且正经指数还蛮高呢。

　　胡同是一种道路形态，是一种微道路，其功能不仅是出行，它是从公共空间到私密空间的过渡，是一种半私密空间，是北京文化的重要组成部分。胡同的起源是巷，这种幽静的、充满生活情态的道路形式，自元朝以后就已经出现。胡同是蒙古语在汉语中的借词，原指水井。与元大都相比，明代的北京出现了大量胡同，围绕着干道整齐排列。

日月辗转，社会进步，北京街巷的胡同数量一度猛增。据统计，嘉靖三十九年（1560），北京有1170条街巷，其中有459条胡同，约占总数的40%，几乎是元大都胡同的16倍。从此，胡同成规模、成建制地走进北京老百姓的日常生活，和人们的生活息息相关了。

胡同的两侧基本是单层建筑物，胡同的功能主要是生存、走向、交通、交往、休闲、防护。北京的胡同大部分是笔直、平坦、东西走向的。王老师还讲到由胡同延伸出来的胡同文化，讲到北京四合院及其特征和井田制与北京的四合院关系，讲到北京的文学地理，文学中的地理元素、文化内涵、审美意味、地理对作家的影响等，最后讲到北京文学的历史遗存。

在讲课结束前，王彬老师语重心长地说："创作一部好作品，不在社会，不在环境，不在他人，关键在自己是否能够沉静下来，从心中把握社会，把握艺术。中国的儒家注重修齐治平，修，就是修身，就是养气，以天地之心养气，培养自己的志向。这是做好一切事情的基础，也是创作一切好作品的基础。"

王老师说的这些，我其实并不陌生，这并不是因为我曾在这里工作过几年，对这里较之他人了解更多一些。其实那几年并未去过几处景点，更少去胡同里闲逛，只把关注的目光更多地停留在各个美术馆和博物馆的展厅，投向一个又一个文化或文学讲台，徜徉于图书馆和书店之间。而是说在十多年前，我还在陕北工作时，因为一个机缘拍摄了那里的四合院。

从春到冬，从夏到秋，走街串巷，进宅入户，从城市里的街巷到四合院的全景，从住户家中的家居陈设到那些许多孩童穿过的老式衣裤鞋袜，从走过岁月沧桑的大门、二门、月亮门、垂花门、影壁到大门上"进士及第""五世同堂"等匾额，再到垂花木雕、精美砖雕。

为了寻找更好的拍摄角度、更广阔的拍摄视角，甚至攀爬上高门大户的房顶。一次，在一家的正房顶上拍摄整个四合院的全景，并准备拍摄夕阳余晖照耀下的脊兽和砖雕，因太过投入一时竟忘记身处何地，一脚踩

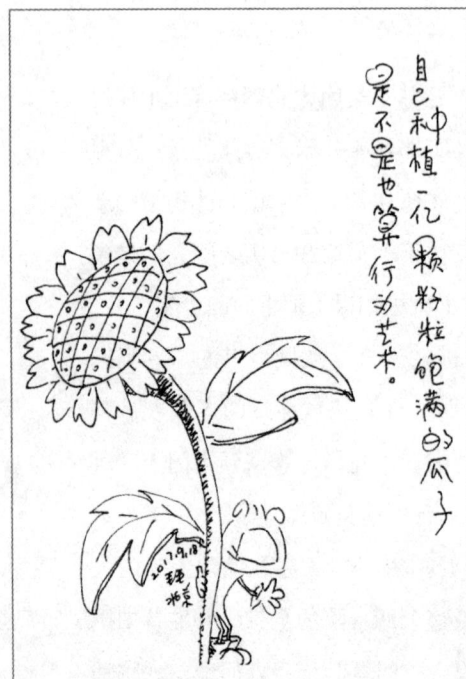

空差点儿从屋檐上滚落下去。虽有惊无险，但偶尔回想起来还是会心有余悸，也许某一瞬间的不慎，可能从此就永远年轻了。

不！我要活着。

那里的人们把巷字读作"hang"，巷道多依山就势或宽或窄或弯或直，宽可轻松行车，最窄的一条巷子名曰"一人巷"，位于大街和二街之间。像我这样的普通身材，也只能是一个人走过，迎面来人只能在巷口等待通过，若非得两个人相向而行挤着走，那必须得小心翼翼地侧身，而且也必须面贴面肚贴肚才可勉强通行。为了走个路而跟陌生人如此亲密接触，也忒尴尬了些。

那些断断续续拍摄的四合院照片，曾在某些报刊上大篇幅发表过，也在一些报纸上以专栏的形式连载过，还在当地办过两次展览，引起不少关注。甚至许多老人都觉得那些较为完整的、精美的四合院已经越来越少了，亦有人当场提出要购买照片，我无意销售，婉拒了他们的请求。

在北四环上和小黄车一起前行

2017 年 9 月 19 日，周二，晴

在央美听完课后，看看时间尚早，回想中午出发时在站牌那里久等车不来的急躁心情，遂决定骑一次小黄车。

说骑就骑。很快打开校园树荫下的一辆小黄车，不确定车技如何，便先去操场上转悠了几圈。找到一些感觉，就骑着穿过校园，到央美美术馆看了新近的几个展览。

视觉艺术的语言是没有国界的，同样没有国界的，还有音乐等艺术形式，它们都能够促成其他交流渠道之外的宽广对话。央美美术馆的"德国 8——德国艺术在中国"是迄今为止德国当代艺术在国际上最全面的一次展示，共展出了 55 位艺术家创作的近 320 组作品，呈现了德国艺术从 1050 年至今经历的不同风格与潮流。今天，人们常常使用"多元性"一词来形容国际艺术的当代发展，"多元性"对于德国艺术来说应当是"质量的证明"。我当天在展厅里看到的作品，正是以"多元"的形态来反映德国当代艺术的"品质"。

那些油画，有的在画布上镶嵌着形状不规则的镜子，当人们匆匆路过瞥一眼或是站在那里准备欣赏画作时，必定会看到镜子中的自己。那些影像和画布上浓烈的色彩、奇异的构图混杂一起，成为画面中的一部分，诞生出一幅新的作品。也就是说，每一位参观者看到的既是同一幅作品，但又不完全相同，因为每个人是不一样的、独立的、个体的。

站在画前，你会有一种莫名其妙的错位感，当然有的人感觉明显：

到底是我在看画，还是我自己就是画的一部分。也许有的人不过只是淡淡的在心底想：哦！这幅画上怎么装了几块镜子啊。

无论如何，我在看到镜子的那一刻，冒出来的念头是——这到底是油画作品，还是装置艺术。突然就想起央美陈卓老师讲过的：这是一个混搭的、跨界的时代，央美近些年的毕业展上，如果没有规定材质不能在画布前突出多少尺寸的话，极有可能所有的画布上都会出现造型极其夸张的装置艺术……当他讲到这里时，教室里瞬间爆发出会心的笑声。我想，身为央美大四学生，他们一定见过不少学长学姐们的毕业展，想必着实对陈老师所言心领神会。

有的画作上粘着裁切得齐齐整整的不同长度、不同宽窄和不同厚度的长条形白色泡沫，横七竖八，纵横交错，然后喷涂上艳粉明黄翠绿湖蓝等颜色，表达作者某种艺术理念。其实一开始我并没有很快发现那些东西是白色泡沫材料，只是凑近仔细去看，发现画家虽仔细喷涂，但泡沫材料和画板结合部位还是有许多地方颜料难以抵达，在周围各种色彩的映衬下，就自然形成了一个由结合部向外扩张的白色边界线。若离远去看，则白色的边界线更加醒目，使之立体感十足，反而像是画家有意而为之。

有的画面上并不堆砌太多材质，以至于看展览时必须保持足够的距离才不至于碰着它。可是，你只要定睛去细看，还是会发现一些问题的。是的，他们把一些海报或者招贴画，甚至可能是一些旅游地图什么的，把作者愿意呈现的部分剪裁下来贴在画布上，或者说，也可能是作者构思好以后画了一部分内容，然后剩下的部分用这些剪裁的图形元素去补充和完善，以使它成为有别于单纯意义上的一种绘画作品。

这话说得好拗口啊！

还有那些木雕，作者用一整段木头，刀砍斧劈制作成一件艺术作品，大多是穿衣服的人。我之所以用"刀砍斧劈"形容，是因为那些木雕呈现的完全是一种原生态的、极其自然的一种感觉，并不过多用各种工具让它的表面变得光滑平整。辗转从异国而来的它们，看上去粗劣毛糙，就像未完成的作品，或者像美院学子急切地等待下课而匆匆制作出来的作品。请原谅我的不恰当比喻，实在是觉得它们如果被再打磨打磨，或许会更耐看一些。但那又会是其他艺术家的作品，而不是这一位的。

木头表面明显也没有做过其他过多处理，那用颜料涂就的衣服，随着木头纹路的渗透和蔓延，衣服边缘近看也是豁牙露齿的参差不齐。我再次暗暗地告诉自己不要胡思乱想，这些都是牛哄哄的异国艺术家的作品，一定是从许多艺术家的作品中选出来的，他们的作品都有自己的创作思想和独特的强烈的艺术表现力，只可欣赏，而且必须打开思路去认真欣赏。

再说了，艺术创作又不是建筑设计，即便是建筑设计，风格各异不一而足，尤其是那些创意新颖的、设计独特的、造型唬人的，则往往更容易被人们记住，当然也容易受人诟病。

比如，"鸟巢"颇多赞誉，而"大裤衩"就被以各种方式取笑。其实冷静地想一想，关于"鸟巢"的贬损，也不在少数。任何人和任何事，永远无法让所有人都说好，只要大多数人认可就已经很不错了。

"'德国8'的展出作品视角多维，艺术观念、视觉语言方式、流派和风格都不尽相同，创作展品的艺术家们已经取得了很大的成绩，在德国国内和国际艺坛上都已得到认可。展出的17位艺术家的作品，涉及绘画、雕塑、摄影、装置等艺术形式，其中不乏二战后德国自新表现主义以来艺术发展中的多位重要人物，如霍斯特·安特斯、约尔格·伊门多夫、丹尼尔·里希特、弗朗茨·根泽肯、卡塔琳娜·弗里茨、罗斯玛丽·特洛柯尔等。"

乍一眼看去，这些名字使用的字词都是国人不常用的，我不知道老祖宗制造这些字词的时候，是不是专门等着给老外用的。因为长了这么大，我还从来没有听说过邻居家的孩子或哪一位同学的名字有过这样的组合，虽然它们一个个独立来看，其实并不算有多么生僻。

"'打破常规'是这些艺术家及其创作的重要特征，这些艺术家大多不止于传统意义的架上绘画或雕塑，而是将创作延展至更为多样化的综合的媒体，或者说在不同的媒介上进行实验和创作。不同的媒介反映不同的思维方式和语言系统，而越界的创作就意味着思维和语言的转化。"

好吧！这些抄录自展厅的文字，是不是很好地诠释了我在前面的絮絮叨叨和啰里啰唆。虽然展览主办方只用几句话就好像说明了一些什么，但我在黎明时分敲这些文字时，还是觉得应该把自己稚嫩又浅薄的感受留下来。他们的是他们的，我的是我的，谁也无法取代谁。

主办方的意图之一是"借由这些艺术创作的实验，我们可以看到这些德国艺术家们对于人类、社会、艺术的思考和艺术创作上的逻辑，可以一窥德国当代艺术领域在过去几十年中所进行的实验，以及当下正在发生的创新，了解这个严谨和理性的民族在艺术上不断进取的态度和自由开放的思维"。

感谢他们！

这17位艺术家的艺术观点和创作语言惊人得多样，构成了一个巨大的力场：弗朗茨·阿克曼和他的旅行记录拼贴绘画；霍斯特·安特斯和他介于具象和抽象之间的、具有艺术历史特征的绘画作品；史蒂芬·巴尔肯霍尔用超写实手法表现人物、动物，甚至是建筑，创造出独特的彩绘木雕；亚伯拉罕·大卫·克里斯蒂安糅合脆弱性与稳定性，利用它们微妙的平衡关系创造独具韵律的静态雕塑；著名的观念艺术家汉纳·道波温通过文字和影像的方式表达——或者按她的说法是'转录'有形的时间；德国艺术圈公认的顽童马丁·基彭伯格像道波温一样关注现实，但他愤世嫉俗又诙谐幽默，各种社会现象，尤其是社会的弊病都逃不过他的画笔。

这些作品的展出所形成的鲜明对比和激烈碰撞是前所未有的，起码对我来说是这样子的，脆弱敏感的小心灵着实受到不少的震撼。

这些艺术家无意挑战人们习以为常的感知模式，他们只是用突破形式和惯例的限制，通过各自作品内在的歧义来粉碎我们所熟悉的世界形象。以约尔格·伊门多夫和丹尼尔·里希特为例，"虽然他们的生平轨迹完全不同，但不约而同试图拓展艺术的意义和功能：伊门多夫质疑艺术的力量，他认为艺术家受困于工作室，受困于艺术与创作领域之外的生活。一方面在孤立的象牙塔里他可以保证作品高产，但同时又渴望冲破藩篱，走出象牙塔，走到劳动人民当中，并通过艺术作品来表达和传播他的诸多社会问题。里希特保持着伊门多夫类似的主张，他绘画中的图像充满了精神层面的内容，可以被看作是对事物状态的主观反映。他的作品也常常包含诸多对纪实摄影、艺术史和时事的暗指，致力于解决社会现实和政治生活中的问题"。阿尔伯特·奥伦精彩的新表现主义手法，以及休伯特·齐科尔将建筑的空间特性运用在装置作品中的方式，则从语言和材料的多样性探索层面体现了德国艺术家对艺术自由的探求。

此外，展览也突出了一批艺术家——尤其女性艺术家的作品，卡塔琳娜·弗里茨诙谐的装置艺术，以及罗斯玛丽·特洛柯尔的"编织"作品都是她们艺术思考的生动体现。我在看那些平铺在画布上的"编织"作品时，满脑子里想的都是曾在宋庄见过的一位女艺术家也算不错的"编织"作品。如果她的作品呈现在这里，换上一个洋气一些的名字，真是不知道观众会有什么感受。

"这些艺术家在国际艺术界奋斗多年，如今似乎已经成了'正确'和'成功'的代名词。"当这样的文字被印在宣传册上，又被我在展览现场看到时，我承认自己当时并没有多想什么，但在后来反刍这次展览过程时，却不由不多想了那么一丁点儿。就一点点儿，也没敢想太远。

欣慰的是，所有这些艺术家都不曾停下他们追寻艺术的脚步，或者说他们"永远在路上"，他们的杰出成就正是源于不止的好奇心和对开拓进取的热爱，这些都是他们比其他知名的艺术家们更加独特之处。有没有很赞呢！

"德国是一个盛产思想者、哲学家和艺术家的国度。世界主义情怀、自由的政治氛围、高度的自信和责任感以及沉重而深刻的历史培育了德意志民族独特的气质。尊重日常经验、超越表象再现、注重精神内涵和哲学思辨是德国的艺术传统。从中国现当代艺术发展历程来看，德国的现当代艺术对中国有着重要的意义和深远的影响。尤其是八五新潮以来，德国的现当代艺术始终是中国艺术家的课程之一。具象与抽象、绘画与新媒介、艺术性与社会性的关系问题是德国当代艺术面临和试图解决的问题。同时，这也是当今全世界范围内，当代艺术所面临的，中国也不例外。"

艺术是需要创新的，创新不是从天而降的无中生有，也不是新瓶装旧酒的表面功夫，创新关乎的是一种认真、谦逊的态度和勇于尝试的探索精神，以及对艺术的热忱和内心生发的使命感。艺术是至上的，但更为重要的是，创造艺术的是人，赋予艺术意义的也是人，无论是艺术家还是观众，都是这个场域能量的制造者。

央美美术馆同时展出的还有瑞士平面设计师与设计教育家沃夫冈·魏因加特的文字设计展。被称为"顽童"的魏因加特因其反叛精神而为人所知，他善于打破媒介与技术的限制和常规，创作的手段和媒介跨越了手工和机械铅活字排版、多重底片拼贴、复印机、凸版印刷与平版胶印等，甚至还尝试性地使用了数字化设计工具。坚持不懈地致力于平面设计作为一种视觉语言本身的探索和深化，发散出的能量对平面设计领域产生了超越时代和媒介的影响，在数字化设计的浪潮来临之前，预示了一种新的平面设计语言的可能。

虽然在许多美术馆都分文不取的当下，央美美术馆那次的展览须当场购买15元的门票方可进入观展，但这丝毫不影响热爱艺术的人们络绎不绝争相前往观看，并楼上楼下地流连忘返，徜徉徘徊。

观展结束时已是夕阳西下。随着东北四环上已经开始拥挤的滚滚车流，骑着小黄车一路愉快地到了北四环。途中自然走走停停，不时看看路边姿色浓艳的花朵，车中坐的神态急切人，或是突然从身旁快速掠过的匆忙背影。我似乎舍不得把这段并不算远的路程很快就行完。

谁说到北京非得去南锣鼓巷

2017 年 9 月 20 日，周三，晴

    课表上当天的安排是——北京文化地理一日考察。

    北京鲁迅博物馆是集体行动的唯一景点，位于南锣鼓巷附近的茅盾故居和郭沫若故居，却是午饭后同学们各自寻路前去的。

    北京鲁迅博物馆位于北京市西城区阜成门内大街宫门口二条 19 号，1956 年 10 月 19 日正式开馆，是在鲁迅故居的基础上发展起来的。位于鲁迅博物馆院内的鲁迅故居（原为北京市阜成门内西三条 21 号），是鲁迅先生 1923 年 12 月购买、1924 年春天亲自设计改建的一座四合院，1924 年 5 月至 1926 年 8 月鲁迅在此居住，是鲁迅在北京生活的最后一处住所。鲁迅在这里完成了他的《华盖集》《华盖集续编》《野草》等文集和《彷徨》《坟》《朝花夕拾》中的部分文章。

    关于鲁迅先生和他的文学作品，一句都不可以多说。

    多年前，我曾去江浙一带出差，顺道去了先生在绍兴的故居，去了成年后的他心心念念的三味书屋，也去了被无数后人好奇又神往的百草园。谁知出现在我眼前的百草园，早已不能够觅得书中所写"百草园"的蛛丝马迹，此园早已非彼园，徒留一个虚无缥缈的称谓幽微地飘浮在空中，若即若离。

    在那张刻着"早"字的书桌旁伫立良久，心境一瞬间竟有些黯然，有些不便言说的情绪堵在喉咙。历经岁月磨砺的它，已被琅琅书声和经年累月的潮气浸润，木头本来的颜色已然褪去，散发着幽幽的光辉。

先生的人生从这里出发，在他百年之后仍有迹可循、可考、可凭吊，被一代又一代人瞻仰缅怀，这恐怕是先生在世时不曾料想到的吧。

在北京鲁迅博物馆的展厅里，蓦然看到挂满两面墙壁的木刻，其中就有那个年代的经典木刻——李桦的《怒吼吧！中国》。之前许多次从报纸杂志或者书籍中看到过这幅震撼人心的黑白木刻版画，却不曾想在这里跟木刻作品原件偶遇（工作人员告诉我说，这里展示的木刻都是原作，我不完全相信。因为当年的木刻木板大都很小，而展厅的木刻木板却看上去很是规范，统一制作的痕迹十分明显）。那一刻的我满心欢喜，仿佛他乡遇故知一般，情不自禁地惊声叫了出来，幸好当时近旁无人，避免了不必要的尴尬。

李桦是中国著名一代版画家，也是当年参与"木刻讲习会"的成员，直接受过鲁迅先生的指导。《怒吼吧！中国》是李桦在1935年创作的木刻版画，这是一幅铿锵有力、掷地有声的象征性作品，极其富有震撼人心的感染力。以入木三分的遒劲刀法和线条，刻画出民族危亡时刻的困境与国人奋力抗争的决绝，刻画出中华民族这位巨人已经惊醒，正挣脱帝国主义与一切反动势力强捆在身上的绳索，怒吼而起，要拿起武器为民族前途进行战斗。

画面中象征中华民族命运的青年壮士被五花大绑在一个木桩上，眼睛被一块黑布蒙住，张着大大的嘴巴，似雄狮般在怒吼，同时将一只粗壮有力的大手伸向一把触手可及的锋利的匕首。一旦他将匕首拿到手中，便可以斩断一切束缚自己的绳索，重获自由！

木刻版画《怒吼吧！中国》正如鲁迅先生的文学作品《呐喊》一样，表现出对民族生存浓重的忧患意识，却更加形象地试图去唤起同胞们的觉醒与抗争。这件木刻版画已经成为中国抗战史上的一个标志性符号，堪称中国现代美术史上的经典之作。

每每说起鲁迅先生，人们想到的更多是——民族脊梁的文学巨匠。其实他对现代艺术也有着重要贡献，尤其是一手推动和带动了中国的新兴木刻运动。

1931年鲁迅就创办了"木刻讲习会"，拉开全国规模的新兴木刻运动。之后，新兴版画运动开始发端，在上海先后成立了"上海一八艺社""野风画会""春地美术研究所""MK木刻研究会"等，一批左翼青年从事新兴木刻的创作，并相继奔赴延安，成为解放区木刻的骨干力量。

鲁迅关心的不仅仅是版画本身，更是整个中国未来的美术和文化艺术。但在当时特定的环境和历史条件下，版画是最为合适的一种艺术形式，所以选择版画其实也是一个策略。

美术伴随了鲁迅先生的一生。

著名版画家赵宗藻就把先生称为"艺术的父亲"。萧红在《回忆鲁迅先生》中描述道：在病中，鲁迅先生不看报，不看书，只是安静地躺着。但有一张小画鲁迅先生放在床边不断地看。这是苏联木刻家毕珂夫的《波斯诗人哈斐诗集》的首页，画着一个穿着大裙子、飞散着头发的女人在大风里奔跑，在她旁边的土地上，还有小小的红玫瑰花朵。

鲁迅与版画的关系始于20世纪20年代末，时值国内革命战争时期，他已写出小说《呐喊》《彷徨》、散文诗《野草》、散文集《朝花夕拾》等。因支持北京学生爱国运动，鲁迅为北洋军阀政府所通缉，他南下到厦门大学、中山大学任教。1928年年底开始，鲁迅和文学青年创办朝花社，出版了画集《艺苑朝华》，开始介绍并刊登木刻作品、连载美术理论研究。此后编辑出版了《梅斐尔德木刻士敏土之图》《引玉集》等画册，把外国版画艺术介绍给国人，从选编、序跋、装帧设计到配页、编号、撰写广告等，无不亲力亲为。

在《〈木刻纪程〉小引》一文中，鲁迅先生解释了自己对木刻、版画的投入，"一方面还正在介绍欧美的新作，另一方面则在复印中国的古刻，这也都是中国的新木刻的羽翼。采用外国的良规，加以发挥，使我们的作品更加丰满是一条路；择取中国的遗产，融合新机，使将来的作品别开生面也是一条路……实在不仅是一种奢望了。"

许多进步学生在鲁迅先生的影响下走向木刻，走向艺术，从而最终改变了自己的整个人生。

　　关于茅盾故居和郭沫若故居，颇是费了一些周折才好不容易觅得，也仔仔细细地参观了院落、内室，观看了展厅的图文资料，这里不再多说什么了。

　　在路过南锣鼓巷时顺道多瞅了几眼，在我看来，它已经堕落得一塌糊涂，窄窄的脑门上拥挤着两个散发着铜臭的大字"商业"。各种莫名其妙、来历不明的"文化"明目张胆地霸占着临街的商铺，眼神闪烁的所谓手艺人，有一搭没一搭地敲打着面前的手镯或者戒指，打死我都不信玻璃橱柜红绒布上展示的那些银饰，全部来自他们之手。各色吃食绚烂夺目、香味四溢，只是跟"老北京"半毛钱的关系都没有，就连偶尔飘过的无家可归者，身上都裹着花花绿绿的衣裙哗众取宠。

　　请原谅我的刻薄，我保证，我不是故意的！

我想，我会不会是一枚银杏果

2017 年 9 月 22 日，周五，晴

当天上午的辅导老师见面会，或曰"抓阄会"，给在场的师生们留下了许多难忘的瞬间和可供回忆的精彩内容，然而，如若真要将其用文字一一叙述，倒也不是不可以，只是……容我想想该怎样叙述才更加合适。

嗯！话说好几天前得知有这么一回事时，我还是蛮激动的：究竟会有哪些大咖给我们担任导师呢？而哪一位又会是我的导师呢？我该怎样向导师请教那些困扰自己许久的小问题呢？如此这般反反复复的胡思乱想，白白浪费了不少可以用来读书写字的大好光阴。

就在翘首以待的我等得脖子酸腿困时，这一天终于来了。

当导师们在鲁院郭艳主任的陪同下鱼贯而入时，我的热情已大不如前。倒不是说我不高兴、不愿意、不心向往之，恰恰正相反。因此，才会在这一天终于到来时，反而平静了许多。

瞅了一眼台上的导师，其中有几位认识的，也有一些不认识但听说过的。没有特别渴望跟随哪位导师，明知道那样的想法也是多余。就淡淡地听从安排了。

当然，我表现出的是一幅貌似风平浪静的假象，并不代表其他人都跟我有相似的想法。当导师们一一念着他们手中纸条上的名字时，同学们的表现大不相同。有那默默念叨三百遍，只为祈祷自己被某位导师抓到的，果然幸运地成为师生，在听到导师念出自己名字的那一刻，自是欣喜若狂、喜形于色，以至于站起来自我介绍时声音都是激动的、颤抖的、欢

乐的，语言都是互相叠加和拥挤的。有那本来还在淡定从容地等待老师念自己的名字，谁知导师念出的某一个名字刚好因故未被录取，他们便被安排直接成为这位导师的学生……

这样述说，感觉还是累。简言之，就是现场有喜悦、有失落、有意外、有激动，可以说是几家欢喜几家愁。直到所有的导师都抓了五六个学生之后，纸箱里的纸条也被抓光了，众人以为这项工作暂时告一段落时，一个幽幽的声音传过来，"老师，我还没有导师呢！"

我突然就想起了贾宝玉同学的前世。想当年，他在栖身大荒山青埂峰无稽崖之前，也有跟其他石头一样补天的可能，可是女娲把一块块的石头都拿起来去补天，补来补去最终只剩下那一块，遂弃之于大荒山青埂峰无稽崖下。"谁知此石自经锻炼之后，灵性已通……因见众石俱得补天，独自己无材不堪入选，遂自怨自叹，日夜悲号惭愧。"

是不是还真有几分相像呢？

当然了，最后那位差一点儿被遗漏的同学，最终还是被指定了导师，除了心里有点小小的不舒服外，倒也无甚大碍。

而那块女娲娘娘剩下的石头，被带到人间后成为颜值颇高且出生于富贵人家的贾宝玉同学，遍享富贵荣华，备受各种宠爱，还被许多莺莺燕燕争相喜欢，那可是相当的不虚此行了。

我们的导师宁肯当天的手气还是很不错的，他抓了五朵金花一片绿叶，其中班上三名警花中的两名，而且还是"中国好闺蜜"。唯一的那片绿叶还扎着一个马尾辫，如此说来，宁肯老师该是抓了五朵半的金花。嘻嘻！

大会结束后即刻启动各种小会模式，宁肯老师提议我们去院子里边走边聊，众人皆应允。于是，我们在中国现代文学馆的院子里以文学的名义散步，阳光透过各种树木的叶子投射到水泥地上，或者悄悄照耀在大家的身上，洒下许多暖意。

我们六个人来自不同的地方，说着各种风味的普通话，有吴侬软语的韵脚，有小桥流水的旖旎，有擀面皮和肉夹馍的劲道，有热干面的芝麻香气，还有丝绸之路的驼铃声响，想必宁肯老师走南闯北的，啥事都经历过，啥饭都吃过，啥方言也都听过，要搞明白我们那几种味道自然不在话下。

在校园东边的一排银杏树附近，宁肯老师停下脚步，仔细聆听同学们介绍各自的创作情况，以及当下需要导师帮忙解决的一些具体问题。他身后的那棵银杏树，枝繁叶茂，小小的扇形的叶子正在由绿渐黄，一些着急的已经变得全黄，性子缓的还在被浓浓的绿意萦绕，更多的叶子则处于将黄未黄之间。黄褐的隐隐泛着一丝丝绿意的银杏果，正在即将成熟的季节，果实饱满，水分充足，拥挤不堪的果实挂满枝头，沉甸甸的它们，将曾经四处伸展着的枝头压得很低很低，不得不像垂柳一样默默垂向地面。

树下是碧绿的草地，草地被修剪得也算齐整。在那一大片绿的颜色里，间或有一些从树上跌落的、被秋风吹落的叶子，暗黄或黄褐的颜色跟周围绿的颜色形成很大反差，乍一看去，醒目异常。

最不想提到的，却也不能视若未见的是，有几颗不大的银杏果亦静静地躺在草地上。它们由于失去了大树养分的滋养，黄褐的颜色要

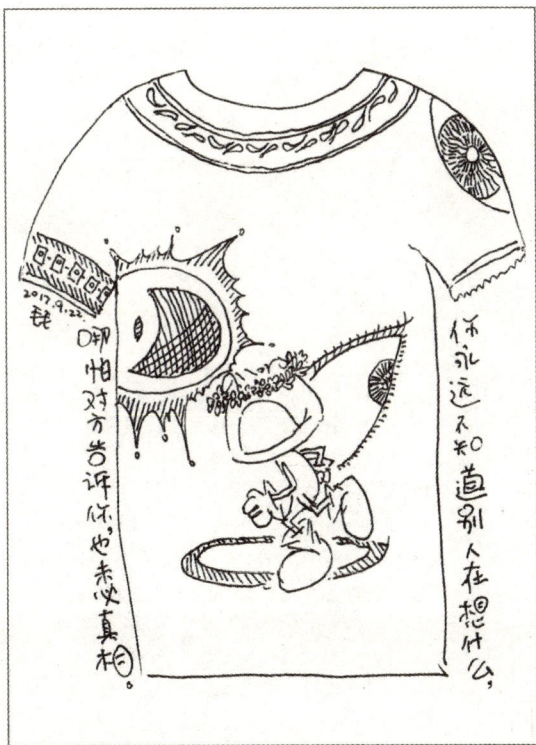

更深一些，看上去比树上的果实要小，表面早已失去先前润泽的光彩，有的甚至有些干蔫的迹象。我甚至不敢去想象它们的未来，因为它们根本就不可能有什么未来。对于它们来说，谈未来实在是一件忧伤的事。

不久的将来，它们只会更加枯萎，干蔫，萎缩，困顿，直至被一阵无情的风驱赶着，在清冷的寒夜里呼号。

新的一年到了，银杏树又会生长出许多新的嫩绿的叶子，然后渐次变得更绿，更加绿。在该开花的时候开花，在该结果的时候结果，直至完成生命的又一次轮回。

这一刻的窗外，秋风起舞，树叶飞扬，我默默地望着如洗的蓝天，笑了。

文学馆的树荫美丽依然

2017 年 9 月 23 日，周六，晴

下午参加在鲁院举办的"习近平文艺思想研讨会第五期"，一进教室就看到主席台的桌签上有中国作协副主席李敬泽的名字，而前一天晚上一个盛大的关于儿童文学的颁奖典礼上，从头至尾都由他主持。

还记得在王蒙文学艺术馆开馆仪式上，这位北大中文系毕业的高才生脱口而出，"王蒙是中国文坛一个巨大的存在……"

当天的研讨会仍然由李敬泽担任主持，他在陈述主持词时，不无幽默地说了一句，"真是为文学操碎了心"，所言极是呢。

几年前参加在中国现代文学馆举办的一个研讨会时顺道采访了他，那次活动期间还采访了时任中国音乐家协会主席赵季平等人。那段时间，只要外出参加文化或文学活动，大都不得不眼观六路耳听八方，看看有什么人够得上我们文化访谈栏目的资格，然后想尽办法去搞定。其中既有意料之中的接受，也有意料之外的拒绝，无论接受还是拒绝，都非常感谢那些生命中的遇见。于公来说，每一次采访又完成了版面需要的一个稿件，自己多写一些，其他同事就相对轻松一些；于私来说，每一次采访又都是一次人生的历练和不一样的生命领悟，收获的岂止是一篇稿子那样的结果。

还记得那次采访李敬泽之后写的一篇文章——《美丽的树荫》。

能顺利采访到李敬泽，是那个夏日周末参加活动的又一个意外收获。

2011 年 7 月 9 日，因为要完成对中国音乐家协会主席赵季平的补充采访，我参加了在中国现代文学馆召开的"《米脂婆姨绥德汉》与中国原

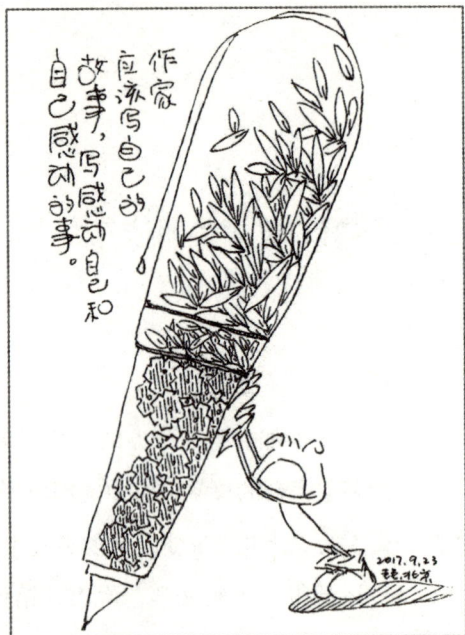

创音乐剧发展研讨会"。作为行业媒体的一名文化记者，只因了"行业"二字，总觉得像是姨太太的孩子，或者私生子，远不及正房亲生的少爷或者千金，被别人抬举着，自己也理直气壮。

有时参加一些较大型的社会文化活动采访，总是心里有些虚。每当人们问起我是哪家媒体时，虽然也是自豪地报出媒体名称，但在说出自己媒体名称的同时，也会主动向对方介绍我们媒体的发行量和覆盖面等，以及企业对文化的重视和报社对文化版的重视程度等。当天亦然。

会场的记者席上没有我们报社的桌签。这些，其实都已经习惯了。找了一个位置坐定后，先将拟定的补充采访提纲清楚地抄写在一张 A4 复印纸上，放在赵季平的桌签旁。然后，回到座位上。

桌上有一份一份的新闻通稿，自然也没有我的。我拿过旁边一位记者的通稿，从里面逐一寻找到会的嘉宾，看是否有采访的可能。从中，看到"李敬泽"三个字。也许因为对文学的喜爱，对这个圈子的人相对更为关注一些，遂在采访本上写下李敬泽的名字。在嘉宾们陆续进场时，我稍

稍留意了一下李敬泽的座位。

　　研讨会进行了一会儿，我取出名片，在背面写下"希望能够采访到您"。悄悄走到坐在主席台上的李敬泽身后，递上名片，表明身份，询问能否采访一下他。他接过名片，看过后说：可以。我心里一激动，问道：您可以给我一张名片吗？他打开名片盒，取出一张递给我。重新回到座位后，我给他的手机发了一条短信，再次告诉他自己的身份，并说明采访主题和采访大约所需要的时间。他很快回复：好的。我又发短信询问，在研讨会期间抽空采访、会后采访，还是之后再联系？他回复：现在。并从座位上站起身。我立刻拿起桌上的采访本、录音笔、照相机，紧随其后走出门。

　　到大厅后，我问，去旁边的贵宾休息室，还是？

　　去外面的树荫下吧。

　　我望了一眼，大厅门外，天蓝如洗，虽然那段时间气温较高，但上

午的天气还不算太闷热难耐。现代文学馆宽敞的院落里有许多树木花草，院子里的水泥地干净得仿佛没有一丝尘埃，院子亦无人走动，十分适宜。而门厅一侧恰好有一棵树，静静地站在阳光下。树荫里，一把木质长椅早已迫不及待，宛如专为当天的采访而存在。心中朗然。快步走过去，用手轻抚了一下，还好，前几日的雨和风，加上工作人员或许也比较敬业，椅子几无尘埃。李敬泽走过来后，坐在椅子一侧，燃起一支烟。我轻轻坐在另一侧，一边打开录音笔、翻开采访本，一边说明采访意图。

我的话音落下后，李敬泽在袅袅轻烟中，侃侃而谈。

我一边在采访本上认真做着记录，一边留意录音笔是否在正常工作。之后，又简单提问了几次，他都一一给出了让我十分满意的回答。采访进行的过程中，树影婆娑，云淡风轻。虽然研讨会现场洋溢着浓浓的陕北民歌和音乐剧的味道，散发着传统和舶来品的貌合神离气象。会场外，一个令人难忘的采访正在进行中。

其间，我用尽可能简短的语言向李敬泽介绍国家电网的情况，介绍《国家电网报》的情况，还有报纸文化版和文学创作版的情况等。

我们之间的简短交谈，是一个记者对一位名家的采访，更是一个文学爱好者向一位著名作家的请教和学习。对于被采访者来说，环境轻松，话题轻松；对于采访者来说，这样的采访是欣喜的、难忘的。它不只是一个普通意义上的采访，因为那片树荫，是美丽的。

几年时间过去，走过一些路，结识了一些人，又渐渐走丢一些人，一切都顺其自然，坦然接受命运的安排，并不刻意而为。只是不曾察觉的是，我与文学竟然在悄悄靠近，靠近，再靠近。

2017 年夏末秋初，当我住在鲁院的宿舍里，认真接受文学的滋养时，课前饭后，闲暇之余，有时会去校园里走走，每次路过中国现代文学馆门口附近大树下的那把椅子，就会想起跟一位文坛大咖在那里共同度过的美好时光。

天哪！周末好像只有一天

2017 年 9 月 24 日，周日，晴

　　周末感觉好像只有一天的样子，伤心欲绝到难以自持。

　　一天怎么可以呢！说好的双休日跑到哪里去了。虽然只有一天时间，可是懒觉还是必须要睡的，程序不能变啊！否则怎么对得起辛苦了一周的自己。对不起自己的事，本猫是坚决不做的，也绝对不会做。怎么可以仅仅只是睡懒觉这样简单呢，而且还必须得睡到自然醒，谁也不许打扰。必须得拔掉电话线，关掉手机，哦！记得给房间门口挂一个"免打扰"的小牌子……想想还有什么遗漏没有？嗯，差不多就这样了。

　　因为只有这样子，才对得起校园里自由的空气和闲散的秋风，对得起林荫道边大树上的喜鹊，对得起校园池塘里的睡莲和游鱼，对得起院子里结满枝头等待成熟的累累果实，对得起在秋风中依然盛开的美丽花朵，对得起修剪得整整齐齐的草坪和矮树丛，对得起餐厅里花样翻新色香味俱佳的各色美食，对得起打扫卫生的阿姨和大楼的保安，对得起温暖的阳光和北京蓝，对得起……

　　啊！周末，美好的周末，愉快的周末，我要热烈地拥抱你。

听王蒙老师谈古今

2017 年 9 月 25 日，周一，晴

    回顾上周，以及上上周的天气，发现"晴"似乎是主要状态。每天，北京蓝都霸气侧漏地从早持续到晚，一直就这么蓝着，也不嫌闷得慌。

    今天离上课时间还有半个多小时，同学们就已经做好了上课的准备，有的早早坐在教室等候上课，有的则三五成群结伴到楼下的空地上散步、交谈。来自西藏的次仁央吉姐姐穿着一身节日的盛装出现在大家面前，她太漂亮了！以至于刚一出现就被熟稔的同学们拽住各种拍照。

    次仁央吉跟其他藏族同胞一样，性格阳光开朗，人又端庄善良，受到所有同学的喜欢。我不知道她那身美丽的衣服该怎样称呼，以一个外行的眼光去看，发现面料和质地都很是不错，面料上的花纹图案也很精美。衣服的款式不似我在拉萨街头见过的那样宽大，而是合体的，甚至是修身的。整个人从衣服到鞋子，从上到下都是同一色系的，看上去协调而又美丽，难怪会被大家当成拍照道具。

    这时，同学们已经开始在谈论王蒙老师和他的文学作品了。其实在这之前，在上周五大家看到这周的课表时，就有同学开始谈论有关王蒙的话题。我虽不曾在大家面前过多谈论些什么，其实脑子里也是一再翻腾，热切地期待王蒙老师的到来。

    我们距离上一次见面有多久了？好像也没多久啊！上上一次呢？每一次见面，听王蒙老师讲课、讲话或者一起参加活动，都会收获许多东

西，那些东西并不能立刻产生什么效应，或是显现出怎样的效果，但却会慢慢渗透，慢慢渗透，让我的生命于无形中得到提升。

很荣幸，我跟王蒙老师有过一些来往，两年前，在西安遇见后写了篇文字《王蒙先生西安行记》——

秋冬时节的北方城市西安，真是应了"一场秋雨一场寒"那句谚语，随着一场又一场秋雨的到来，气温也越来越低。虽还不到"十场秋雨穿上棉"的境地，但冷是肯定的，人们大都迫不得已地添加衣物御寒。

2015 年 10 月 31 日，陕西省图书馆"陕图讲坛"公益讲座第 560 期、"第三届陕西省阅读文化节"邀请著名作家王蒙来馆做主题讲座——《永远的阅读》，王蒙先生同时还将被聘请为第三届陕西省阅读推广形象大使。得知这个消息后，长安城里热爱阅读的人们纷纷奔走相告，喜不自胜，人们热切地期待这一天的到来。作为王蒙的忘年交、给他的一些著作画过插图且当时居住西安的我同样欣喜不已，并在先生来陕短短的时间里有幸作陪，浮皮潦草地记录了一些东西，以示敬爱之意。

我和王蒙

王蒙抵达西安的当天，天空就时断时续地飘洒着蒙蒙细雨，天气更冷了，空气却比往常清爽了许多。夜里，窗外的雨声淅淅沥沥，小雨点轻轻敲打在窗户玻璃上发出细碎的声响，一贯睡眠很踏实的我，那一夜竟辗转反侧，睡得并不好。次日，虽略觉疲惫，但晨曦未显就已经起床开始一天的忙碌了。

赶到他们下榻的酒店时，王蒙老师已经用过早餐，看上去神清气爽，整个人的状态比前一次见到时还要精神，微笑着跟我打招呼，并拿起桌上我给他们夫妇画的漫像再次端详起来。我的心里颇多忐忑：王蒙先生会喜欢吗？如果不喜欢该怎么办？如果他说画得不像又该怎么办？各种莫名其妙的小烦恼悄悄折磨一颗脆弱敏感的小心灵。就在我局促不安地站在一旁不知所措时，王蒙笑着说："你画得挺像的！"虽然只有几个字，但我悬着的一颗心终于"扑通"一声落地了。一个人挖空心思地给一位敬仰已久的人送的一份小礼物，对方恰好也很满意，这是一件多么让人开心的事情啊！

这幅漫像源于两年前在中国国家博物馆举办王蒙文学艺术展时，我给他们夫妇拍摄的一些照片。不久前得知王蒙老师来陕做讲座的消息后，我喜忧参半，喜的是又能见到这位睿智风趣、乐观豁达的智者了，可以又一次感受他人生智慧的启迪；忧的是我该准备个什么样特别的小礼物呢？绞尽脑汁地思考再三，我觉得送一幅漫像应该是个不错的主意。随后就开始投入创作，精心制作、装框。

几年前，我和王蒙老师因采访而相识，他当初邀请我给他的著作画插图时，我简直都不敢相信自己的耳朵，以至于半晌都没有吭声。作为一名业余漫画作者，自己的作品多年来虽然也得到过一些认可，但我做梦也不曾想过竟会得到王蒙老师的肯定。之后，我们陆续合作了十本书，"王道"书系：《老子的帮助》《庄子的奔腾》《庄子的快活》《庄子的享受》《我的人生哲学》《中国天机》《读书解人》《红楼启示录》，单行本《说王道》《与庄共舞》，应各家出版社的不同要求，插图的画风有所不同。在王蒙文学艺术展上，同时展出了其中的九幅插图原作和一幅描绘王蒙在新疆时背麻袋的画像，应邀出席了盛大的开幕式。那幅画像后来又在新开馆的王蒙文学艺术馆展出，还参加了在四川绵阳艺术学院举办的王蒙文学艺术研讨会……一次又一次和这位智者接触交流，一次又一次切身感受这位文坛大家对晚辈的提携和宽容，让我倍感荣幸而又万分感激。我们既是记者和被采访对象，也是插图作者和原著作者，还是文友。

当天上午，王蒙老师把翻拍的漫像通过微信发给夫人看，夫人亦十分满意。他请我看手机上夫人发来的"肯定"之语，并打趣地说：小吉画的这个漫像，王蒙很喜欢，群众（他对夫人的戏称）很满意！如果当时没有那么多人在场的话，我一定会激动得一蹦三尺高。

还有比这更让人开心的吗？

王蒙谈陕西文化

走出酒店，在飘飘洒洒的细雨中，一行人乘车前往陕西历史博物馆去参观。王蒙以前多次到过陕西西安，用他自己的话说"来过许多许多次了"。一年前的夏天来做讲座时，同样也遇上下雨。这个常年雨水并不算多的北方城市，却每每总是用欢乐的细雨迎接王蒙老师的莅临，轻轻地为他洗去路途的疲乏。

王蒙老师每次来陕西，日程都安排得很紧，但他仍忙里偷闲地参观过陕西的许多景点，去过西安的许多地方。华清池、兵马俑等那几个主要旅游景点已经去过不知道多少次了，唯独陕西历史博物馆新馆是第一次来，以前去的是陕西历史博物馆老馆，即现在的碑林博物馆。

身为原文化部部长，王蒙与陕西省文化厅副厅长顾劲松寒暄过后的第一句话就是："陕西的文物单位跟文化单位是单独的呢，还是？"得知两个单位以前是一家，后来由于陕西的历史源远流长，是文化大省，同时也是文物大省，历史文物古迹众多，文物方面的工作量很大，文物部门就被分出去独立，和文化厅一样都是正厅级单位。国内除了陕西等几个省的文物单位和文化单位是独立的，大部分都是文化厅的二级机构。

时值周末，又逢下雨，但偌大的陕西历史博物馆仍然吸引着许多人前来参观，馆外雨花飞溅的水泥地上，排着两条曲曲弯弯的长龙，一条是手拿身份证在排队等待领票的人们，一队是拿着领到的票又在排队等待进馆参观的人们。馆内有许多喜欢传统文化的本地人、背着书包手拿笔记本做记录的莘莘学子、瞪着一双好奇眼睛的稚童和专程前来参观的众多外国友人、外地游客，摩肩接踵，挤挤挨挨。

两个多小时的参观，王蒙看得极其认真，也听得很专注，不时凑近仔细观看博物馆里陈列的一些珍贵藏品，有时一边听解说一边浏览展品旁边的说明文字，有时又向讲解员提出一些疑问，得到满意答复时会颔首微笑表示释然。参观期间，有眼尖的读者认出了王蒙，大胆的会走近去问：

您是王蒙吗？他微微一笑，点头称是，亲切而又随和，令在场的人们颇为感动。对于这种现象，王蒙打趣地说，他问我是不是王蒙，我也不能不承认啊！如果不承认，那我这不是与读者为敌吗？"陕西人很实在！"因为即便认出跟大家挤在一起观看展品的这位长者，就是原文化部部长、享誉国内外的著名作家王蒙，人们也多是欣喜地打个招呼，或者满心欢喜地把这个消息告诉身边的同伴们，并不会立刻就围拢过来请求拍合影或者索要签名什么的。

看到陕西历史博物馆有一种小俑，之前他还见过咸阳博物馆里的一种明俑，也比较小，汉俑和明俑都比较小，只有秦俑大。王蒙笑道：谁能跟秦始皇比啊！他那时候算是真正统一了天下，豪情万丈的！馆内陈列的独孤信的多面印章也让王蒙有所触动：不管哪个民族，用的大都是汉字。这也没有办法，包括日本、韩国、越南等，刚开始大量使用的也都是汉字，那些跟我们不是一个语言系统的也使用过汉字，在他们没有自己的文字情况下，大都选择先把汉字借来用上再说，这也是汉字的魅力所在。经过多年朝代更迭和征战、贸易，以及中国古代历史上几次大的移民迁徙，人们的居住地和生活状况都发生了许多变化，加上大唐盛世时的"和亲"远嫁等，现在陕西人到底有多少人是纯正的汉人还真很难说，尤其在陕北游牧文化和农耕文化交汇的地方，更是杂交的居多，人的体貌外形特征也很明显。中国主要讲的是一个文化概念，不讲种族。不管什么民族的人，只要接纳了中国文化，就是中国人。

参观时讲解员讲到张骞出使西域回来的时候也带回来许多东西，葡萄、苜蓿、西瓜就是其中的物品。如果他那时候没有带回来，说不定现在还没有这些东西呢。包括笛子、唢呐等乐器也是那时候带回来的。张骞出使西域的时候有一百多人，回来的时候只剩下他跟另外一个人了，很是不容易。他离开中原就那么一路打听着朝西走去，摸着石头过河，在那样艰苦的条件下不但最后回来了，而且还带回来很多珍贵的东西。一路上不知道吃了多少苦、受了多少磨难，他们应该都会武功吧，或许是一边战斗一边走着的。其实"乐不思蜀"也不一定就是坏事！

王蒙的风趣幽默随处显现。从陕西历史博物馆出来，聊到一早刚进馆时有许多人在排队等讲解，王蒙问，国家博物馆有很多义务讲解员，陕西历史博物馆也有吗？得知陕西历史博物馆也有不少义务讲解员时，王蒙笑着说，国内有的地方还有"黑讲解员"，纯粹是连蒙带唬骗钱呢！说得完全不对，简直就是驴唇不对马嘴。青岛和南京的一些地方就有这样的"黑讲解员"，那些地方都很大，随便来个人就自称是讲解员，但大都是胡说八道。

回住地途中，透过雨雾蒙蒙的窗户玻璃，朦朦胧胧地看到烟雨中静静伫立的西安钟楼和鼓楼，王蒙说，做过国都的城市都有钟、鼓楼，南京也有。是啊！铁打的衙门流水的官，铜铸的都城流水的皇上，这座十三朝古都千余年来亲历了无数打打杀杀和残酷斗争，各方利益集团你方唱罢我登场，纷纷扬扬、热热闹闹、红红火火又凄风冷雨，故人今何在？惟余钟楼和鼓楼静默安好，冷眼旁观沧桑世事和朝代更迭，兀自岿然不动。

王蒙谈陕西文学

王蒙虽然来陕西的次数很多，但专门写陕西的文字却不太多，其实主要是没有专门写明作品中人物和事件所处的具体地点，像小说《春之声》里面写的几乎都是陕西的人和事。专门写陕西的散文也不多，但是陕西的大雁塔他在很多文章里都写到过。2004年曾写过一篇关于延安的文章，发表在《光明日报》上，还附了一张站在延河边的照片。

触景生情之时，王蒙向大家回忆了20世纪80年代来陕西时的一些见闻。他最早来陕西是在1980年。1983年和崔道怡等人来陕西是为了组稿，当时他就任《人民文学》杂志的主编，组稿时还在西安遇到陕西籍著名作家阎纲和周明。

1980年，王蒙的《春之声》发表在《人民文学》5月号，小说一开头就是"咣的一声，黑夜就到来了。一个昏黄的、方方的大月亮出现在对面墙上。岳之峰的心紧缩了一下，又舒张开了。车身在轻轻地颤抖。人们在轻轻地摇摆……"这是王蒙写他当年从西安去三原看望在空军二炮学院学习的二儿子王石，坐闷罐子车时的一些亲身经历和真实感受。那种闷罐子车没有座位，人们上车后就都坐在地上，坐好以后车门"咣当"一下就关上了。车里没有灯光照明，里面全是黑乎乎的，只是在车的一侧有个小小的窗户，好像月亮似的照进来微弱的一点点光亮，也是唯一的一点点亮光，多少也可以透一点点气。

在王蒙的印象中，那时候的西安城还很破旧，也很小，到处都是土路。后来，政策慢慢放开了，铁路沿线的火车站开始有卖包子的、卖馍的，包子也多少有点儿肉馅，热气腾腾，上面盖着像棉被一样的东西保暖，卖的时候再轻轻掀开一角把包子或馍拿出来……人们一下子觉得生活可是方便得多了，感觉生活很幸福，物资供应也充足了，再也不用挨饿了。哈哈哈！现在完全都变样儿了，尤其最近这二十多年来发展真是特别快！

对于热爱生活积极乐观的人们来说，生活中发生的任何一些极其细微的变化都会令人觉得十分欣喜和满足，总是会以极其阳光的姿态笑对人生，这是那些总是被负面情绪充斥的人永远也无法企及和想象的人生佳境。

王蒙记得当年他来西安时，陕西的那些老作家们都还在，大家都特别热情，人也都特别好。他一一点出姓名：胡采、杜鹏程、王汶石、李若冰……许多都是《延河》杂志当年的老人。如今被人们广为熟知的贾平凹，那时还是一个农村的知识青年，有时候写一些知青里面的小劳模什么的。路遥那时候还没有出来。

就在王蒙这次来西安之前，他刚刚欣然应邀给路遥的家乡、榆林清涧新建的"路遥书苑"题写苑名，而位于延安大学的路遥文学馆馆名也是由王蒙题写的，这也充分表明他对陕西文学的鼎力支持。

对于"陕军东征"的说法，王蒙认为，那其实是媒体在起哄呢！但他也坦承"陕西人对文学的兴趣实在太大了，喜欢写作的人有很多，尤其那个年代简直就多得不得了！陕西文学在全国来说还是很重要的，一些作家早已走出陕西、走向全国。"遗憾的是有些陕西作家早早就得病了，去世得也太早，没能留下更多更好的文学作品。他念叨着：路遥走了！京夫走了！周志安走了⋯⋯得肝病的作家比较多。最近听说陈忠实也病了，不过好像已经控制住了。陈忠实是陕西文学界最早的作家之一，他起步早，在"文革"的时候就已经开始写作了，写一些符合当时政策的文学作品。陈忠实和张抗抗都是老知青，蒋子龙和刘心武等都是那一批人，后来在国内都是很有影响力的作家。那时候陕西还有柳青，内蒙古还有冯林志⋯⋯当时全国有那么二十几个人已经在文坛开始崭露头角。他还关切地问：现在"叶格格"（叶广芩）挺好的吧？只是每次来陕西都很匆忙，顾不上跟大家一一见面、细谈。

王蒙谈陕西饮食

20世纪80年代王蒙来陕西时，一次从延安回西安，路上的车走得很慢，那时从延安到西安还没有通高速公路，也没有火车，更没有高铁，公路的状况和乘坐的车都远不及现在。他们一大早就动身赶路，走到三原附近时就已经到晌午了，大家都饿了准备就近吃饭，就在路边一家饭馆吃羊肉泡馍。人饿了自然吃啥都香，那碗泡馍他吃得酣畅淋漓，吃到最后时发现碗里有一段"葱花"，当时心里暗自嘀咕"这个葱花怎么就这么大呢？"结果后来用筷子夹出来仔细一看，才发现是一只母蟋蟀。只是那碗泡馍已经全部被吃完，甚至连碗里的汤都喝光了。想那只蟋蟀原是在房梁上的，结果被做泡馍时的热气一烘不慎从房梁上掉了下来，不小心又被厨子舀到碗里去⋯⋯后来，王蒙因故多次来过陕西，每每只要一想起陕西，就总是会忍不住想起那次吃泡馍时吃出来"好大的一段葱花啊"！只是时隔多年，当初那段"葱花"留给王蒙的并不是懊恼的记忆，而是对那个年月人生旅途一些人和事的难忘和怀念。

如今回想起来，四十多年都已经过去了，王蒙笑着说，如果再过四十多年，我都快要一百三十岁了！等我活到130岁的时候，一定要专门来一次西安，好好吃一顿羊肉泡馍！反正活到130岁的时候，肯定是走遍全国都能免费吃了。如果在大汉朝，七十岁的老人朝廷就给发一个权杖，他们叫"敬老杖"，老人们手里拿着这个走到哪里都可以免费吃饭。

午饭很简单但气氛很热烈，王蒙异常兴奋。他说，京城家中附近有一个陕北人开的餐馆"兰花花"，他经常和家人一起去那里吃饭，每次总会要一碗油泼扯面，但"兰花花"厨师做的油泼扯面是被改良过的。这次来西安，终于吃到了正宗的油泼扯面，色、香、味俱佳。他吃得很尽兴，也很有感触，顺便讲到前一阵去重庆时竟没能吃到一碗正宗的担担面，甚为遗憾。因为餐馆服务人员端上来的竟然是一碗放有两个鸡蛋的面，是为"蛋蛋面"而非担担面，令他当时颇有些"痛不欲生"。一贯幽默风趣的王蒙在午饭的餐桌旁讲起这段经历时，依旧用轻松调侃的语气和语调，在场的人全都笑得前仰后合，有的甚至笑出了眼泪花。

王蒙的街谈巷议

这些年来，王蒙在游历和行走中去过全国许多地方的名山大川，爬过泰山、黄山、天柱山、九华山、峨眉山、五台山、庐山、雁荡山、崂山……辽宁鞍山的天山，遗憾的是多次来过陕西，但没去过华山，也没去过太白山。谈到爬山，他还回忆了前夫人崔瑞芳在世时，2007年跟她一起爬泰山时的一些情景。那年他74岁，他们是从后山爬上去的，当时天上下着大雨，爬到一半时身上全都湿透了，不得不停下来歇息。那天也没穿雨衣，只有一把小雨伞，爬山时王蒙就和夫人合用那把小雨伞，尽管当时是夏天，但山风吹来仍感觉冷飕飕的，到山上后他们还烤火取暖。衣服湿得不能穿了，就在山上新买了衣服和鞋袜，也幸好山上还有卖的，才避免了继续穿湿衣游览之苦，否则的话就更惨了！他记得第一次爬泰山时，是跟蒋子龙等许多作家一起去的，那次是真正从山脚一直爬到了山顶。

王蒙谈艺术之魅

王蒙新著——小说集《奇葩奇葩处处哀》的封面设计跟以前其他作品的设计风格大不一样，以前的大都比较沉稳，而这本则有些花哨、前卫。那个小说和小说集的封面感觉跟他以前的作品都不太一样，像是个万花筒。当然也跟书中同名中篇小说《奇葩奇葩处处哀》中的男主人公沈卓然暮年的人生经历有许多相似之处，真的是很"奇葩"。王蒙笑着说：那种设计很有装饰感，也是为了销售。

在这本小说集之后，您最近还在创作什么作品？

最近还没有写作品。

有没有打算创作什么题材的作品？

暂时还没有想法。

去年由人民文学出版社出版的《王蒙文集》（45卷）在社会上引起很大轰动，王蒙也被称为"著作超身"的著名作家，而他影响最大的两部书《青春万岁》和《这边风景》从创作到出版历时几十年，仍旧深受读者欢迎。《青春万岁》在写完25年以后正式出版，《这边风景》在写完40年以后正式出版。一般人写完一部七八十万字的文学作品大都是三十几岁了，40年以后作者本人还在不在也是个问题，即便健在的40年也早就熬"没"了，有的是没作品了，有的是作品没人看、也没人说了，有的作家和作品甚至在4年以后都没人再提了。

《这边风景》被评论家称为：有人类学的意义。因为书中描写的地理风貌现实中全都找不到了，只能到小说里去找。就连艾克拜尔·米吉提也说，书中描写的伊犁市风光如今大多不存，人们如果想要知道那个年代的伊犁市是什么样子的，就只能去小说中慢慢体味了。这也是当今社会和城市发展过快带来的普遍现实问题，让人们渐渐失去了乡愁。读了小说以后，许多外地的人们说一定要到伊犁市去看一看，现在已经给伊犁市带来一些这方面的人群。人们去伊犁旅游其中的一个游览项目，就是王蒙当年在那里工作生活时的场景。

王蒙谈到，余华曾写过他对鲁迅的认识过程。"文革"期间什么书都没有了，大家只知道一个鲁迅，也只能看鲁迅的书，把他给烦的呀！多年后他说，从来没有一个作家让他这样烦过。但当"文革"结束后他再看鲁迅的作品时，人也变得更加理性了，他觉得鲁迅的作品写得特别好！像余华那样讲鲁迅，就讲得很透了，鲁迅在中国历史上的影响和地位以及对几代人的影响他都讲得很透，很少有人能这样讲。鲁迅的小说往往一开篇就把人给揪住了，总是能用很短的篇幅就把整个世界描绘得那么深刻又干净利落，他对文字的那种驾驭能力是一般人望尘莫及的。鲁迅的文学作品大都比较浓缩，这也说明毛主席推崇鲁迅的作品也不是毫无缘由的，他们都是在文字上功力非常高的人。能被毛主席推崇，谈何容易！王蒙还研究《红楼梦》，在电视上做过几十集的专题讲座，出版过多部研究《红楼梦》的著作和解说本，属于《红楼梦》的超级拥趸者。

一票难求的讲座

说来也是奇怪得很，那天上午还是一个不折不扣的雨天，中午不知什么时候小雨竟悄无声息地停了。雨后初晴，空气宜人，一抹淡淡的红云飘过玻璃窗外，一个干净明朗的城市出现在晴空下，就连路上浅浅的水坑也兀自干了。出行的人们三三两两，笑靥如花。

在陕西省图书馆讲座开始前，王蒙问："图书馆里的读者服务有咖啡室这些东西吗？"得知图书馆有快餐，且每个楼层有提供免费开水的地方时，他又打趣地问："快餐里有肉夹馍吗？"在场的人全都被逗乐了。"吃的东西是不能带进来的吧？因为图书馆里如果有了吃的东西，就可能会引来老鼠、蟑螂，会影响到书籍的安全和完整。"他不无忧虑地说。一些特殊图书的保存需要恒温恒湿，西安还好，南方一些城市太潮湿了，如果做不到恒温恒湿书籍就可能会受损。"有儿童阅览室和专门的外文阅览室吗？有少数民族阅览室吗？"王蒙关于图书的问题一个接着一个，馆长都——作答。

当天的讲座有许多人上午早早就去排队领票，300多张票很快就被领完了，但领票的队伍仍然排得很长。虽然主办方一再告知：没票了！但大家依旧排着整齐的队伍不愿离去，期待的人群一直等到下午3点钟讲座开始后，才被放进去一少部分站在过道听。听说有四个女孩子从上海专程赶到西安来听讲座，简直就是王蒙的"超级粉丝"。也没能领到票，无奈之下，几个人拿着当天的机票一再恳求主办方能让她们进场听讲座。图书馆的工作人员被她们的热情深深地打动，想办法调剂，硬是给她们每人提供了一张票，满足了她们此行的夙愿。一位图书馆工作人员感慨地说，别人来图书馆作讲座时报告厅里往往坐不满，多少总会有些空座位，而王蒙来作讲座，报告厅里早都坐满了，外面竟然还有好几百人排着那么长的队在等，太震撼了！

走进图书馆时，看着长龙一样的队伍和激动的人们，我匆匆瞥一眼人群就赶紧低下头去，实在不忍心看到人们焦急的眼神和略有怨愤的表情，同时也倍感欣慰和欣喜。当天下午的讲座异常精彩，坐在前排的我几乎目不转睛地盯着讲台上的王蒙，全神贯注地聆听他精彩绝伦的讲座，生怕漏掉任何一点细节。他口若悬河谈古论今，一会儿冒出一句纯正的英式英语，一会儿又冒出一句伊犁味儿十足的新疆话，一会儿背诵一段经典古诗词，一会儿又把话题引到当下流行的网络热词……简直太精彩了！现场听众不时爆发出一阵阵热烈的掌声和欢呼声，群情振奋。

由于当天到场领票的听众远远超过了图书馆报告厅的"承受"能力，担心人们等待太久了情绪激动，同时也为了确保王蒙的安全，保证讲座能顺利进行，当天还动用了一些安保人员来维持现场秩序。即便这样，仍有许多没能进场的热情读者守候在场外久久不愿离去，希望能见王蒙一面，或是请他签名。

讲座结束后，王蒙全然不顾一个多小时连续讲座的疲惫，兴致勃勃地参观了解了图书馆的古籍保存情况等。

作为一名从事文学创作已经 60 多年的作家，王蒙不但像常青树一样伫立文坛，"是中国文坛一个巨大的存在"，笔耕不辍，佳作频出，而且在碎片化阅读大行其道、纸媒逐渐走向没落的今天仍能受到广大读者如此追捧，实属罕见。

其实也见怪不怪，因为他不是别人，是王蒙——中国，能有几个王蒙？

当天上午，教室里鸦雀无声，在主持人老师的开场白结束后，王蒙老师熟悉而有趣的声音就开始在教室里回荡开来。

当天讲课的题目是"永远的文学"，这对于从事文学创作和研究已经六十多年的他来说，讲述起来实在太过轻松自如了。因为这六十多年来，他几乎不停歇地在进行创作，即便有不多的那么几年因故不能从事具体创作，他也是在扎根生活，扎根到火热的现实中去感受生活，汲取生活的养分，为之后的文学创作积淀和积累丰富的创作资源。而且这六十多年来，他的创作一直引起社会和读者的广泛关注，几乎每一本书、每一套书、每一个系列丛书，都会引起不小的轰动，成为喜爱阅读的人们热议的话题。

创作需要资源，也需要与时俱进。

这些对于王蒙来说，根本就不是事儿。他几十年来游历过的、行走过的、经受过的，那些看过的、听过的、吃过的，那些读过的书和走过的路经过时间的发酵、浸泡、滋养，逐渐转化成一部又一部让世人惊叹之作。所有文学体裁，无不涉猎。

当天，王蒙以漫谈的形式从三个方面对"永远的文学"进行讲述。一是生活和经验的文学化给世界命名，世界不再陌生；给世界修辞，世界变得很可爱。二是文学化的生活的优越性在哪里。三是文学的文学性与文学的真实性问题。

他回忆了自己在年少时读过的、影响了他一生的那本《小学生模范作文》，文中"皎洁的月儿升上了天空"那句话，瞬间就让七岁的他有了醍醐灌顶之感。不得不说，王蒙确实是早慧的。从那以后，"皎洁"二字就深深地印在了王蒙童年的脑海中，每每遇到月圆的夜，看到挂在天空中明亮的圆月，浮现在他脑海中的就是——皎洁。

后来，当他读到"日月光华"时，又对月亮的命名有了新的认识。有了文学的意识以后，每当看到一棵树时，就会想到它是青松、苍松，是柏树、翠柏，还是垂柳、杨柳，是梧桐、法国梧桐……

没有文学，没法表达爱情。最可悲的人物是阿Q，当他遇到小孤孀吴妈以后，因为他不知道爱情用文学是怎样命名的，一下子就给吴妈跪下了，嘴里直愣愣地冒出一句——吴妈，我要和你困觉！爱情是多么美好的东西啊，可是他不知道该怎样表达，就用了"困觉"来表达。

当然，对于吴妈来说，她对文学的东西也不知道多少。但阿Q突然说要跟她困觉时，她凭直觉感觉性侵来了！

王蒙还请一位来自浙江的同学用当地话说了一句"吴妈，我要和你困觉"，引得大家顿时哄堂大笑。

假如阿Q有一些文学的修养，没准儿他会给吴妈朗诵一首徐志摩的诗歌，来表达自己当时的情感。讲到这里，王蒙立刻用一种轻快的语调熟稔地背诵了徐志摩的《偶然》——

我是天空里的一片云，
偶尔投影在你的波心——
你不必讶异，
更无须欢喜——
在转瞬间消灭了踪影。
你我相逢在黑夜的海上，
你有你的，我有我的，方向；
你记得也好，
最好你忘掉，
在这交会时互放的光亮！

他讲到，假如吴妈听了这首诗以后有些心动，而且她还听过邓丽君的歌，很快回阿Q一首《月亮代表我的心》或者《真的好想你》，没准儿两个人的命运就都从此改变了呢。

王蒙还当场给大家布置了一个作业：如果谁能说出50个跟爱情有关的词来，他会送五本书！令同学们亢奋不已，跃跃欲试。

王蒙还以"别来无恙乎"为例，讲述了文学之美之魅之味。并从《红楼梦》开篇大荒山青埂峰无稽崖上遭弃的那块石头讲起，谈到贾宝玉的来历和遗传基因。就因为前世曾跟他（它）一起被练就的36500块石头，全都被排上了用场，"补了天"，只有他（它）被弃之不用。后来出生于富贵人家的贾宝玉，每当有人跟他谈到功名，谈到读四书五经，谈到科举，谈到要"争个一官半职"……这时，贾宝玉的反应是强烈的，是痛不欲生的，五内俱焚，痛苦至极，势不两立。只要有人劝他读书上进，立刻就歇斯底里。就是因为他的上一辈子已经被功名所伤害，所以这一辈子只要一提起功名，贾宝玉的那种伤害感、绝望感、疯狂感就被激发了出来。

"一个人对什么有兴趣，就可以说很多的话。"如果接到一封情书后很感兴趣，回复对方一百封信，一万封信，甚至出版三部情书集都很好，也很感动人。可是如果接到情书后不感兴趣，结果也可以有两种办法，一种是根本不用理这茬，哪怕见面也赶紧低下头假装没看见，对方也就明白了；还有一个办法就是想办法要到对方的联系方式，回复说自己不来电就是了，也就完了。可是如果说明明感觉跟对方不合适，然后写了五部书、150万字，说明为什么两个人在一起不行。这根本没可能，如果真写了，就只能说明你爱死对方了！

有人说文学不能沾政治，那你不沾就是了啊。或者有人说我与世无争，那你不争就是了嘛，还用得着写五本书证明自己吗？这都不可能，否定的东西最简单了。

王蒙还讲到《十二夜问》，讲到陀思妥耶夫斯基，讲到外国文学和中国古今文学中有趣的、精彩的、大悲伤的、大欢喜的那些片段，那些片段给他留下的深刻印象，以及那些印象背后的文学意义。

"永远"是一个时间概念，古今中外凡是打动或触动王蒙心灵的文学作品，他都拿来跟大家分享。他说，文学能够赋予我们日常生活之物、之情，作家要有超常的、超出普通人的语言能力，要有超出普通人的情感能力，要用超出普通人的能力去爱他人、关注他人。王蒙还谈到文学的极致和极致的文学，以及他长期以来的阅读感受、生活感受和几十年的人生智慧以及阅读古今中外文学作品的感受等相互碰撞，同时又相互融合，这些全都转化成一部部厚重的令读者着迷的文学作品。

巨大的存在！绝无虚言。

我是不是遇到前世的另一个自己

2017 年 9 月 26 日，周二，阴

人和人的相遇往往很难说清楚究竟是怎样的一回事，你不能确定你会在什么时候什么地方跟什么人相遇。而那种相遇，究竟是人生旅途擦肩而过时极其短暂的互相一瞥，还是四目相对时如同电光石火般迸发出耀眼的火花。无须过多言语的交流，仿佛彼此早就是熟稔已久的故交。

从未想过会在鲁院这样一个共赴文学之约的地方有什么特别的遇见，也不是说没有这样的打算便一定不会有什么事情发生，冥冥之中的一切都有安排。直到那天看到一篇文章，通篇看完后还觉不过瘾，就又看了一遍，这才心里舒服了些，却又隐隐地有些怅然。请原谅！这真是我当时的情绪。

那是一篇读书心得，是作者阅读由卡巴纳所著、王瑞芸女士翻译的《杜尚访谈录》之后有感而发的真情实感：《无染无着真风流——读卡巴纳〈杜尚访谈录〉》。从文字中看得出来，作者也是热爱艺术的。

"至于我，为什么刹那间理解了王瑞芸之于杜尚，那是因为我想到了我于凡·高，那是一种同在、同具的了解与感应，是不由自主、自发本能的冲动……作为读者，为何竟如此激动？那也是一种难解的缘分吗？"而当时的我，又何尝不是。也许就是因为我们某些方面的相近，才会如此兴奋，如此切近。

那段文字是她发在班级微信群里的，那时我们才入学没几天，大家并不熟识，许多人甚至都还对不上号，亦不太敢胡乱搭腔。加之我本就木

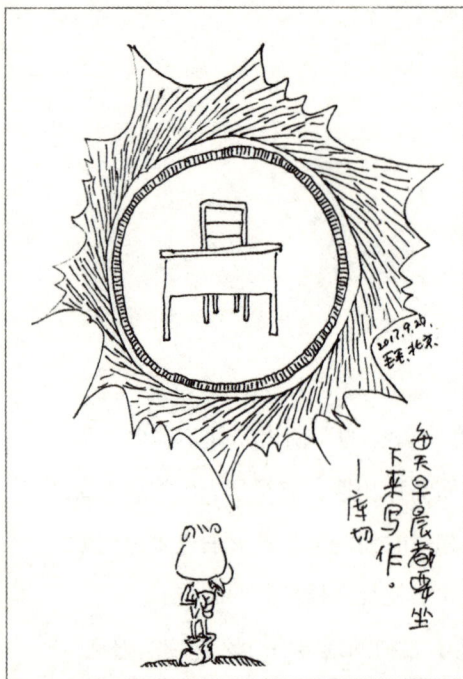

每天早晨都要坐
下来写作。
——库切

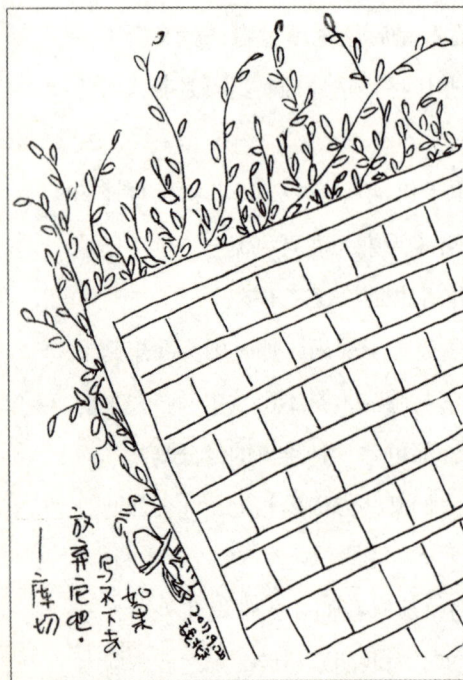

讷腼腆，更很少在几十个人的群里或者公众场合说话。而大家放下工作、离开家庭，在成年以后聚集一起再次进行知识的学习，没有几个人不是亢奋的，愉悦的，满心欢喜的。

恰好那几天的课程也是较为轻松自在的，没有任何压力和负担，于是，群里不时会有各种关于北京的、鲁院的、文学的、文化、生活、学习和旅游等多个方面的话题，也有不少同学会把自己的作品发至群里，以期跟大家进行更广泛的交流和互动。

几十个人的微信群，每个人说一句话，很快就会满屏。可以想象，几分钟不看，群里就又会有许多新内容出现，又会有许多还来不及看的内容被覆盖。我一边看书，一边抽空刷一下微信，看到有什么感兴趣的东西顺便瞅一眼。所谓瞅一眼，是说并不是每一篇大家贴在那里的文字我都会逐一打开，有的只是看一眼标题即可，有的也许打开来真是"瞅一眼"，就不再往下看。

多年的编辑生涯，每天打开邮箱后海量涌入的各种图文稿件，总是让我欢喜让我忧。因为你不确定今天到底会被多少并没有太大价值的文字浪费时间，也不确定会遇到什么让你预料不到的优秀稿件突然就出现在眼前，措手不及又心生欢喜。

当时看到那个标题就忍不住心里一动，点开一看则欲罢不能。

连读两遍后，我把这个文字保存在电脑上的备用文件夹里，准备在班级微信公众号里编发。应该是我先申请加她的好友吧，同时向她说明还需要提供什么信息，好像那次谈得并不多，但心里却记住了她。

看过她发来的简介，发现我们竟还有些相近的经历，心里又是一热。

那是一个周六的晚上。周一上午是中国作协副主席何建明的课，课间休息时许多同学围着何建明拍照、签名，我接了杯水，去过洗手间后回到教室，就从桌签上去找她的名字——陈艳敏。

无论工作还是生活，我都不是一个主动的人。然而，偶有意外，与她的交往便是如是。

"请问你是陈艳敏吗？"当我直愣愣地走过去跟她打招呼时，她刚好站起身，正把头扭向她左边座位张望。我又重复着说了一遍，她回过头来，我们相视一笑。

后来她告诉我说，她隐约记得我好像坐在她左边的一个位置上，当时站起来是准备寻我的，谁知我竟已站在了她的面前。当她说到这里的时候，坐在鲁院餐桌旁边吃边聊的我们突然都不说话了。我想，那一刻任何语言都显得多余，虽然我们都不说话，但是彼此都明白这是为什么。因为气味相投，因为机缘巧合，因为我们仿佛就是彼此的前世。

我没有想到她会是那样的瘦削，清瘦的面容和瘦而不弱的身材。但她看上去瘦瘦的身体里却蕴含着无穷的力量，可能是艺术的力量，是文学的力量，或者是一种看不见摸不着但却真实存在的，磁石一般的感召力。总之，有一种东西在深深地吸引着我，靠近她，再靠近她。

课间休息的短暂时间，不可能敞开心扉地深聊，而她在鲁院没课时要回到丈夫和女儿的身边，我们见面的时间并不多，但这并不影响我们的心仍在悄悄靠近。

之后我从网上下单，从她出版的众多书籍中挑选了《书与艺术》和《读懂美国：行走在现实与书本之间》，书还尚未寄到。一天在餐厅边吃边谈时，她说送我一本书，我问啥书，她说是《书与艺术》。我瞬间就……我根本没想到她从自己的诸多书籍中挑选的，竟也是这本。当她得知我自己下单购买的就有这本书时，也一时惊呆了。

我们都不是特别健谈的人，也不是那种咋咋呼呼的人。平常虽然一起上课，但俩人真正坐下来互诉衷肠倒还没有过，那次桌边闲聊是我们俩相对时间较长的一次谈话。当时聊到兴奋处，我们并没有多么夸张的表现，两个人都只是默默地坐着不说话，内心里却早已波涛汹涌。其实一个人跟另一个人的相知，并不是看双方究竟说过多少话、说过多长时间的话而定论的。

一天晚上，我一边在灯光下读她送我的书，一边不时拍一段感同身

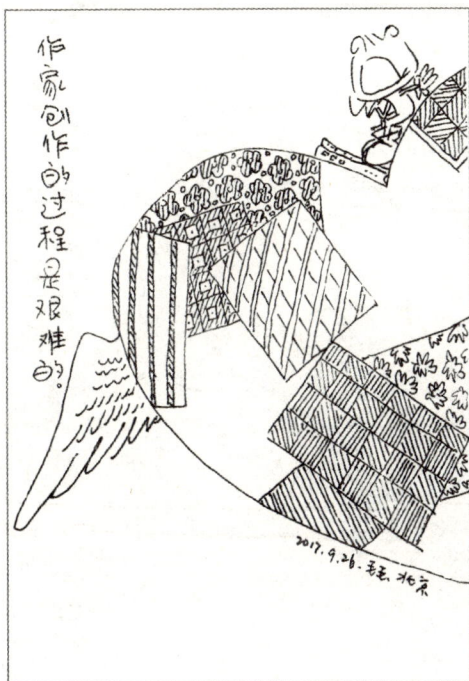

作家创作的过程是艰难的。

2017.9.26. 老毛. 北京.

同一个故事，库切从不写第二遍。

2017.9.26.老毛.北京.

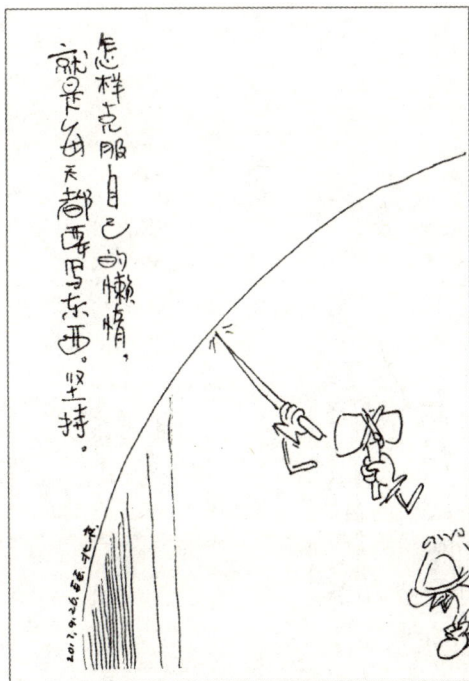

怎样克服自己的懒惰，就是每天都要写东西。坚持。

2017.9.26.老毛.北京.

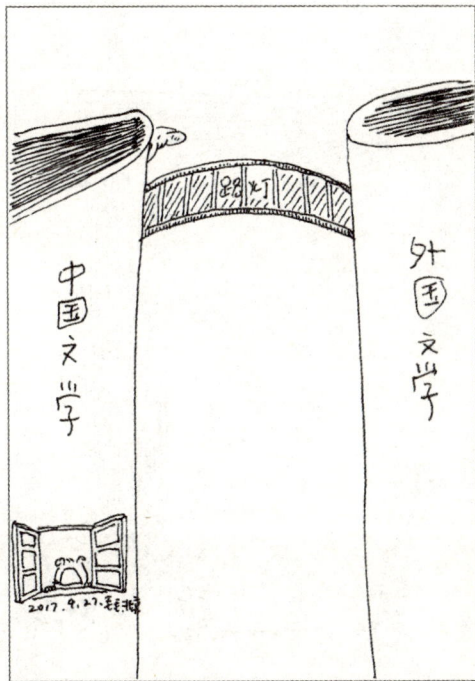

中国文学

外国文学

2017.9.27.老毛北京

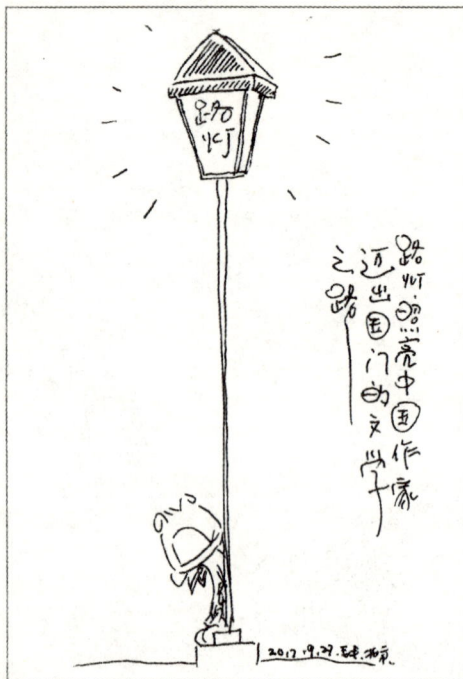

路灯照亮中国作家迈出国门的文学之路

2017.12.29 琵琶 北京

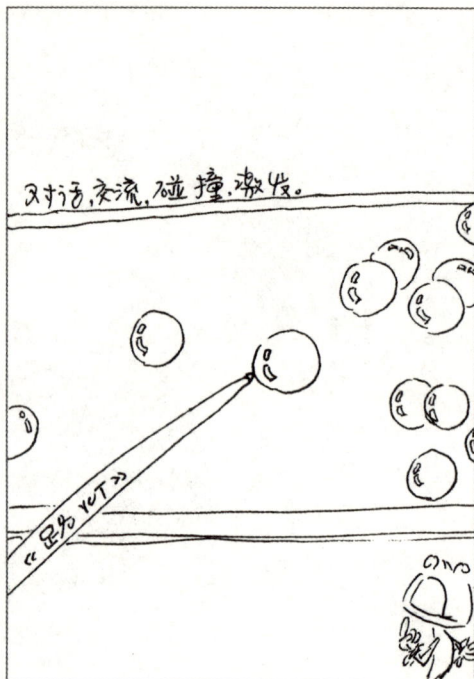

又对话 交流 碰撞 激发。

《路灯》

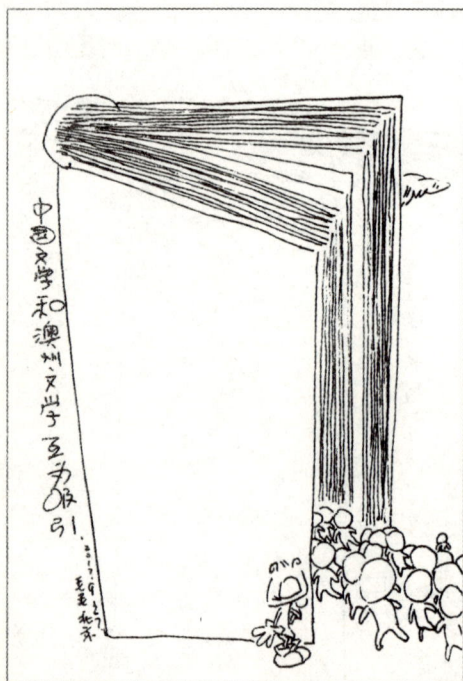

中国文学和澳州文学互为吸引

2017.12.29 琵琶 北京

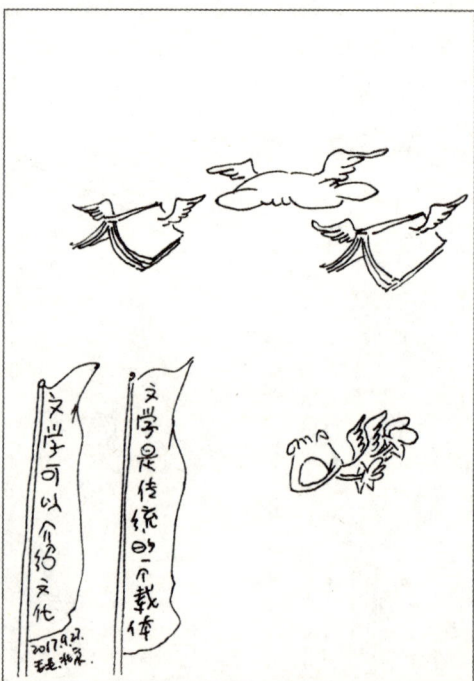

文学可以介绍文化

文学是传统的一个载体

2017.12.29 琵琶 北京

受的文字发给她。她历任教师、电视播音员、记者、编导、报社副总编等职业，自幼即大量阅读，对绘画等艺术有着极其强烈的偏好。虽求学时不得不按照父母的希望去做，但一个人深深地热爱什么，人生旅途总是会慢慢朝那个方向去靠近。无论从事什么职业，开专栏，发表作品，出版书籍，绘画和文学艺术渐渐浸润并滋养和丰富了她的人生。那些她读过的书、见过的人、走过的路、看过的风景，那些她观看的画展、看过的电影、听过的音乐会、走过的城市，经过岁月的发酵后，最终变成她笔下的文字。它们大都灵动，美丽，良善，理性，深邃，不一而足，却又颇具共性。

最主要的，我们都有一个女儿，而且，女儿的小名居然一样。

那么，我到底是不是遇到前世的另一个自己呢？

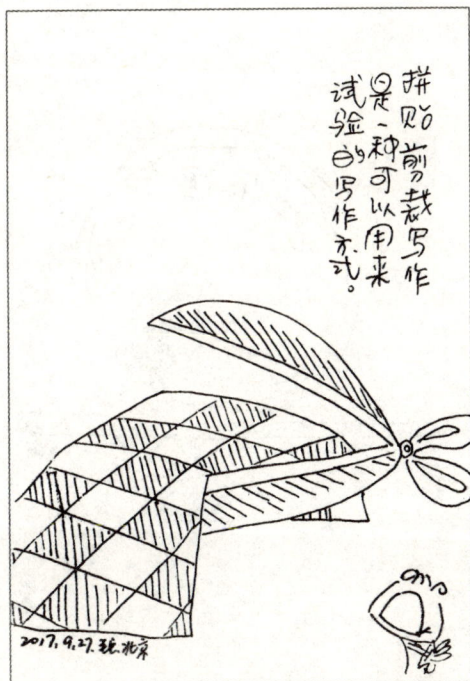

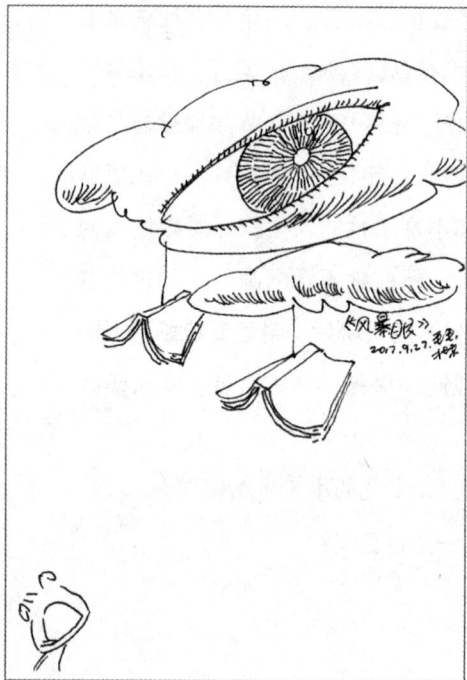

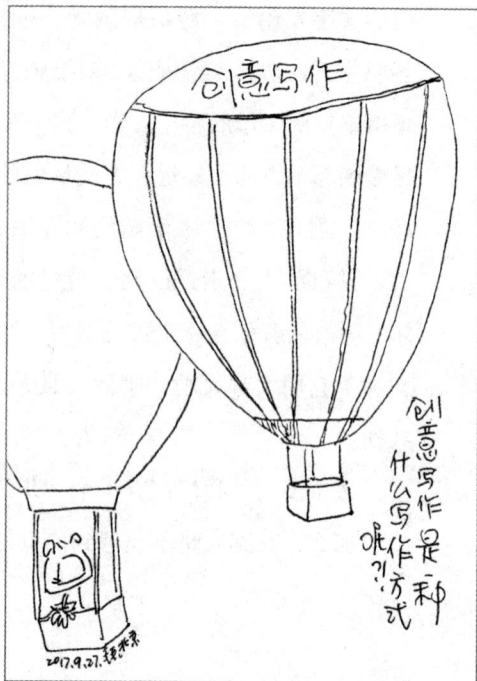

美丽的假期即将结束

2017 年 10 月 8 日，周日，阴，有一点点小雨

今年的国庆 8 天假，就这样一晃而过。在双节的最后一天，突然毫无征兆地就"冷空气来袭"。

说好的秋天呢？银杏树上不是还有许多叶子都还没来得及脱掉绿衣服嘛，怎么突然就这样子呢……加速，快进，貌似准备直接跳过秋天似的，难道冬天就这样猝不及防地来了？

回鲁院途中，到处都是包裹得严严实实的人们，仿佛一夜之间人们突然变胖了许多一样。也有那自觉皮厚的，愣是还要穿着前一天的衣服四处招摇，那就没办法啦！独自在阴冷的寒风中瑟缩吧。

一路躲躲闪闪跳过不少水坑，鞋却还是湿了。唉！我可怜的皮鞋哪，你叫我情何以堪。

站在鲁院南门，我并没有立刻往里走，而是在门口稍稍停歇了一会儿。不是走累了。而是在这里一段时间的学习、生活，仿佛这里已然成为我生命的一部分一样。这里，于短暂离开的我来说，隐隐有了一种不是家但又有些像家的感觉。在离开的几天时间里，我不时会想起它，想起空阔的院落和院落里的树木、花草、游鱼和飞鸟，想起院落里一起走过的路和谈论过的话题，甚至想起餐厅里饭菜的味道。

从鲁院南门走进校园后，发现之前还算枝叶茂盛的大树上，好像有一些稀疏了。虽然只几天不见，何以如此憔悴？一路上落叶遍地，水泥地上，草丛里，大树下，到处都是落叶，或大或小，或黄或绿。

　　飘落在地上的叶子大都蜷缩着，瑟缩着，愁眉不展。许多片叶子拥挤在一起不小心用脚踩上去，会发出"沙、沙、沙"的声响，一声又一声的，我竟不敢再这样走下去，仿佛被踩在脚下的叶子发出的声音，是一种疼痛的呐喊。

　　从鲁院门口拾级而上，才离开几天，心里就已经有了牵挂。仿佛这院落，这台阶，这楼房，这玻璃，这门……这一切的一切都亲切得不得了。天气冷，我穿得又多，裹得也严实。帽子、口罩一应俱全，又换了一身衣服，整个好像换了个人一样。当然，这也是我自己的想法。走过鲁院门口的旋转门，我直接朝电梯走去。这时，大厅前台的保安口气轻松地说了一句："是吉建芳吧！"我一愣，才记起来访人员进来是要登记的，他没有要求我登记，也没有问我是谁，而是一下就叫出我的名字，遂脱口而出——啊，好眼力！

　　出电梯后一路绕着回宿舍，听到五楼有脚步声，回头抬眼去看，发现原来是洗衣归来的杨静萍姐姐。她穿着一件合体的旗袍，素雅的淡蓝的花色，头发随性地挽在脑后，手挎腰端着个盆子，里面放着洗过的衣物。那一瞬间，恍恍惚惚的，我的脑海中冒出去江浙一带游玩时看到的情景。

　　杨静萍姐姐是温婉美丽的，也是阳光和优秀的。她的诗歌往往看上去信手拈来，班级群里不时会有她一些诗句，随便什么题材，都会被她用极其优美的诗句轻松地描摹，情绪也每每总是拿捏得很到位。既不显得热情似火，也不凄清幽怨，或是悲悲戚戚。诗歌整体通透豁达，读来总是让人心情朗然。

　　我一时呆在那里，直到她已经走进了自己的房间，我还愣怔着，似有所思，或有所动。

　　有的同学放假期间不曾离开校园，有的则外出旅游或者回家。此时此刻，有的已经身处校园，有的可能还在回学校途中，而我，静静地站在那里，手里拖着自己简单的一些行李，心情难以形容。

秋天到了，这应该是一个什么季节呢

2017 年 10 月 9 日，周一，阴，有雨

今天突然就有点小忧伤。虽然一整天都挺开心的，课听得很好，下午向辅导老师请教学习也很好，这期微信公众号做得也好，日子过得也很好。是不是跟窗外的雨有关系呢？谁能告诉我答案。

上午的课是刘庆邦老师讲小说，老爷子讲得很真诚，我很感动。

他并没有一味地说自己的作品怎样，只简单从走上文学创作之路说开去，从具体创作谈起，从如何构思、因何而有那样的创作冲动、又是怎样提炼素材的，抽丝剥茧，倾其所知，娓娓道来。

下午，同门师兄妹结伴去北三环拜访我们的导师、《十月》杂志副主编宁肯。

我们在宁肯老师的带领下参观了编辑部，有没有一种久违的"同事"的感觉呢？然后在一楼一处稍微僻静的地方大家围坐着聆听导师的教诲，那些多年文学创作积累的丰富经验，毫无保留地和盘端出，丝毫也不担心"教会徒弟、饿死师傅"。

返回途中，看到陕西漫画研究会会长王启峰的留言，让给新开设没多久的陕西漫画微信公众号写一点文字，突然就从文学的神圣殿堂被拉扯到了漫画的世界——

《感恩、感激、感谢——陕西漫画》

在 2017 年秋冬阴冷的北京街头，突然就想起了陕西漫画。

斯时，刚刚迈出《十月》编辑部巍然挺立于北三环的、令诸多作家

尊崇并倾慕的办公大楼，因为那里是文学的一方圣地、殿堂，是成为更有名气作家的驿站、码头。

"我是陕西来的……陕西出来的……"任何时候向别人介绍自己时，我都会如此平静地开场。生为陕西人，陕西给了我许多东西，不单纯是生命的诞生、学业的完成和人生的成长，远不止于这些。其中最主要也最最应该感恩、感激、感谢的是——陕西漫画。

从 1996 年的某一天开始拿起稚嫩的画笔画漫画至今，时间已经一不留神过去了 21 个年头。人的一生能有几个 21 年啊！21 年来，漫画改变了我的整个人生，提升了我的生命质量，让我一步步向前，向前，再向前，看到从未想过更不曾见到过的美好。

陕西漫画之于我是有大恩的，而我对于陕西漫画则是微不足道的，甚至微乎其微。但无论身处何地，"坚持画漫画，多画漫画，画好漫画"都会是我前行路上永远的航标！我将永远是陕西漫画康庄大道上的一粒砂砾，坚强而执着。

道法自然，每一个汉字都可以从大自然中找到根源。

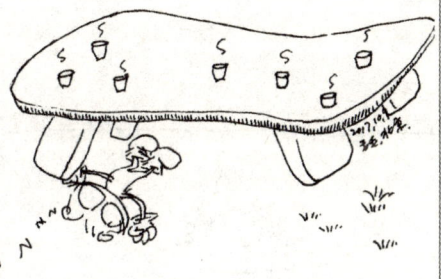

清谈，就是魏晋时期的务虚之外又有争论喝酒。

纪实类和新闻写作有点像，但又不完全一样。

气不能泄有些东西不可讲，不能说。

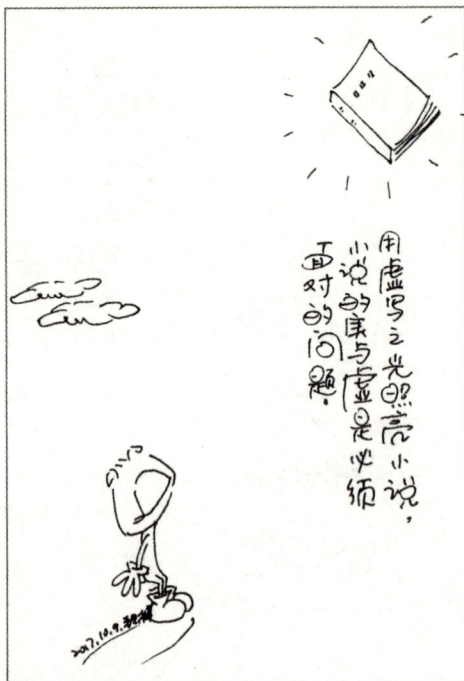

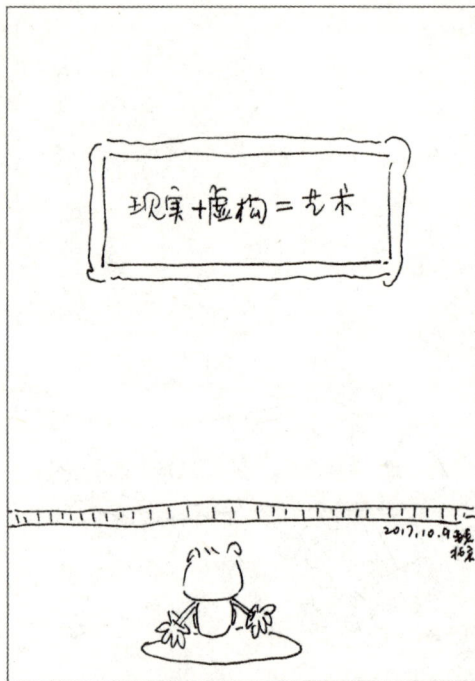

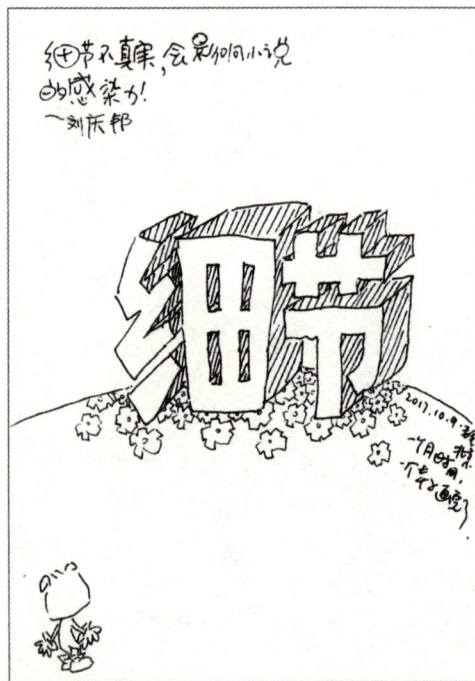

再次"遇见"那个痴迷舞蹈的妹子

2017年10月10日，周二，阴，还是雨

听说鲁院师生联欢晚会拟定于本周五下午，于是，各个小组便纷纷开始准备节目，按要求每组两个节目。因昨天下午我们几个相约去拜访导师，没敢看手机，后来才得知我们小组定的节目一个是集体霹雳舞，另一个是歌曲串烧。

霹雳舞，一听这词，就极有年代感，那是20世纪曾一度风靡的舞种。嗯！是的，本猫也曾深陷其中，难以自拔。那时候尚且在母校求学，去了一个不怎么喜欢的学校，又是一个更加不喜欢的专业，只得把兴趣点转移到别处。如此，四年的学校生活才不会那么苦逼。

实在不好意思得很，本来在群里看到这个消息后，一开始还没怎么太激动。集体活动嘛，更何况那么多人参加，而且许多同学还是很主动的，那就把很好的表现机会让给大家。谁知当早饭后大家陆续集合后，并通过一个精致的小音箱把劲爆的音乐放出来时，我觉得自己瞬间就难以自持。

是不是很浅薄？一个人对一件事情一旦发自肺腑地热爱，哪怕隔了很久，随时都是可以再拾起来的。

看到我那样儿，班长立刻发话，你给咱编舞哈。我去！我招谁惹谁了，人家只想自个儿疯玩一把，怎么一下子又搭上了这个政治任务，学习任务如此之重，人家还能不能轻松了。

话虽这样说，当我们终于站在教室兼做礼堂的舞台上时，音乐声再

次有力地将我拽回了舞蹈的世界里。您猜对了！我瞬间就疯狂地舞动起来，根本顾不得伪装许久的矜持。

从什么时候开始喜欢舞蹈的，不记得了。也许是当年在长安城那时候，也许是初中的时候，或许更早，谁知道呢！反正当我发现音乐和舞蹈可以带来难以企及的愉悦时，就毫无征兆地沉迷了。

最疯狂的可能就是在长安城求学那段时间了。那时每周只休息一天，还不曾实施双休日。每个周六的晚上，多数情况下，学校餐厅二楼的功能就换作了舞厅，校乐队伴奏，悠扬的萨克斯，好听的电子琴，小号，吉他，不记得有没有电吉他。还有帅极了的架子鼓！校乐队的存在本身就具有极大的吸引力和诱惑力。因为乐队里的乐手全都是在校生，也几乎清一色的都在十四岁到十七八岁之间，青春年少，或帅气逼人，或聪明美丽。无论如何，玩音乐的人就是具有区别于其他人的一种特殊气质。

一边在舞池里跳舞，一边时不时地瞅一眼台上的乐手们，个个赏心悦目，养眼又养心。

请不要嘲笑。那时的我，每个周末晚上必定跳到最后一支舞曲结束，才恋恋不舍地随着散场的人流回到宿舍。也是不能立刻就睡着的，好一会儿心都还在舞池里旋转，旋转，旋转。

有时候，一些班级也自办舞会。只是跟校办的舞会无法相提并论，只有一个录音机，几盘磁带而已，可是这样的舞会时间要更加随性一些。往往是学校的舞会结束后，站在学校院子里四处寻找，看哪个教室里的灯光亮着，大家就拥进去。一个40人左右的小教室，自然无法和学校的大舞厅相比，挤挤挨挨的，尽是跳舞的人。真真就是摩肩接踵的样子，根本放不开跳，但也顾不得计较许多。对于热爱舞蹈的人来说，只要有音乐，有场地，一切就好。

奇怪得很，在那之前，我一直给别人的印象是木讷、腼腆、羞涩，内向得一塌糊涂，人多的场合根本听不到我的声音。自从喜欢上舞蹈以后，整个人完全变了。我说的这个改变，不是说我变得很外向，而是人的状态的变化。因为找到了自己的兴趣点，那么再怎样不愉悦的学习经历，都会变得生动而美好。

那时喜欢跳舞，是全盘喜欢，交谊舞、伦巴、探戈、自由步、中场……有不喜欢的吗？没有！全都喜欢。哪个音乐响起来就跳哪种舞，从一进门开始，一直跳到结束，一歇不歇。都不嫌累得慌，青春年少，真是很傻很天真。

因为同样喜欢跳舞，还结识了其他年级的一些同学，甚至跟几个校子弟也有了深厚的友谊。

因为喜欢跳舞，甚至连校运动会时健美操表演那样的活动都不曾放过。每次运动会报名被选上后，我们的花束队是走在所有方阵最前面的，全部进场仪式结束后，就是健美操表演。健美操比起跳舞来说，动作要简单得多，但毕竟也是随着音乐而起的肢体动作，怎么可能放过呢？

那时候怎么可以那样执着呢？

其实即便时至今日，自己对于真正热爱的东西，依然执着而坚定，并不会轻易动摇。

刚参加工作几个月，就赶上单位的国庆文艺晚会，每个支部出五个节目，我们支部的五个节目我参加了三个，一个独舞，一个三人现代舞，一个八人秧歌舞。幸运得很，当时三个节目都获了奖。至于什么奖项，奖了些啥，已经记不真切了。因为我当时虽然是替这个支部参加活动，但是却从未去那里上过一天班，一进单位就被机关各种借调。而他们恼于我的迟迟不到位，哪怕是官方的原因，奖金和各种逢年过节时发的物品全都内部分掉，根本不会给我留一份。好在我从来就不曾把物质的东西看得有多么重要，他们也奈何不得。

之后的晚会，参加了许多次，几乎每次都有舞蹈。因工作太忙，总是没法跟其他人一起去排练，后来更多的是独舞。只要自己挤时间把动作和音乐配合在一起就搞定，根本无须在排舞上浪费太多时间。还参加过交谊舞比赛，是的，毫无悬念的，拿过奖项呢，也不管它是几等奖。

请不要笑！那也不是什么振聋发聩的大奖，不过是一个连退休职工在内也才 500 人左右，偏僻小镇上的电厂职工交谊舞比赛的小奖。重在参与，更重要的是玩得开心，获不获奖不重要。

工作单位变动一次后，又参加过不少晚会演出，自然还是舞蹈居多。

之后，在京城工作时，一连参加了两次元旦联欢晚会，也都是舞蹈节目。

絮絮叨叨说了这些，并不是想说我就是一位舞蹈方面的大牛。一切源于热爱，源于我对跳舞这件事的深深热爱。现实里各种角色的变化，无论哪一种都总是很忙，很忙。但人在现实中还是得继续走下去，因为生活得继续，也得依靠努力工作换取生活的资本。却也可以选择，可以选择做自己喜欢的事，在时间和精力允许的情况下。

演出时都跳过些什么舞呢？跳得最多的是陕北大秧歌、扇子舞，还有印度舞、蒙古舞、孔雀舞、劲舞等，每次重要的不是跳什么舞，而是跳舞本身的快乐。

当天下着雨，滴滴答答淅淅沥沥的，天气阴冷潮湿，气温骤降，冷得人瑟瑟发抖，大家都尽量穿得厚一些。谁知跳着跳着很快就热了。幸亏我里面还穿了一件短袖 T 恤，果断脱掉外面又厚又重的卫衣，跟随音乐激烈的节奏、优美的旋律疯狂地舞动着身体，以至于最后连里面的背心都湿透。

离开时，我用手抹了一把脖子里的汗水，感觉爽快极了。好久都没这样酣畅淋漓地跳过了，距离上一次跳舞多久了呢？好久了。

还记得小猫有一天跟我

说，她成为校艺术团街舞队的队员时我溢于言表的欣喜和兴奋，倒不是说一定要让她干些什么，或者说将来干点什么，而是音乐和舞蹈可以带给人许多美好和快乐的。人的一生不可能总是开心，也不可能不遇到特别不美好的一些人和事，只要有一项有益的爱好，而这个爱好恰好又能够化解那些不开心，生命的质量是不是就可以更好一些呢！

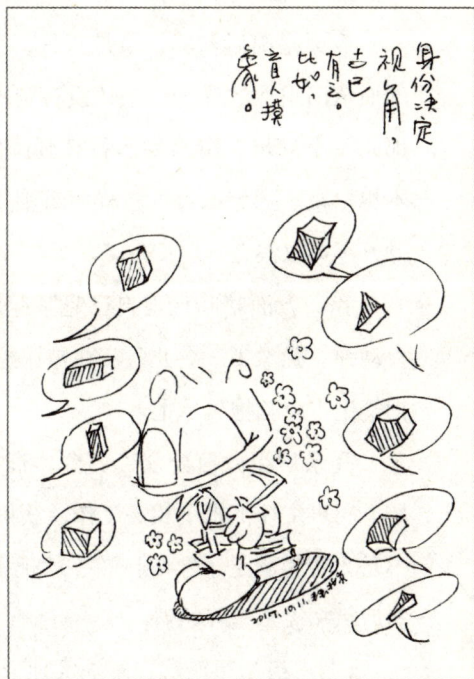

第三极的回响

2017 年 10 月 11 日，周三，雨后初晴

午休后瞅了一眼班级微信群，又看到那个头像不羁的藏族男生发的两个链接，点开其中一个一看——《第三极》，看过的！倒也没太多惊喜。

今天是雨后初晴，虽是深秋，太阳却并不热烈，一整天都温腾腾的，外面依旧很冷的样子。午休没有定闹钟，睡到了自然醒，整整两个小时，那叫一个满足。醒来后本打算画画的，可是人缩在被子下面犹豫着就是不想出来。那怎么办？这样躺着浪费大好光阴是不行的。这么好的时光，万万不可以浪费。

我一方面暗暗催促自己赶紧起床，一方面磨磨蹭蹭地赖在被窝里不肯动弹。犹豫了一会儿，实在被尿憋得难受，只得去了一趟卫生间，顺便把笔记本电脑抱到床上。

登录班级微信公众号后台，查看了近期的一些内容，处理了一些事情，向班主任汇报了相关工作，获得一些小小的肯定，就有点小开心。是不是太容易满足了？唉！顺手就把手机上之前打开的链接发送到电脑上，然后趴在被窝里开始看。

《第三极》里西藏辽阔的大地上唯美的自然风景、浓郁的藏族风土人情、转经筒、黑红色的脸膛、质朴得让人不忍与之对视的眼神，我又陷入了三次进出西藏的那些始末和之前之后的种种情境里。

西藏是一片神奇的土地，它的神奇和魅力既有普遍性，也有个体差异。三次进藏方式和遇见场景都不尽相同。第一次是从青海西宁出发，沿

真实的真实和作家笔的真实，究竟有怎样的距离?!

你想达到的真实，可能根本就不存在，或许压根就子虚乌有。

2017.10.11 毛毛 北京.

所谓讨论，不过是希望百花齐放、百家争鸣的现象。不是一定要东风压倒西风，或者西风压倒东风。

2017.10.11 魏绍泉.

报者又许多种…种种…还有意者意外…还在情理之中…

青藏铁路进藏的，一路上看到的都是铁路沿线的风光，荒漠戈壁、山川河流、藏羚羊、藏野驴和藏牦牛，全都在车窗外瞬间掠过，根本来不及细看一眼。当然，因为海拔缓慢上升，青藏铁路的火车缓慢供氧，所以只要身体条件不是太差，几乎没有什么反应，也感觉不到太多不适。那次虽然只在拉萨市待了几天，并未去更多的地方，但也看了几个必看景点，收获了没有感受过的美好。之后回到单位几个月，我的工作就发生了变化。

第二次是坐飞机进藏的。几个小时前还在内地的富氧区，几个小时后就已经身处几千米的高海拔地区。当时一出机场就收到一条洁白的哈达，立时就兴奋得不得了，幸福指数瞬间爆棚，根本来不及感受什么缺氧之类的。也许我本就适合那里吧，或是准备工作足够充分，自始至终都没有任何不适感。在拉萨待了几天，还去了日喀则、林芝。最主要的，是去了珠峰大本营和藏民的家，一路上的所见所闻和在那里每一天的真实感受，都令我好长一段时间反复回味品咂咀嚼。还在那里时，就得知单位的主要领导调整了，虽然并不是直接关系到自己，但却间接影响了我之后的人生状态，使之朝好的方向进一步发展。是不是也该高兴呢！

几年后的第三次进藏，是从四川出发的，走川藏公路，经过甘孜，路过大渡河……那些日子经历的种种，同样是不可多得的美好。

重看了《第三极》，当许巍的声音随着片尾的滚动字幕一起出现时，我突然就泪流满面，伏在枕头上难以自持地哭了起来。

我其实并不清楚自己那一刻究竟在因何而流泪，又在哭些什么。只是在哭过以后，觉得轻松了许多。

之后，又看了他发的另一个链接——《轮回》。

这个片子之前我也看过的，那么，再看一次又何妨呢？

……

终于看完时，也到了该跟自己说"晚安"的时候了，在艾灸的温热中，忍不住又想起了上午上课前我和汤晖在一起发生的事。

汤晖在开学没多久就来宿舍找我聊天，不记得哪天，也不记得我们第一次都聊了些什么。有一次她儿子到学校看她时，她还带儿子来跟我聊了聊，她儿子是学美术专业的，而我是一个从未学过美术的菜鸟。我一再拒绝，她一再坚持，最后只得应允，硬着头皮心里很怵地跟那个高大帅气的小男生谈画画、谈艺术，甚至还谈到未来的人生之路和校园恋情。那孩子很有教养，心里也许觉得我说的不一定多么有道理，但是碍于他妈妈的情面，很给我面子地认真聆听。令我好生感动，后来向汤晖夸过好几次，以示感谢。

今天上午进行班级讨论，虽然是第一次，但由于跟以往的讲课形式大不相同，思想上就有些放松，加之天终于晴了，还出了太阳，我们把东西放到教室后，相约去外面开开心心地晒太阳。

雨后的路面，无论水泥的还是泥土的，你不用猜就能知道，必定有许多亲爱的蚯蚓在蠕动。它们是出来呼吸新鲜空气吗？

我天生怕这种小东西，没想到汤晖也怕。她一个劲地给自己打气，"我们不乱看就是了，跳过去，直接跳过去。"虽然这样鼓励自己，可是两个人还是踮着脚尖一声声尖叫着一路蹦蹦跳跳地往前走。

就在我们胆战心惊地跳跃着来到篮球场附近时，发现刚才洒在地上的那一大片令人神往的阳光突然就不见了。咦！在前面那里。汤晖喊了一声。我们准备再次往前蹦跳，才跳了几下就发现不对劲了，那一片阳光又不见了。两人这才停下脚步，抬头仰望，发现天空不知什么时候飘过来一片云朵，恰好就遮住了本来可以直射下来的温暖的阳光。

原来是调皮的云朵在跟我们玩儿，哼！我们才不跟你玩呢。

两人遂站在那里闲聊，东拉西扯的竟然说到小时候玩的一些游戏，竟然她小时候跟我一样的笨蛋无比，打沙包立刻就会被"打死"，玩抓人游戏要么是很快就被抓住，要么就是无论如何都抓不住别人。至于踢毽子、跳绳什么的，根本就是最菜的那一个。

没有最菜，只有更菜！

两个人顿时心生感慨，原来老天爷对每个人都是公平的，天无绝人之路。当它为你关上一扇门时，必定会为你打开一扇窗。它没有赋予我们那样的一些东西，但却给了我们不一样的另外一些东西，正是这些东西的存在，让我们生命的质量和品质，都璀璨生辉，厚重而美好。

也许我们都是对现实索求并不多的那一类人吧，更容易被满足，这就很好嘛！两人相视一笑，继续一路蹦蹦跳跳地向教室跑去。

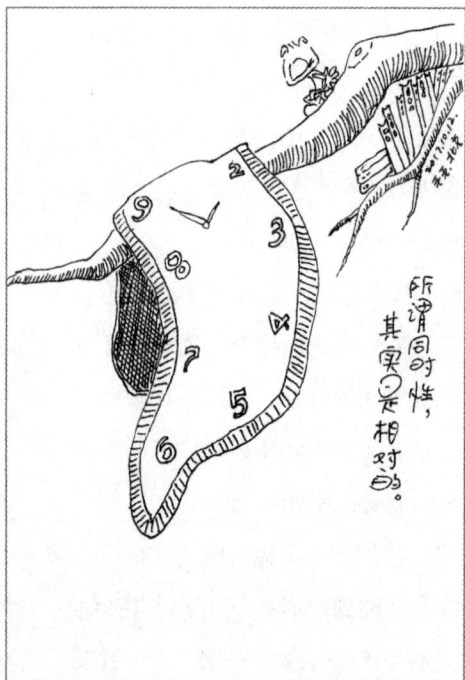

所谓同时性，其实是相对的。

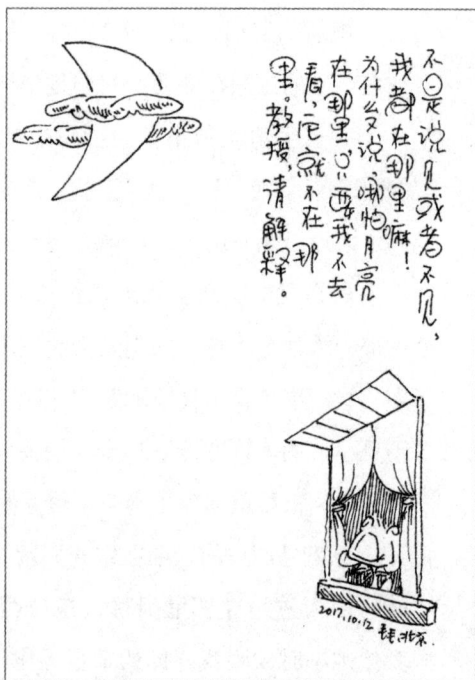

不是说见或者不见，我都在那里嘛！为什么又说嫦娥月亮在那里，它就不要我不去看，它就不在那里。教授请解释。

2017.10.12 韩东林

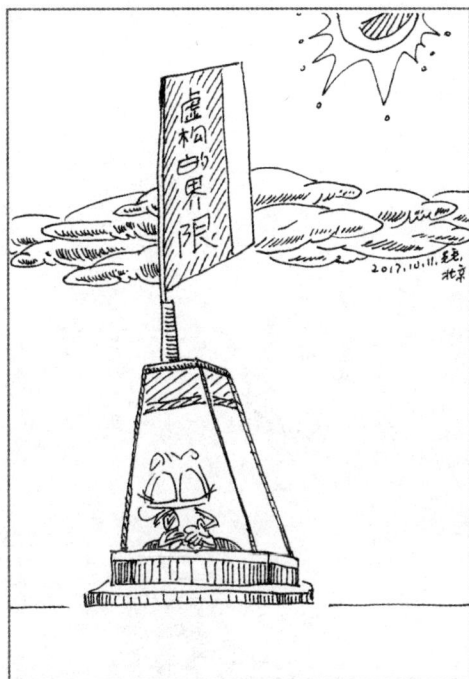

线性是孤岛，
非线性的
才是汪洋大海。

并不是比如一样东西都可以用此镜
围观的

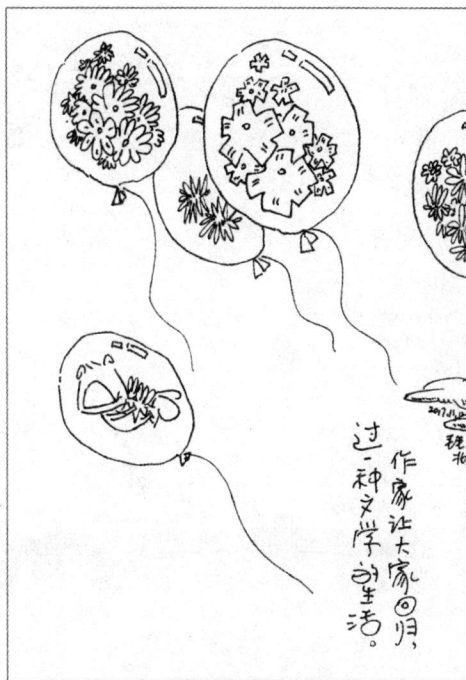

作家让大家回归，
过一种文学的生活。

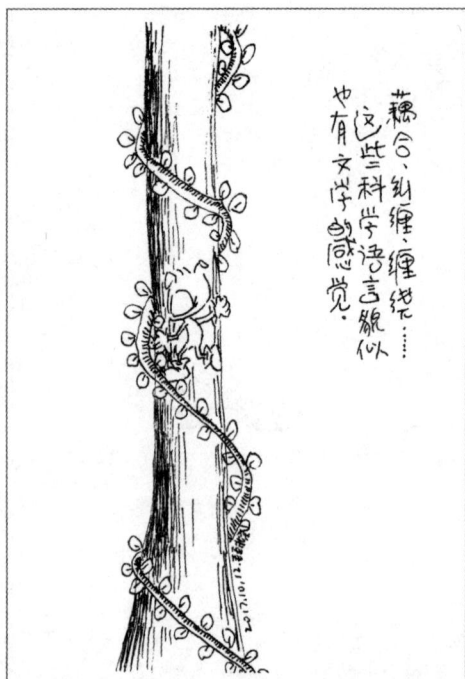

藕合、纠缠缠绕……
这些科学语言貌似
也有文学的感觉。

任何事用好了造福于人，
如果没有用好，则是人类
的灾难。比如核。

人类第一次对科学的后果产生疑惑！

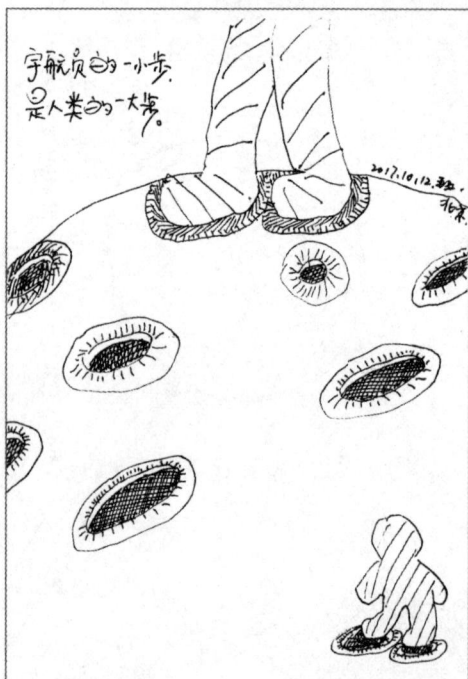

宇航员的一小步，
是人类的一大步。

计算机网络化的底改变了人的两重性。

嫚姐，郑州及其他

2017 年 10 月 14 日，周六，阴

那一夜，我们后来说到了哪里，说了些什么，已经记不清楚了，只记得满满的全是惊喜和欣喜，睡得十分香甜，甚至都没来得及做个梦。

我和嫚姐相识于几年前的麦田社群，一起在麦田编辑部里做一些事，还曾在同一个小组里工作过。麦田社群是建立在虚拟世界里的一个社群，麦友们跨行业、跨地域、跨领域、跨国界。除了总群，还有许多专业性很强的群，如：电影群、书馨群、美食群、运动群、羽毛球群等，也有许多地域性很强的群，如麦田北京群、麦田西安群、麦田汉中群、麦田河南群等等。可以说地域性的群最多，也相对最为活跃。

当然，嫚姐是麦田社群元老级大咖，属于最早进入麦田的那批麦友，也十分活跃。我则是在麦田社群发展到中间阶段时才进入的，默默地混了好几个群，但深知麦田里的水深，其间卧虎藏龙，亦不敢太多吱声，只顾悄悄学习，学习，学习。

两年前的夏天，我们参加了麦田社群的第一次线下大会，在贵州梵净山见了第一次面。之后，就再也没见过，平日里各自忙碌，彼此之间嘘寒问暖式的联系并不多。数月前的一天，嫚姐突然在微信上问我一些事，并把我介绍给郑州大摩的纸的时代书店。几番联系，便有了在那里举办漫画展和新书签售会的想法。

《没有谁刀枪不入》是在中国工人出版社董总的关照和重视下才得以正式出版的，每每提及此事，我都心存感念，感谢工人出版社

为之而做的所有努力。感谢董总和习编辑，这本书在他们的努力下，2016 年 10 月第一次印刷后，受到一些关注。2017 年 8 月，在分享会进行之前第二次印刷，所以，也可以说这个分享会其实是书籍再版的分享会。

为了不给大家添太多麻烦，我原计划周日一早从北京出发，中午到了后稍事歇息，下午活动结束后即刻返回。自己啥事不耽误，也不给朋友们增添一些不必要的麻烦。车票已经订好了，但嫚姐说有事相商，想和我见面聊，遂改签车票，决定提前一天到达。

我们相约在大摩纸的时代书店楼下那个地铁出口处见面。细心的嫚姐还发来了她当天的造型，那是很帅气的一身中性打扮，跟我之前见过的、她那标志性的、很特别的刘海有些不同。我亦自拍照片发与她。

还未走到出站口，站在出口处的嫚姐就已喊着我的名字了，并向我招手致意。

我们先去书店里瞅了一眼，跟工作人员打过招呼后就离开了。

书店看上去很文艺，也很艺术，整体设计感很强，书籍很多，且摆放有序。当时看书的人很多，书店里却很安静，人们都只是静静地翻阅、轻轻地走动，所以并没有多少嘈杂的声音。仔细去听，只有窸窸窣窣细碎的一些声音，那也是纸张和纸张摩擦发出的轻微的声响，夹杂一些轻轻的克制的咳嗽声。根本没人注意到我的出现，甚好，甚好。

书店离嫚姐家只有一站左右的距离，我们一路边走边聊就到了她家。进得门去，先看到有个中学生模样的长发女孩子伏在桌上写着什么。"这是我的泰国女儿诺二。"嫚姐看到我的疑惑，解释道。哦！虽然她之前在微信上跟我说过，但我还是觉得有那么一些意外。

女孩子很有礼貌地站起来打招呼——"你好！"我对她会说中文表示惊讶。嫚姐跟她用英语交流后，诺二又说了一句："一点点！"意思是说她只懂一点点中文，但她的中文发音很标准。

嫚姐的儿子正在上高中，他们学校有个国际部，会招收一些外国来的高中生。去年，嫚姐收到国际部误发的一个信息，国际部征集留学生的寄宿家庭。嫚姐立刻主动跟对方联系，表示她家愿意接收留学生寄宿。当然，这样的寄宿生不是谁家想接收就可以接收的，学校有一套严格的程序来审核申请家庭是否具备相应资格。过五关斩六将之后，嫚姐终于成为一名德国女孩的中国妈妈，嫚姐给那女孩起了个中国名字：诺一。因为她儿子的名字有一个字是"诺"。

去年的德国女孩叫诺一，今年的泰国女孩叫诺二，明年那位不知来自哪个国家的女孩，估计被称为诺三。是不是貌似很顺理成章，嘻嘻！

诺二出生于泰国的中产家庭，向往中国文化，经过一番努力来中国学习一年。来之前，她只懂不太多的中文，英语比中文稍好一些，但讲得并不流利。她跟嫚姐交流，两人目光对视，一边说着一些词汇，同时各自用手比画着，边看边猜，只要彼此明白是什么意思就行。后来见到嫚姐的朋友马姐，马姐很快对诺二产生了浓厚的兴趣，趁机把她闲置了多年的英语也拿出来遛。她们两人在路途中，在饭桌旁，在后来转场之后的另一个地方，都"聊"得热火朝天。

马姐爱笑，人很热情，在等待上菜的时间里，还拿出包里的梳子给诺二梳刘海，很是贴心。诺二也很配合，好像马姐也是她的中国妈妈一样。马姐还一遍又一遍地跟嫚姐说："等我儿子大些了，我也弄这样一个（寄宿生）。"态度认真又不厌其烦，每次这样说，我们都忍不住要笑一次。

我们简单收拾后就一起外出吃饭。嫚姐还约了其他几位独立书店的经营者。晚饭在郑州金色港湾生态园酒店吃的，非常有特色，新作的豆腐、豆皮，时鲜的菜蔬，新蒸的菜包子，全都是我喜欢的吃食，还有她虽然解释几次但我最终还是没有记住名字的一种什么叶子，口味怪怪的，但是确实很好吃。那是真的好吃，每次转到我跟前都要夹几筷子，最后差不多把盘子里的绿叶子都吃光了。

晚饭后我们转场，到位于中原区华山路 121 号三磨所南院的青立文化工作室去，那里曾是一个老工厂。

那个院落从外面看不出有什么特别，但是进到院子里，则是另一番景致。

一个大的车间里灯火通明，发出各种声响。院子里停放着各种车辆，但光线昏暗，看不清楚到底都是些什么车。再往里走，院子里是不高的几幢小楼，估计应该是当年那个老厂的办公楼。院子里有一些树，高高低低的，形状也不一而足，还有花花草草和绿篱。

我走在后面，突然看到绿树花丛间卧着一只猫，很安静的样子，但是体型却比普通猫大很多。心里一惊，不敢吭声。又往前走，又看到在一楼的窗口外面站着一个人，也是很安静的样子，很壮硕。再往前走，发现他穿着一身短的衣服，不觉叫出了声。嫚姐笑道，那是雕塑。汗，狂汗。

这么说，这里是一片艺术区了？！我就在夜色中慢慢地四处打量，这一看不打紧，我看到就在我们面前的门厅顶上坐着一个人，他的腿从台子上自然地垂下来，一条腿搭着另一条腿，很是自然。我们距离他的腿脚不过几尺远。我又是一声尖叫。

嫚姐去大门外接另外几个人，我和马姐站在原地等候，诺二带着近视眼镜，由于听不懂我们说的话，倒也还没什么太大反应。不行！我必须稀释自己的恐慌。遂戳了她一下，示意她看一眼窗台前站立的那个短衣打扮的人，再把头顶附近坐着的那个人指给她看，诺二的表现竟然比我还夸张。我们俩的惊吓声一声接一声，估计，马姐快被我们搞疯了。

楼上的工作室艺术氛围很浓厚，书架上摆放着不少专业书籍和大型画册期刊，窗台上、桌子上随处都是各种造型别致的雕塑作品，材质不尽相同。楼道的外墙上有好几张微展的海报，而楼道的窗户，竟然还是20世纪的墨绿色铁框镶嵌玻璃的那种，有一种错位的时代沧桑感，却也跟整栋楼的风格毫无违和；同时更加衬托了这种现代的、前卫的艺术品，拉开了时间距离上的纵深感。

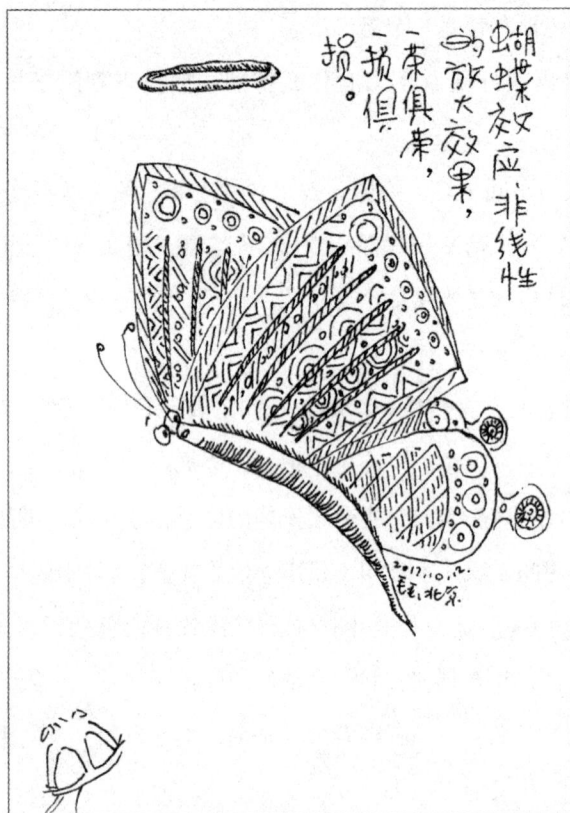

蝴蝶效应，非线性
的放大效果，
一荣俱荣，
一损俱损。

　　回到嫚姐家已是深夜，我们简单洗漱后就上床。刚开始嫚姐说的话我还大概记得一些，还跟她哼哼哈哈地应和着，后来不知什么时候，我就实在撑不住，进入了梦乡。

郑州，郑州

2017 年 10 月 15 日，周日，阴

当我醒来时，天早已大亮，嫚姐家的洗衣机在响，她在拖地。

早饭吃的是她家附近人气很旺的胡辣汤，我们三个人要了一碗胡辣汤、一碗豆腐脑和一碗小米粥，然后分着吃，这样可以各样都尝尝。

我对郑州的胡辣汤感到好奇，急不可耐地先舀了一勺，不承想一小勺吃下去，鼻涕眼泪立刻就全下来了。你不能说它就一定有多么辛辣，因为太过辛辣人其实是吃不进去的，即便勉强吃了满嘴全都是辣味，而且余味除了辣也只能还是辣。但也不能说它不够辣，不够辣就不够有味儿。在阴冷的初冬，唯有辛辣是最刺激人的，先刺激人的味蕾，然后刺激人的整个身体，让血液的流动加快，让人出汗，暖和，以驱赶寒冷。

那么，我到底说了些什么，关于那令人口齿生香的胡辣汤。

我只能说，它实在是太好吃了。我既因它的辛辣而有所畏惧，每次舀的时候总是想绕过它舀豆腐脑或者小米粥，又因它的辛辣和难以割舍而忍不住一再舀一些到碗里来。

胡辣汤，胡辣汤，快到我的碗里来！

我一边擦着汗水和鼻涕，一边吸溜吸溜地喝着胡辣汤；一边跟嫚姐说，这个胡辣汤可真够辣的，一边忍不住又舀了一些，很快就全身热乎乎的，想要脱外套，却又不敢。

我们把简单的行李放在书店里，然后坐了一站城市快速公交车到另一个商业区，去跟嫚姐的另一个朋友聊一些彼此都比较感兴趣的话题。不

文学也刻了一个谦卑的年代。

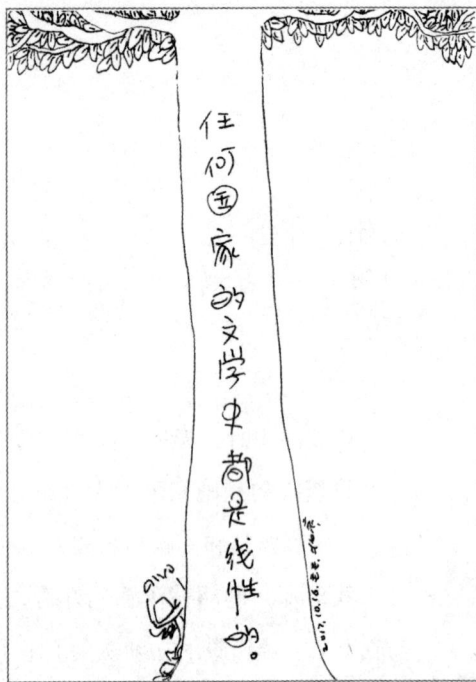

任何国家的文学史都是线性的。

盛世，一般都是文学发展的鼎盛时期。

在俄国文学史中，天才是成群诞生的。

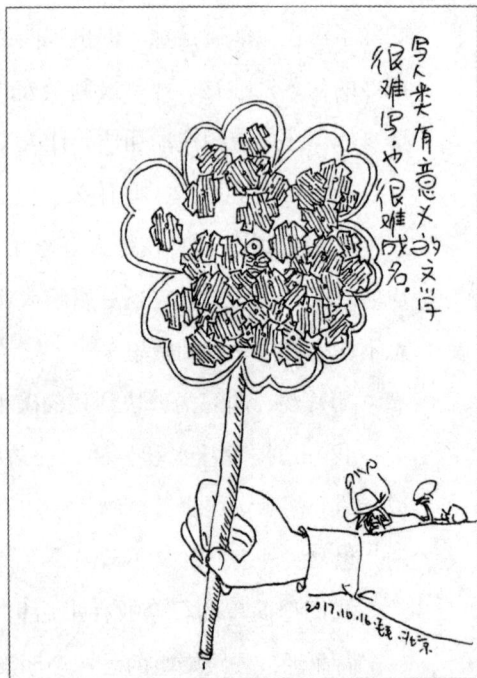

写人类有意义的文学很难写，也很难成名。

2017.10.16.戴.北京.

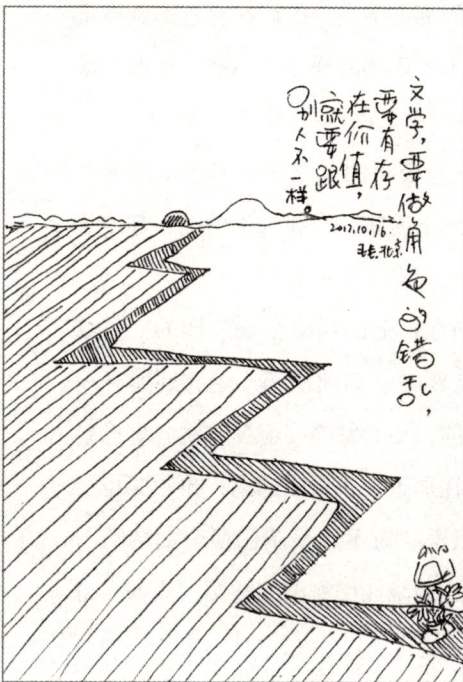

文学，要有存在价值，要做有用的错乱，别人要跟就要跟人不一样。
2017.10.16. 张北京

作家要有个性阅读。
2017.10.16.

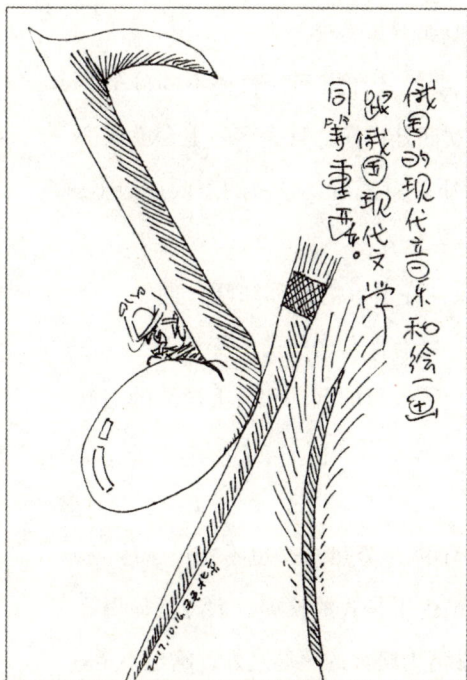

俄国的现代音乐和绘画跟俄国现代文学同等重要。
2017.10.16.张北京

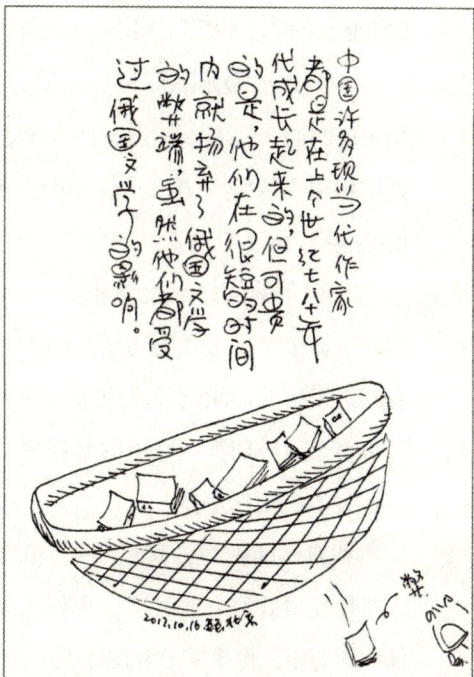

中国许多现当代作家都是在上个世纪七八十年代成长起来的，但可贵的是，他们在很短的时间内就物养了俄国文学的数典，虽然他们都受过俄国文学的影响。
2017.10.16.张北京

得不承认，嫚姐牛！她的朋友们个顶个的都是牛人。他们在自己的领域都做到了相当不错的程度，但本人却一副不事张扬的样子，谦逊，低调，淡然，跟他们交流，真心是一种享受。

虽然我并没有提前说什么，但是河南公司的文友魏虹和寇宝刚从朋友圈看到消息后，还是放下各自的事赶到书店来，令我好生感动，却也觉得在大周末浪费人家的私人时间甚为歉疚。

虽然之前也曾许多次暗自猜想，坐在台上的我将会是怎样的一番景况，紧张得语无伦次，还是扯到某个话题时立刻就滔滔不绝，还是……但当我真正坐在那里时，确实是好紧张的，小心脏咚咚使劲在跳，好像要跳出胸膛来一样。但是，再紧张也得坐在那里，不可以逃离；再紧张也要一一回答嫚姐提出的刁钻问题，不可以说"对不起！咱们换个话题吧"；再紧张也得假装从容淡定，内心里再怎样的翻江倒海波澜壮阔，表面上也只能是风平浪静淡然自若。

平常无论阅读、书写还是画画或者干其他事情，总觉得一个小时的时间眨眼间就过去了，并不怎么难熬！但那天真是难熬。

因为根据嫚姐高度控场的能力，只要她还在提问，就还不到分享会结束的时间，实在不知道一些人那么喜欢四处讲座，且大多一上台就风度翩翩侃侃而谈，人家该是怎样的心理素质。看来需要学习的东西还很多，前路漫漫。

不得不承认，嫚姐提前做足了功课，许多事情她都知晓，问题一个接一个，个个直击我脆弱敏感的小心灵。既有那些多年前的陈年旧事，也有新近发生的、刚刚过去没多久的事，台下气氛的调动和台上情绪的把握游刃有余，一切都在嫚姐的掌控之中。

还真的得佩服她！

我自己能做的，就是顺从、配合，不能过分热情，也不能过于冷淡。太热情显得好像有些过度，更何况太热情也不是我的长项；太冷淡显得好像你摆架子，可事实上我除了是一个正在努力爬坡的菜鸟之外，啥也不是。

既没有资格太冷淡，也天性不是太热情，就始终配合着做一些事。

但无论如何，郑州之行的所见所闻都令我颇为意外，还长了见识。

那个隐藏于倒闭老厂里的、浓缩版的 798 艺术区，那些嫚姐的朋友们，无论经商或者干其他行业，他们都有一种想要真正为自己的家乡做一些事的强烈愿望，并且抱团前行，努力而为。那个"纸的时代书店"，全国只有四座城市里有，郑州就是其中之一，而千年古都西安却没有。这值得我们反思。

还有在签售期间一些书友向我提出的困惑，其实我不好意思跟他们细细讲述，那些正在困扰他们的东西，也曾纠缠困扰过我自己，令我一度困顿迷茫徘徊不前，也曾不知所措，甚至走进死胡同里乱撞，直至鼻青脸肿。

然而，最终还是找到了前行的航向，冲出了重重迷雾。也许，这是每个人的人生旅途必经的一段行程吧！过去了，你就会发现不一样的一片晴空。我想跟他们说的有很多，无奈时间仓促，还要赶火车回京学习，只得一再地说，不要问那么多为什么，但是你一定要明白，这样做是必须的。

王者的孤独和孤独的王者

2017 年 10 月 18 日，周三，阴

少年丧父，母亲被迫成为他人妻，刚刚还沉浸在父母百般呵护中的他，该如何是好？我想，除了苟活，他别无选择，现实也容不得他做任何选择。

只要能活着，他不得不去做一些违心的事。比如，当他被送入乐坊时他必须跟随乐师努力学习歌舞技艺，并努力学好。身为男儿身，在歌舞音律的滋养下，他渐渐"喜欢"上了钗环脂粉，着女装，佩戴女人的各种首饰，走起路来纤腰柔柔、衣袂飘飘，顾盼生辉，真是叫三宫粉黛无颜色。

它是话剧《兰陵王》，他是兰陵王。

这是一个关于"灵魂与面具"的寓言。一千六百年前的兰陵王传奇，是关于"一个人的真实面目与面具"的故事。话剧《兰陵王》从中发展出了具有极强象征性的全新情节，它讲述的不再是传奇故事，那个传奇故事已经在历史长河中被多次演变。但它讲述的也不是真实的历史，历史的真实根本无须后人重复演绎，也很难还原历史的真相。它讲述的是一个有着现代意味的，甚至是有一些魔幻色彩的寓言，揭示的是每个人都可能会遇到的关于"灵魂与面具"的人性难题。人性是复杂的、多变的，穿越历史的隧道，借由历史之镜照射现世人生，是一个极好的选择，也不失为明智之举。

历史上的兰陵王传奇故事是中国传统戏曲的源头之一，中国戏曲

打工难道是农民出路的唯一途径？知识才是农民彻底富裕的根本。

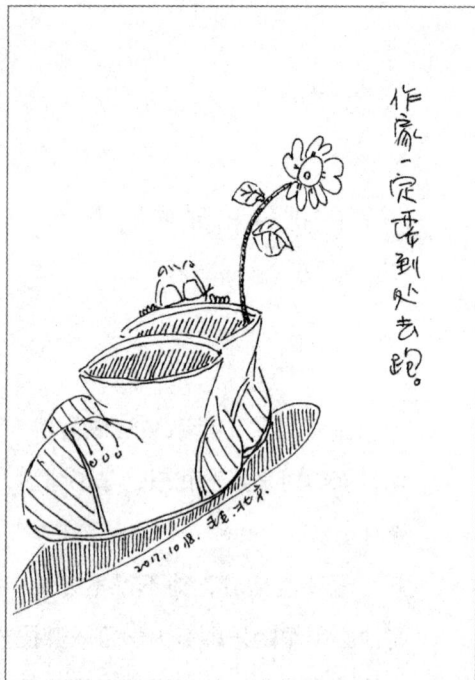

作家一定要到处去跑。

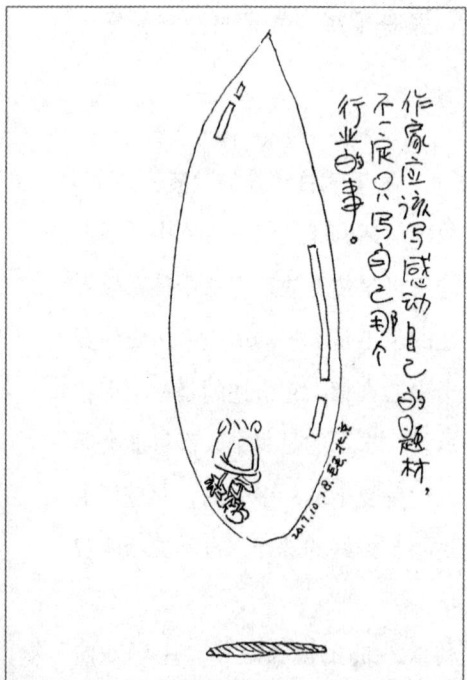

作家应该写感动自己的题材，不一定只写自己那个行业的事。

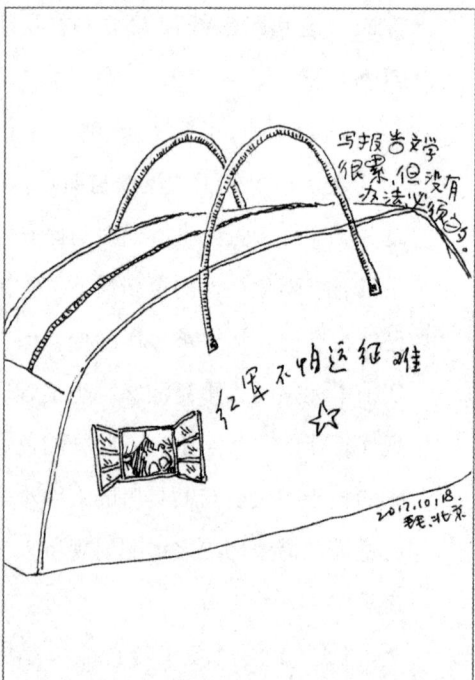

写报告文学很累，但没有办法必须的。

红军不怕远征难 ☆

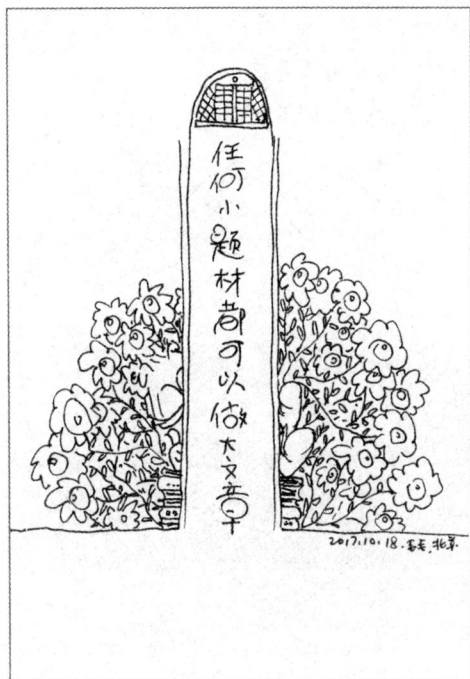

任何小题材都可以做大文章

2017.10.18. 琴 北京

好的结构如同优秀的建筑，好的结构要向建筑学习。

2017.10.18 琴 北京

　　"以歌舞演故事"的美学特质最早就是在《兰陵王入阵曲》中初露端倪的，而这个古老拙朴的乐舞中兰陵王头戴大面的形象，也直接发展成了后世的傩戏面具，乃至今天的戏曲脸谱。话剧《兰陵王》通过追溯这种中国古典文化艺术的源头，在《兰陵王》中进行既有中国文化传统又有现代艺术品格的舞台演出创作，在戏剧表演和人物形象塑造中融入傩面、傩戏、古舞、踏歌等古朴的艺术语言，并由此达成象征、魔幻的现代艺术表达。

　　说实话，之前曾许多次看过关于《兰陵王》的一些资讯，但并未更多地关注或者阅读一些文章或作品。但一次次听说，自然难免有些好奇。晚上到达国家话剧院后，从剧院提供的宣传册上看到一些介绍文字，这才觉得兰陵王确实是一个有故事的人。正因为他有故事，后人才一次又一次地借他的故事之核进行艺术再创作和再创造，他的名字也一再地被后人提及，进行更广泛的流传。

　　"有故事"，这三个字可以传递出许多信息和内涵。今人说起一个人

报告文学的采访很重要，要发现具有文学意义的细节。

报告文学作家要永远充满激情，敢于胡思乱想。

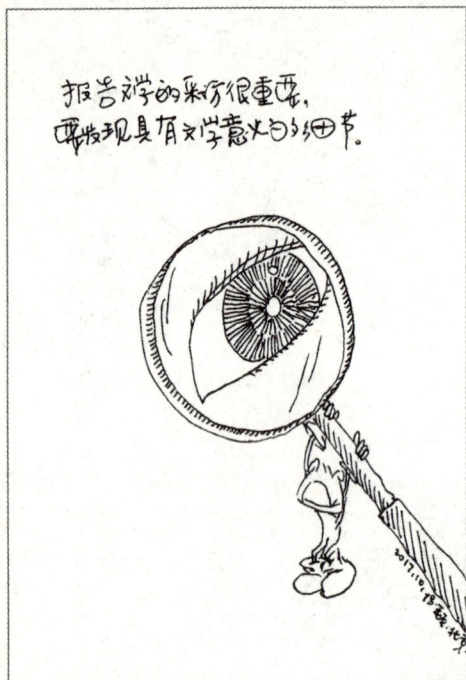

有故事，往往有许多的含义，有时候或许并不单纯指其经历丰富。我每每总忍不住想起人们幽微的叹息：为什么武则天被一再地进行艺术创作和再创造，而李清照却只是在文人雅士偶尔的言谈中出现，从未有过一部专为李清照而作的剧，就因为她"没故事"。

话剧《兰陵王》由罗怀臻编剧，中国国家话剧院的常务副院长王晓鹰导演执导。全部演员二十人左右，却把一个荡气回肠凄婉哀怨的故事演绎得感人至深，有不少人都被感动得泪珠沾巾，哭红了眼。整个舞台的舞美设计简约而不简单，一个大屋顶的框架横呈于舞台之上，缓缓升起或徐徐下降，稍稍倾斜或些微变化。配合着舞台灯光的变化，铺满整个舞台的红绸、从高空垂下的轻柔的绸缎、一缕缕的浓烟、急促的甚至有些慌张的鼓声、节奏明快满心喜悦的器乐协奏……王者气象和深宫高墙、帷幔绫罗和青灯孤烟，营造出歌舞升平和杀场猎猎、儿女情长和暴虐惨烈的景象。

对于一部成功的话剧来说，除了编剧、导演和演员的水平之外，我认为舞美的设计尤为重要，倒不是一定要大制作，但是舞美设计的精妙某种程度上是可以给作品加分的，而且加分的份额绝对不低。这就是为什么我在北京人艺小剧场看过一些当时还觉得不错的话剧，但后来看过一场各路大咖倾心打造的大剧后，瞬间就觉得小剧场的话剧单薄了！哪怕是孟京辉导演的，口碑极佳的作品，欣赏过之后都会有莫名的黯然和失落。剧是好剧，演员是好演员，但就是觉得缺了些什么。

我不是处女座，没有追求完美的情结，但还是对于舞美设计有一种并不过分的偏好。好的舞美设计，我会在观剧后的日子里反复品咂回味，一次又一次，有时甚至胜过对话剧本身的喜爱程度。

王晓鹰导演版的《兰陵王》，从北齐名将"兰陵王"的传奇故事发展出全新的情节，将兰陵王设计成一个因目睹父王被害而用女儿态掩盖真性情的柔弱王子，齐后为唤回兰陵王的男儿血性，交与他先王遗物——神兽大面。带上大面的兰陵王被一种神奇的力量附着其身，神奇地添了一股雄伟气概，立刻由一个"妩媚妖娆的可人儿"变身成阳刚勇猛的真正的兰陵王。血性十足，骁勇善战，在战场上所向披靡、节节胜利。

这本是好事。雄性的觉醒既可以为自己争得身心独立的一席之地，从此不再苟且偷生。然而，手持利刃愈战愈勇、饱尝人间各种疾苦的兰陵王，却也在不知不觉中渐渐走到了冷酷无情唯我独尊的一端。

最终，忍辱偷生十余年的齐后，用她的心头血、用母性的牺牲唤回了兰陵王人性向善的一面，帮他卸下大面，回归本我。

全剧用艺术象征的方式讲述了一个关于"灵魂与面具"的寓言故事，

体现对悲剧命运的观照，引发观众对于人性、本心的思考和探讨，揭示了每个人都可能会遇到的关于"灵魂与面具"的人性难题。

归途中，大家讨论剧情，热议其中的一些片段，有争执也有认同，有分歧也有共同的观点。人性本就复杂，许多事确实不是三言两语就可以解释清楚的，也不是非黑即白。当一个人的生命堪忧时，他该选择苟且偷生、甚至屈辱卑劣地活着，也好过了为了贞洁、为了不屈、为了效忠，甚至为了某种所谓的面子而放弃生命。毕竟生命只有一次，"留得青山在，不愁没柴烧"。只要活着，就有可能会峰回路转；只要活着，就有无限的希望和可能。

如果一个人连生命都没有了，那么首先于自己是一件悲惨的事，于亲人更是一件残酷之事。比如：齐后、兰陵王的生母，如果兰陵王的生父遇害后，她为了守住贞洁，坚决拒绝篡位者的淫威，或者说随夫而去，以示忠贞。那么只有九岁的兰陵王，失去生母的关照和庇护，究竟能否活到成年还是一个谜，他极有可能会被恶人轻而易举地就"斩草除根"。要杀一个手无缚鸡之力的孩童，对于不择手段登上王位的一国之君来说，简直太容易了，如同捏死一只蚂蚁。

如果兰陵王在目睹生父的遇害过程后，又看到生母所做的种种，顿时悲痛欲绝万念俱灰，生命的希望之花瞬间凋零，即刻用非正常手段结束自己宝贵的生命。那么兰陵王的生母因为丈夫遭人陷害致死，唯一的儿子又不幸夭折，虽贵为皇后，但她活着的意义已经不存在，她极有可能也会随他们而去。

所以，无论如何，活着，并且很好地活着，哪怕苟且，又有何妨。

致终将凋敝的一地落叶

2017 年 10 月 19 日，周四，晴

　　早饭后回到房间，看看窗外虽阴沉沉但似乎准备转晴的天空，突然就想去院子里走走。

　　至今天，为期四个月的学习时光，已经过去了差不多三分之一的时间。毫无征兆的，第一次有了一丝难以言说的感伤。人生本就是过客，匆匆复匆匆，总是会有各种相识、遇见，然后各自转身，融入茫茫人海，从此相忘于江湖。即使偶有不多的一些联系，日子久了，再怎样浓得化不开的一番情谊，终将被时间稀释，最终成为逐渐逝去的一段过往。有时候，你甚至可能会怀疑那些经历的真实性，虽然它们千真万确曾与你的生命交织过。

　　在这几十天的日子里，我并不是每天规律地作息，固定时间起床、吃早饭、书写、画画……去校园里的林荫道上散步，一切都随性而为，过得不能算有多么充实，倒也还算勉强能对得起逝去的光阴。

　　还记得刚到鲁院时，院子里所有的树木和小草叶子都是碧绿的、翠绿的，或是嫩绿的，深深浅浅，或浓或淡，终究绕不开一个"绿"字。衬托得点缀其间的灰色建筑物也不那么单调，冷清。风过处，大大小小各种形状的叶子，愉快地舞蹈，应和着恣肆的风，应和着欢快的风，应和着率真的风。

　　天，还是渐渐地凉了。树上那些愉快的叶子渐渐变得忧郁起来，大的近似于圆形的，小的像极了扇面的，还有似圆非圆的，边缘带着锯齿

的，叶子上脉络清晰的，许多片挤在一起的，或是一片一片孑然而立的，它们都开始有一些忧郁的情绪。

能不忧郁嘛！天气渐凉，气温也逐渐降低，无论曾经多么的生命力旺盛，曾经多么的绿，终将要变成黄的颜色，然后慢慢失去跟树枝之间的牵绊，黯然跌落在林荫道的水泥地上，或是院子里的泥土上。有的，甚至都来不及改变多少颜色，仍旧还是绿的颜色，将黄未黄，或者还沉浸在对夏的炽热的留恋中，却已在不经意间被一阵恼人的风打落在地。

秋天的到来，秋风的凉意，对于树上所有的叶子，都是一种不可忽略的警示，其实，人生何尝不是如此。

对于北方来说，一年四季，清晰分明。无论经过春天怎样的孕育和萌生，无论经过夏天怎样的成长和怒放，只要到了秋天，大多数树木，都是渐渐走向凋敝的，不管你愿不愿意，不管你有多么难离和不舍。

套用先人们的话说，我不曾是挂在树上的一片叶子，怎知叶子在从枝头飘落时，是怎样的一番心境，安之若素处之泰然，还是幽幽怨怨期期艾艾。但话又说回来，你又怎么会知道我不曾是挂在枝头的一片叶子呢？

这个早晨，当我独自走过鲁院雨后初晴依旧潮湿的林荫道，走过还印有浅浅水坑的水泥路，走过喜鹊叽叽喳喳叫个不停的树旁，还是莫名的有些黯然神伤。没有任何来由的，情绪在那一刻很是不好。

不是林妹妹，亦不至于拿一把小锄去埋葬那些路上、道旁、树下或是草丛里的落叶，虽然那样倒也未必就显得矫情做作，只是自己不会做。无论如何都不会！摇滚歌手张楚有首歌《孤独的人是可耻的》，我喜欢的诗人海子在一首诗中也写道，"远方除了遥远一无所有……更远的地方，更加孤独……远方的幸福，是多少痛苦。"

空气正好，不过于干燥也不湿气过重，加之持续的降雨，将空气中的浮尘清洗一空，一切正好。校园东边的银杏树上又掉了许多叶子，一些跌落的叶子早已被清洁工打扫得干干净净，看不出太多凌乱不堪的痕迹，

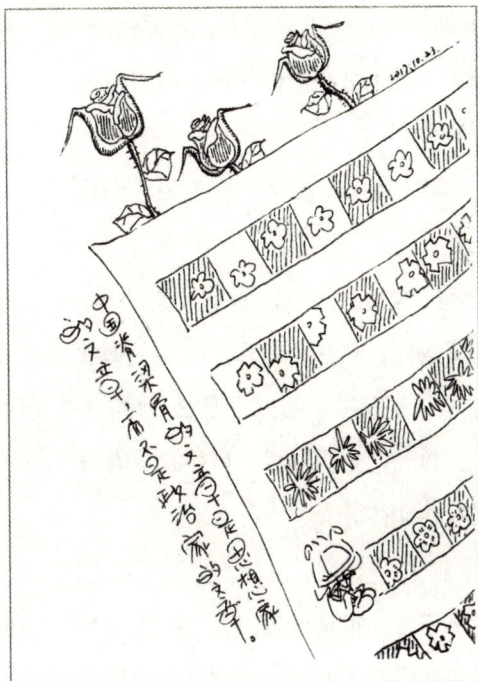

只是，只是我知道它们曾经来过。叶子大量跌落，露出隐藏其间的累累硕果。土黄色的银杏果，密密匝匝挤挤挨挨，沉甸甸地压弯了枝头，一枝枝都伸向地面。

我不知道银杏果到底能做什么，有什么药用价值，可不可以食用，这些都不重要，也不是我的兴趣点，只是在这个深秋，不！冬日的早晨，在看到它们的那一刻，心思散乱，心情郁郁。

算我多虑，其实不该感伤的，因为只有当满树的叶子全都从枝头归于泥土，次年春天，才会有新的嫩绿的芽重新萌生。生命就是这样的一个轮回，生生世世，从一片叶子到另一片叶子，从一树绿叶到另一树绿叶，从一地落叶到另一地落叶。

突然就想到鲁院那些木雕的前辈文学家头像，他们像极了那些叶子，走过人生的春夏秋冬，曾经怒放，然后凋敝。有的跌落的时间迟一些，在枝头驻足得久一些，有的则在生命最美好的时候就不幸落下，飘飘荡荡，怅怅茫茫，幽幽暗暗。然而，他们终究有一处安放灵魂的所在，有被众人顶礼膜拜的时候，高居庙堂之上，虽死犹生。

不似那些落叶，无论曾怎样繁茂，都终将化作泥土。无人为它们建立庙堂，更不会有人心心念念，常常忆起。

晚上，几个同学相约清谈苏联文学。这是我第一次参加此类小聚，之前曾多次见过大家发在群里的各种小聚场面，热热闹闹开开心心，唱歌者有之，跳舞者有之，有说有笑嘻嘻哈哈，那是一种形式。那么，清谈，该是怎样的呢？在这个雨后初晴的下午，接到这个消息后，虽然晚上有自己的计划，但我还是对即将到来的小聚有些期待。

相约的时间到了，大家三三两两来到了一个女生宿舍，桌上早已摆放了一些水果和干果等吃食，还有几样小零食，很是精致。大家畅谈对苏联文学的阅读兴趣，以及那些曾读过的经典作品，朗诵一些翻译得或优美或凄美的俄文诗歌，用普通话、家乡话，或者夹杂着家乡话的普通话，南腔北调，各种抑扬顿挫，全都在桌边飘散蔓延。

四散而去后，我久久都难以入眠。是不是，自己确实包裹得太过严实了呢？这事我得想一想。

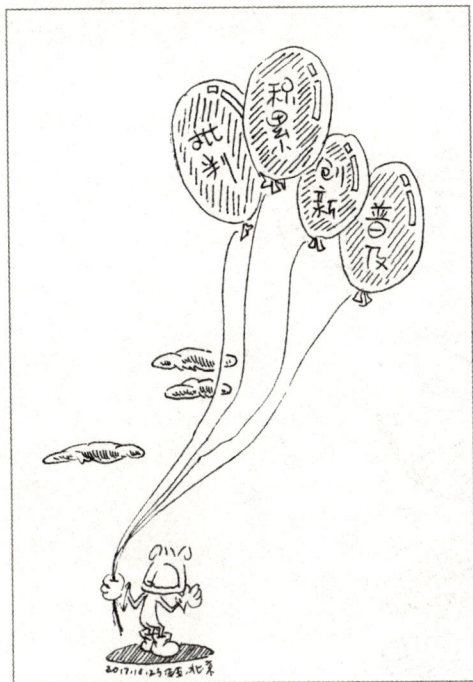

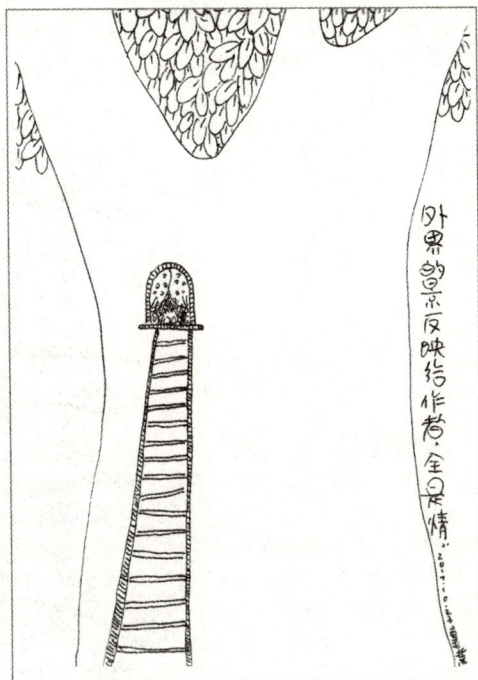

外界的景反映给作者·全是情

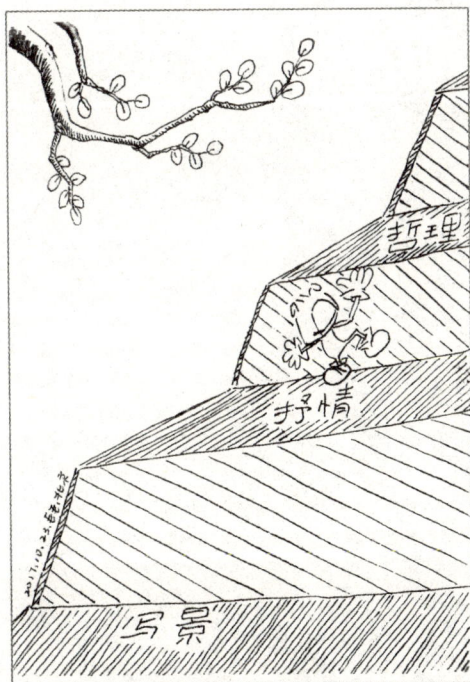

哲理

抒情

写景

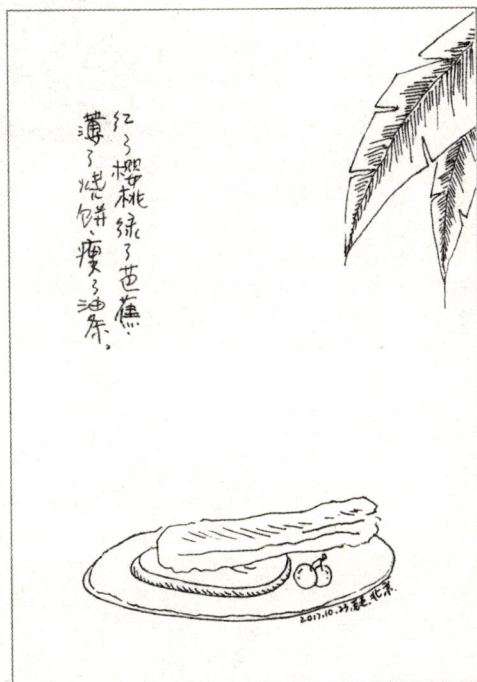

红了樱桃绿了芭蕉。
薄了烧饼瘦了油条。

记住一座城，因为一个人

2017 年 10 月 24 日，周二，晴

　　去那里之前，我不曾想过会从那里得到什么，因为起初那不过只是一次愉快的放松之旅。去到那里，我不曾想到会收获什么，因为貌似满眼看到的和耳朵里听到的，全都是收获。而离开，尤其是离开之后，每每回想起那次短暂的停留，给自己回忆里一次次增加内容的，却好像都是她的身影。

　　嗯！就是她。

　　她个子不高，极短极清爽的头发，打理得整整齐齐，小小的"V"字形脸庞，白皙的肌肤，清秀的眉眼。薄的单眼皮，不施粉黛，干净的面容上只涂抹着一些必要的护肤品。好看的鼻梁上，架着一副与脸形协调的眼镜。

　　天哪！我要干什么？身为一名女性，何以对另一名女性有如此细致的观察，我想做什么？赶紧捂脸逃遁。

　　其实我什么都不想做。真的！只是在一次次打捞记忆时，每次首先捞上来的，好像都是那些关于她外在形象的感觉。这实在是一个看脸的时代，但有时候又不仅仅只是看脸那么简单。

　　她是那样一个让你过目难忘的女子。而这样的女子，更像是写字间里的白领，有自己稳定的职业，有幸福美满的家庭，有乖巧可爱或者聪慧懂事的孩子。一家人和和美美，夫妻俩各有各的忙碌和闲适，现世安稳。

　　无论如何，一个人的经历是写在脸上的。如果她过得屈辱、逼仄、

艰难……衣食有忧，人生悲催，怎么可能那样从容不迫。

打住吧！不能再这样没完没了地意淫下去了好不好。

可这句话也不对，咱这也不是无中生有，完全是现实中经历之后的记忆留存，是对美好事物的念念不忘。

请务必不要乱猜她的职业，因为她的职业一定也不是你猜测的那样。

她是一名讲解员，是天津市梁启超纪念馆的一名讲解员。

她热爱自己的职业，热爱它给予自己的一切，以及那一切背后的所有。好的，不好的，她都全盘接收。

我们在一起的时间并没有多久。在那个不到两天的天津之行中，行程十分匆忙。参观、座谈、看相声、品家宴、尝小吃、享用各种美味……在这么多项目中，跟她的接触其实真的不曾有多少。但她却是那次经历中给我留下最深刻印象的，以至于每次回想天津之行遇见的种种，首先出现的就是她理性的微笑和她那难忘的声音。

之前曾多次到过天津。几乎每一次，都毫无例外地跟工作有着千丝万缕的关系，是因为我自己的职业。

我的职业可以让我有别于其他人体验不一样的经历和人生。因了它的机缘，可以四处去游走。在完成一次次任务的同时，拓宽视野，让自己的生命丰沛而饱满。又因为这个职业，我几乎每次去一个地方时，大都跟职业有着扯不断理还乱的联系。这样的联系，不是说不好，但也不是就有多么好。只是觉得每到一个地方时都目的性太强，总是要为了什么。而那个所谓的"什么"，往往都是没完没了的采访、采访、采访……倒不是一定就是那些采访有多么重要，可是即便不过是一个饭碗，你也得认认真真地端着。因而思想终归是不放松的，是紧绷的，是时时有任务的那种欢喜的无奈，幸福的烦恼。

我没有别的意思，只是觉得什么时候能去一个地方时是轻松的，是完完全全彻底放松的，不用时时刻刻都要眼观六路耳听八方，看的、听的、想的，全都要有某个结果或者目的。

那次的天津之行我都是彻头彻尾的愉快，因为出发前，没有任何人

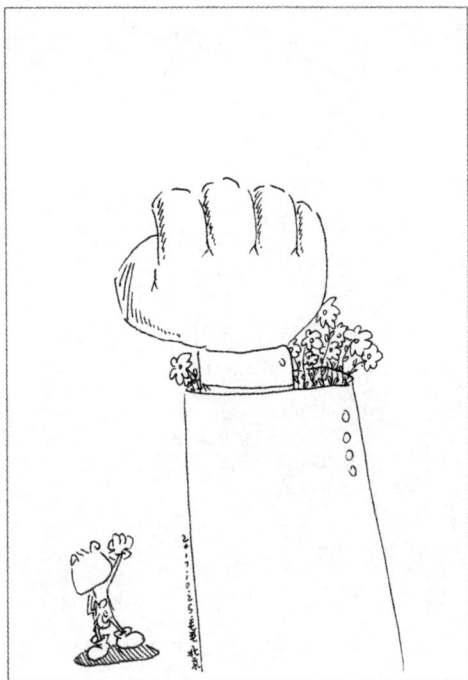

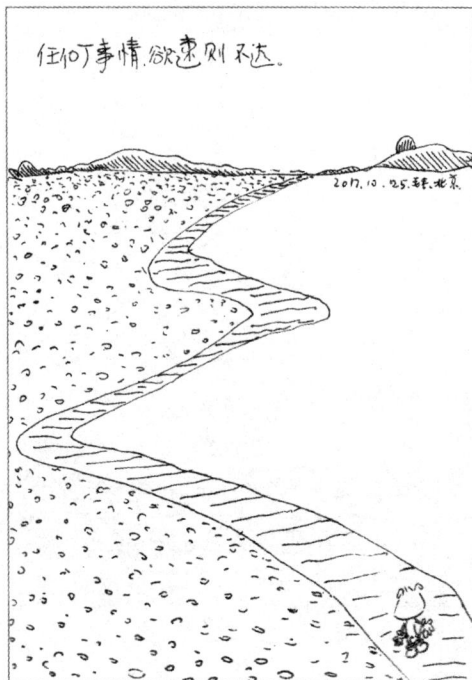

任何事情,欲速则不达。

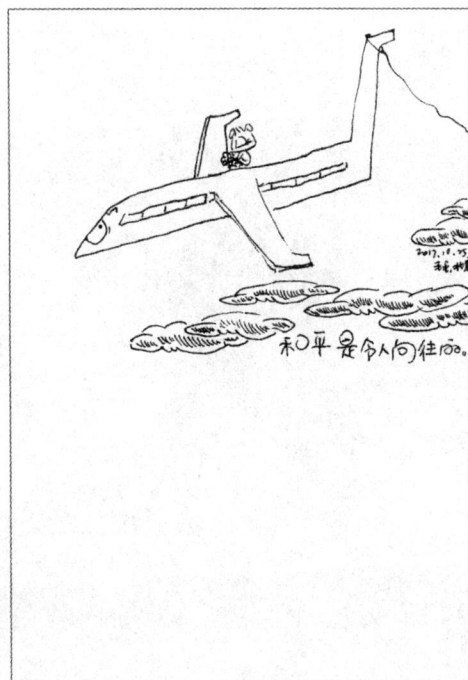

和平是令人向往的。

虚构和非虚构还是很清晰的。

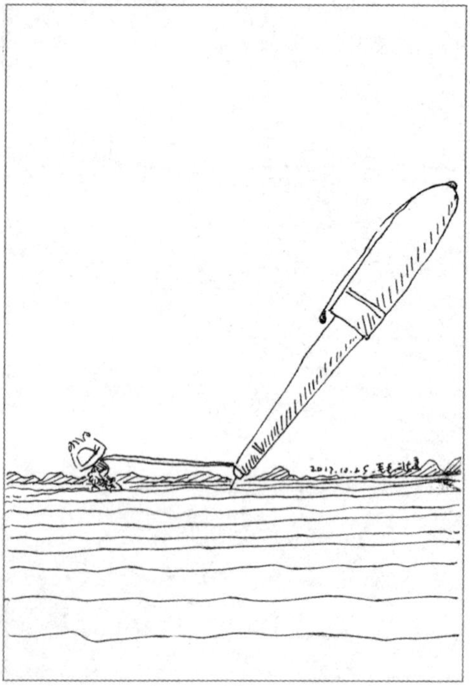

2017.10.25.

2017.10.27.
音乐是可以听的数学

作为一枚吃货，
我相信一座城市
的印象，吃是最
初的也必定会
是记忆最深远
的，但无论如何
我不喜欢来自
异邦的它们，那些
跟这座城市
毫无关联的
它们。
2017.10.24

汉朝的政治
2017.10.30.

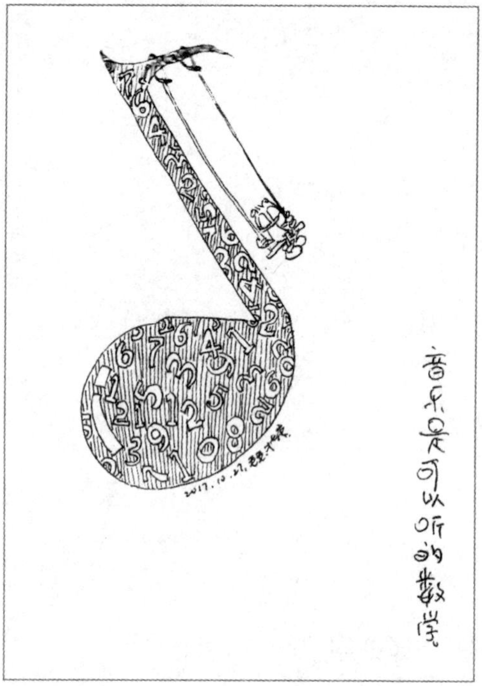

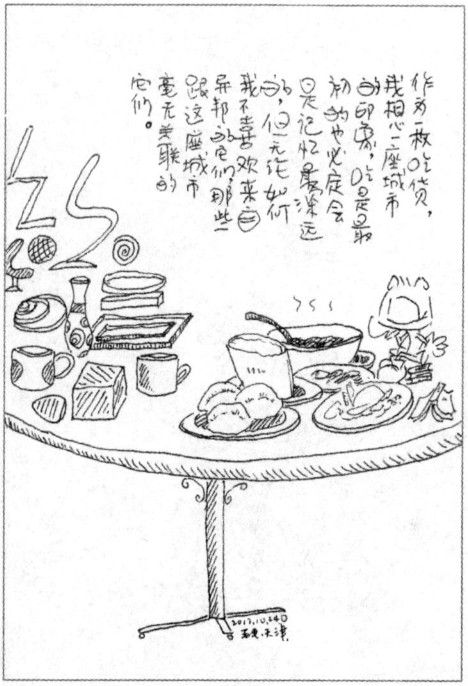

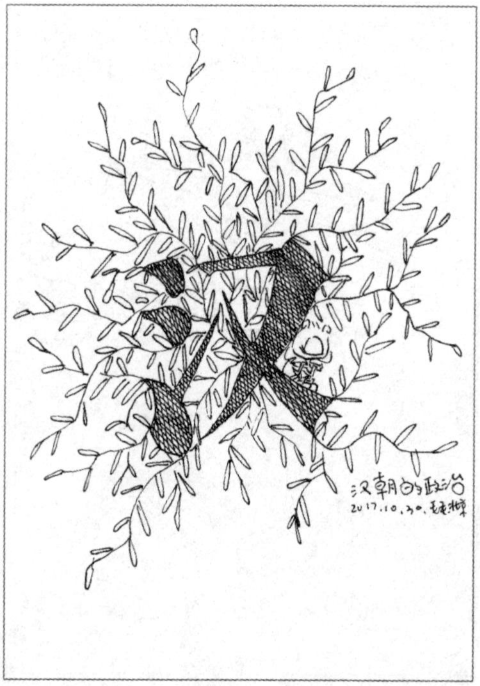

给我派活；到达后，也没有任何人命令我做什么，或者必须做些什么。

一切都随性而自由。

那种随性，是快乐又愉悦的，是难得和难忘的。

即便那样，也不是每一个遇见的人都会在我的记忆里留下印迹。他们和她们中的大多数或者说绝大多数，都不曾给我留下些什么记忆。太想放空自己了，太珍惜这难得的放松机会了，怎么可以随随便便就允许什么人或什么事情挤进我拥挤不堪的大脑呢？

不是我刻薄，实在是当一个人时时处在持续的高压下时，那种对排空的深深渴望。

絮絮叨叨啰里啰唆了这么多，没有别的意思，只想表明一点，在这样的状况下，那位美女讲解员，能够引起我的注意，并且在我的脑海中留下印迹，实在也是不易。当然，这也是我的荣幸。

她是敬业的。她把自己的职业当作事业来做，深深地热爱着它。并且为了它，做出了许多的努力。比如，她告诉我们说，她不停补充完善自己的讲解内容，经常自我充电，力求使自己的讲解能够尽善尽美；比如，她会努力考取一些资格证书。最主要的，是她把梁启超的大量资料进行咀嚼、消化、吸收后，转化成自己的东西，经过沉淀后融入自己的思考，而不是单纯意义上平面的讲解。

她在讲解过程中对我们所提的问题进行回答。那些回答，几乎无一例外地被她脱口而出，被她轻易地就从记忆的宝库中找寻出来，仿佛它们一直就在那里等候，专等我们提问，然后再等她一一和盘端出。

令我感动的还有她的着装。她虽是讲解员身份，但却并不是穿着那种极其大众化的讲解员服装。制服化、统一化，一种极不合体的宽松，一种极不高级的大众和普通，一种你看一眼就忍不住将视线挪向别处的平庸。

她不是。

当天她穿着一身合体的职业套装，面料好，做工细，干干净净，清清爽爽。让你看一眼，还会忍不住想再看，再看看。她不漂亮，但她却是美丽的。她的美是通过她的发型、她的服饰、她的谈吐、她的知识的丰富程度等，一并显现出来的。她的美不会给你一种压迫感，或是敬而远之的疏离感，让你自然而然，不知不觉间就被吸引，并被深深地吸引。

当有人按捺不住强烈好奇的冲动，向她索要联系方式时，她莞尔一笑，只提供了一个固定电话的号码。她的解释是，出于对自己职业的敬重，她不会随时都带着手机，但她会在固定的时间段接听电话。在手机已成为人类"假肢"的今天，我更愿意相信，这是她在刻意跟喧嚣芜杂的现实保持距离，让自己保持清醒的头脑，安心做自己喜欢的事，并努力把它做到最好。

那次，除了梁启超纪念馆，还参观了鸿顺里街二五四社区、银博缘众创时代、巷肆创意产业园、鸿德文化艺术馆、李叔同纪念馆、曹禺故居纪念馆、海河意式风情区等，途中顺便去了北宁公园，吃了耳朵眼炸糕等天津小吃，观看了一场正宗绿色环保低碳的天津相声。

想念一座城，因为一个人。

其实，也没有什么不可以。不是吗？嘻嘻。

这件事的发生是在这个时间段，然而，完成文字记录却是月余后的事。那天，我和黄军峰、马国福去文欢家的陶瓷工作室"打酱油"，途中突然想起天津偶遇的她。于是，在手机上匆匆打下了这些文字。

也许有些事情，需要时光的洗涤。

也许有些事情，需要时间去验证。

恋一个人爱一个家，一张床，可以给许多意想不到的美好。河北区创意设计，值得关注，更希望天津艺术家原创。如果是，当然好，如果不是，希望之。

我自己跟他人的不同，不断做大做强本地化，特色化，天津必将会走得更远，走得更远。

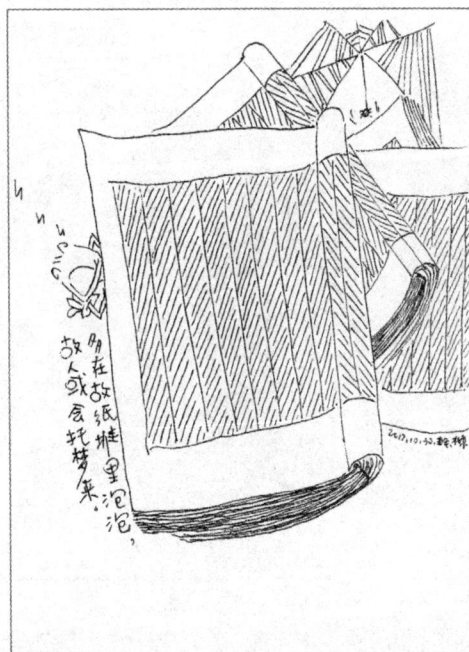

别在故纸堆里泡泡，故人或会托梦来。

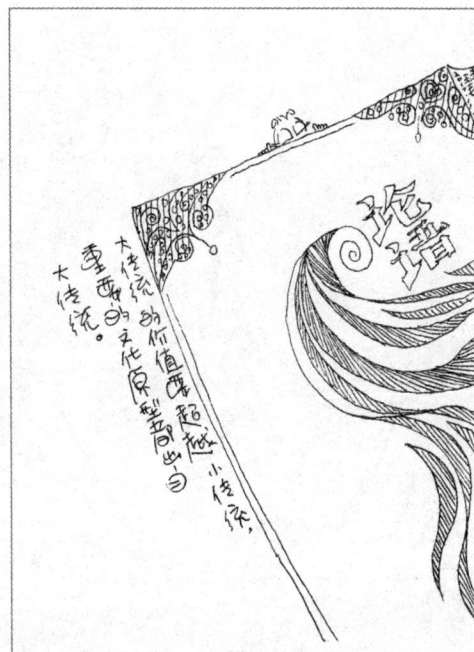

大传统与小传承，重要的文化原型基因少与多，大传统，大传统为价值重超越高少的。

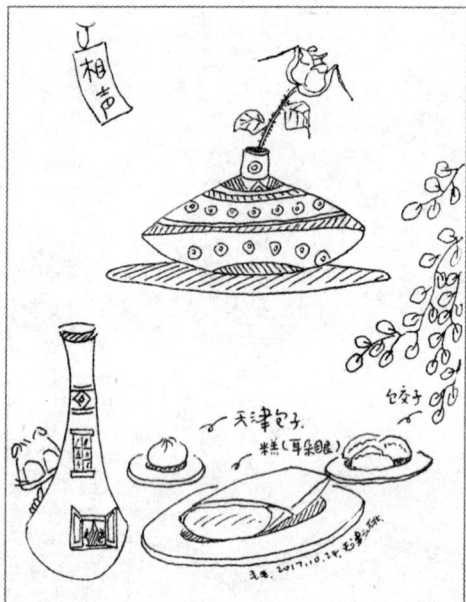

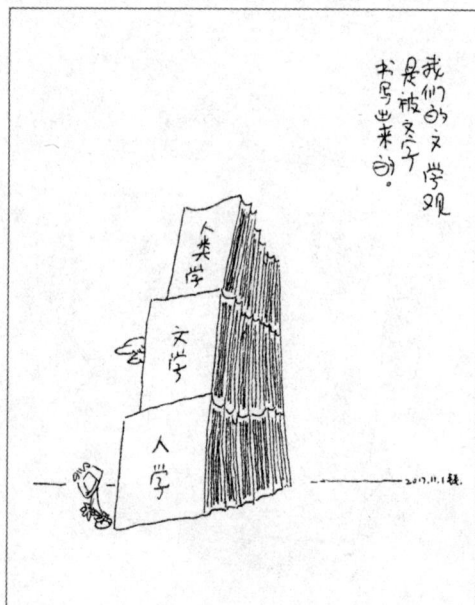

切尔诺贝利之恸

2017 年 11 月 4 日，周六，晴

"我问你，文字描述的世界是真实的世界吗？文字挡在人与人的灵魂之间。"这是我从《我不知道该说什么，关于死亡还是爱情》一书中摘录的一句话。这本书由白俄罗斯作家斯韦特兰娜·亚历山德罗夫娜·阿列克谢耶维奇女士所著，由方祖芳、郭成业翻译。

这本书是关于切尔诺贝利多年前的那场核爆炸事故的纪实文学。

关于那次核爆炸，我早已耳闻，却并没有寻找相关图文书籍去关注的欲望。

灾难，只要是灾难，必定是不堪的、惨烈的，实在不忍卒读。年少时期从父亲的剪报上看过的，关于唐山大地震灾后的相关报道，令我之后的人生每每回想起来都心境戚然，不寒而栗。

但是这次却不得不读——课外作业。

感谢作者，书籍的内容很沉重但作者的笔调却要比我想象的轻灵许多。她没有直接叙述那些血淋淋的惨状，那是因为最早所有直接参与救助的人员早已全部离世。但是通过他们亲人的描述，通过曾在核电厂工作过的工人、科学家、医生、士兵、直升机驾驶员、矿工、难民、迁居的人们的诉说，还是让人读后心里堵得慌。

作者在整本书中都把自己小心翼翼地潜藏起来，只留那些被她采访的人们站在原地面对读者，以无奈的、无力的、痛心疾首的，不忍回首却又永生难忘的过往，去告诉人们这场灾难所带来的一切。我不知道她在面

对这些可怜的人们时，是怎样的一种心情和心态，有没有也陪着他们流眼泪，跟他们一样对那些刻意隐瞒真相，以至于给更多的人带来更大、更严重灾难的官员们，报以深深的憎恨，甚至于痛恨那个庞大管理机构的不作为。

什么都看不到！

作者只是陈述那些灾难降临之前的美好爱情、新婚宴尔的黏黏糊糊、父母妻子儿女的其乐融融，并不多么富足却也吃喝不愁衣食无忧的状态。农人和他们田野里生长着的庄稼、草地上的奶牛、地里的土豆、头脑简单的鸡群、咩咩叫着的山羊……

当灾难不期而至，一切美好即刻就面临毁灭，只是懵懂的人们并不曾察觉。

只可惜，文中政客们永远只会从自己的角度出发，那么必定会有许多人为之而付出代价。如果下情上达和上情下达的速度能够快一些，更快一些；如果决策者能够更多考虑一些切尔诺贝利人们的健康状况，更多体谅一些民众的疾苦和未来，那么，遭受辐射的人数将会大大减少，饱受辐射折磨和摧残的人群就不会那么多，那么严重。

怎么可能有如果呢？

其实以我的看法，作者完全可以在许多地方都跳出来大发感慨，议论、评价或者诋毁几句事发当时各种机构的不作为和拖沓，在当事人讲述结束后，也可以把自己当时的感受和情绪的变化等表达出来，让读者阅读时能发现作者的那种"在场"的感觉。

可是，她没有！一句都没有。

即便后记，也都写的相当冷静、客观、清醒，看不出有多少情绪化的，带有个人情感色彩的东西。她该有一颗多么强大的内心啊！我怎么能不对她心生敬意。

我在阅读这本书的前半部分时，是坐在 674 路公交车上，在对外经贸大学和广渠门之间游弋。周末公交车上人并不多，且大多是老人。小孩子们都在忙着穿梭于各种辅导班接受不同口味的加餐，父母们多忙着接送和陪伴孩子，更年轻的在加班或者享受难得的周末闲暇时光。当然，相对来说，地铁比公交快得多，也是许多年轻人出行的首选，公交车自然冷清。

公交车不慌不忙地行进在京城的街道上，红灯停，绿灯行。不着急起步，也不着急停车，车速稳定而悠闲，车上的人们声音也不高，实在是一个读书的好去处。我深深地沉溺于作者笔下那个远离我们的世界，以至于两次都差一点坐过了站，幸亏某一瞬间突然惊醒。

下车后，我并没有着急走开，而是在站牌附近停了一会儿，让自己从书中的世界回归到眼前的现实。我的脚下踩着祖国的土地，柏油铺就的路面上车水马龙，路人多行色匆匆，旁边学校门口或站或走的莘莘学子青春四溢，活力四射，散发出积极向上的、喜人的魅力。路旁的建筑物高低不一，店铺林立。绿色植物的颜色虽不似先前那般绿意盎然，却也是季节更替生命轮回的必须。

这是一幅国泰民安的祥和画卷，这是一个只要你努力了就一定会有饭吃的极好的时代。

但是，这里有雾霾，有我年少时从未听过和见过的雾霾。好在雾霾对人们身体影响的程度，远非核污染那么恐怖可怕。而且我们坚信，未来只会越来越好，将来一切都会好起来的。

五十六个房客之 412

2017 年 11 月 5 日，周日，霾

晨曦中，京城一隅有两棵大树，两棵普通的大树，在寒风中昂首挺胸。

树上的叶子大部分已经变成黄的颜色。有一些，很少的那么一些，才执拗地停留在将黄未黄的过渡阶段。不知道它们怎样从一个又一个寒冷的夜里挨过，漫漫长夜，又是如何熬煎。它们虽然挤挤挨挨，貌似热闹红火地共处一树，但其实每一片叶子都是孤独的，甚至是寂寥的。

孤单，是一片叶子的狂欢。狂欢，是一树叶子的孤单。

突然，树梢位置所在的三楼，一扇窗户被打开来。一张男人的脸从窗口探出来，然后又不见了。很快，一根长长的棍子从窗口伸了出来，那个男人紧紧握着棍子的另一端。

他要干什么？！

只见他毫不犹豫地，几乎是不假思索地，把长长的棍子伸向高高的空中，然后朝着窗口附近的树叶子，狠狠地敲打下去。一下，一下，又一下。每一棍子都狠狠地、用力地敲打树叶，仿佛这些叶子都是十恶不赦的，与他有什么冤仇似的。

这不是两棵果树。虽是秋冬时节，但它们的枝头并没挂着任何果实，一个也没有。那么，他到底要干什么，在这样一个时间，不去加入滚滚涌动的上班人流，也不去忙碌自己的烟火人生，而在这里狠狠地对待两棵与世无争的树。

一下又一下，长长的棍子还在狠狠地敲打着枝叶。随着他有力的敲打，树上的叶子纷纷失神地、不知所措地跌落，那块铺着花砖的地上，很快就铺了厚厚的一层落叶。渐渐的，大树附近的花砖已几乎看不见了，全部被击落的叶子覆盖着。那些落叶不情不愿地，被迫离开曾栖身的枝头，无奈又无力地跌落在地上。

叶子在枝头时，可以安然享受阳光的抚慰、炙烤和暴晒，然而此时的它们，只能彼此拥挤，互相推搡，相互踩踏，幽怨，不忿，不屈，不愿。却也无法为自己的遭遇做出任何改变的可能，无处申冤、倾诉。

曾经，每一片叶子在枝头都拥有自己相对独立的空间，怡然自得地享受着阳光雨露，也承受着狂风雾霾。那些过往，或好或不好，或每次回想起来都忍不住欣欣然，或偶尔忆起时心里总是忍不住戚戚然，一切都已毫无意义。只要从枝头落下，等待它们的，将会是另外一种命运。不可知，却也可以预知。但无论怎样的结局，都无法自我掌控，只能听从命运之神的安排，接受眼前残酷的现实。

树根附近，放着一个大的黑色塑料袋，在城市里生活的人们，对它莫不熟悉——垃圾袋，有时也收集人们一些无用之物。一把大的扫帚斜斜地靠在树干上，它很旧，看上去使用了很久的样子，有的部位还被一些什么材料缠绕着。那具体是些什么材料，站在院墙另一边楼上一个窗口的我，因距离实在太远而无法看得清楚真切。

此时此刻，我并不打算吟诗一首。我很少写诗，也没有那种张口即来的能耐。更不打算过多地伤春悲秋，月缺月圆叶落叶生都是自然规律，却还是被眼前的一幕给惊呆了——这一切实在太过粗暴、残忍。

站在鲁迅文学院412室的窗口，我向外张望。

两小时前醒来，然后做了一些自己喜欢的事。为了缓解视觉疲劳，习惯性地站在窗口，眺望外面的世界，无意间目睹了两棵大树的不幸遭遇。

412室是一个窗口朝西的房子，单间，西晒。我喜欢它，喜欢它的一切。那些曾在这里住过的，我的学长或学姐，长相英俊或美丽，抑或相貌平平，书写诗歌、散文、小说、报告文学……他们来这里之前，各自在文学方面已经达到了某种高度，也在一定的范围内小有名气，可以被称为"作家"。有的已著述颇丰，在全国各大文学期刊上频频可见其名，正在自信满满地奔向"著名"的康庄大道。

大家从祖国的不同方向而来，因文学之缘相聚。经过四个月或者两个月的集中学习，然后又四散而去，继续自己的现世人生和未竟的文学梦。

岁月流逝，大浪淘沙。有的人一路向前，向前，愈发靠近自己的目标。有的人则可能原地打转，徘徊不前。也有的人极可能因某种原因，与文学渐行渐远，以至于在人生的某个岔口，最终与文学失之交臂，及至背影模糊不清，仿佛一切都从未发生一样。

尘归尘，土归土。

这个大大的院子里，有几幢并不算很高的楼房。我们这幢内部是四合院式的，庭院式带天井的设计风格。天气晴朗的日子，有阳光穿过透明的楼顶，热烈地洒下来，温柔地照耀在"庭院"中间醒目位置的鲁迅先生像上，散发出温暖的光芒，映照着这里每一位有梦的人。

几年前，因为工作的缘故，我曾几次来到这里，采访一些文坛大咖，顺道参加了一些作品研讨会、文学讲座等，还满怀虔诚和敬畏之情，瞻仰了一些早已故去的文学巨匠的遗照和他们材质各异的雕塑，或坐或站，或隐于树下，或藏于花间。

那时的我、之前的我，即便之后一段时期的我，一直不曾做过任何关于文学的梦。

不曾有梦的人，在现实面前一步步前行，双脚踩在坚实而厚重的土地上，一步又一步，有时也会犹豫，偶尔也会迷惘，甚至也有过彷徨和困顿。但无论如何，一切都在朝好的方向前行，无所谓速度的快或者慢，只是认真地走好每一步。

当身处其中，鲁迅文学院——这个拥有 52 个学员宿舍的中国文坛"黄埔军校"，我忐忑不安过，四处张望过，但很快就把自己深深地融入其中，成为光荣的五十二分之一。

在完成鲁院学业的同时，一次次悄然前往距此不远的中央美院蹭课，全副武装地骑着小黄车，频频穿梭于京城北四环的两边。一边学习，一边以"学在鲁院，蹭在央美"为题记录那些令自己感动的瞬间。

相比来说，鲁院的课程是散点式的，内容远不止文学，还有政治、经济、文化、科技、农业、党史以及音乐、话剧、舞蹈等诸多方面的内容，与每一位老师都只有一次当面授课之缘。而央美的课，老师则是沿着一个脉络循序渐进由浅入深地讲述，中国文学史、外国文学史、中国美术史、外国美术史、如何更好地搞好毕业创作……这些都是渴慕已久的内容。野路子的我，虽然之前也阅读过不少理论书籍，但依旧对专业院校里的课程满怀希冀，尤其央美校园浓浓的艺术氛围，更是令我沉醉痴迷，流连忘返。

坐在鲁院的教室里，我的心情是平静的、闲适的，如同一湖碧水，波澜不惊。我们是被"众星捧月"的鲁三三学员，享受着来自各个方面的关照：教室里的座位是提前排好位置的；餐厅里的饭菜是可口的、花样不停变化的；宿舍有专人负责卫生清洁；就连床单被罩都不用自己动手洗；教室或宿舍有任何问题，一个电话就会有工作人员在第一时间抵达解决。

坐在央美的教室里，我的心情是沸腾的、跃动的，如同一座火山，随时准备喷薄奔涌。我是一个混迹校园的蹭课人，要表情谄媚言语谨慎地对待每一个可能质疑我的人，每次进教室后都快速找个不起眼的位置坐定，不声不响，不敢喝水。轻易不敢跟同学们交流，生怕一张嘴就不慎露馅。听课时神情专注精神集中，遇到老师偶尔提问时却只能深深地低下头去，生怕他的手会指向我，虽然那样的可能性微乎其微。当然，也没人考虑我的午饭或者晚饭怎么吃，吃什么。

感恩缪斯女神的垂青，文学和绘画已经成为我深入骨髓的挚爱，它们亦彼此和谐与共，互生共存。

美丽的日子一天天过去，秋去，冬来。身穿的衣服一天天变化，薄衣，厚衣。我——412室的房客，和其他51个房客，我们从完全陌生到日渐熟悉，靠近，再靠近，跟其中的一些成了无话不谈的朋友，分享学习心得，交流阅读感悟，一起去看演出或结伴游玩——舞蹈或者话剧，爬山或是骑行，享受生命的激荡，共同走过一段美好的、难忘的人生旅程。

这四个月于我们每个人的生命长度来说，似乎微不足道，但这段人生经历却无法复制，永远都不可能再重来。

今天，是一个颇有几分尴尬的时间节点。往前看，距离我们刚刚相聚已经过去两个月——时光飞逝；往后看，距离我们完成学业尚且还有两个月——时不我待。我们仍然可以一起学习、生活，一起感受文学之美、文学之魅。每当想起这些，我都忍不住心生暖意，倍觉珍惜。

除412以外的其他房客，我对他们充满好奇。他们有过怎样的人生经历，美好愉悦，还是偶也不堪；他们有过怎样的文学经历，年少成名，还是中途结缘……这些好奇，驱使我去做一些力所能及的，于人于己都很是有趣的一些事。试图尽可能多地留住、记录、分享一些什么，而思念在尚未分别时已经开始。

院子里的落叶和果实、树木和花草、池塘和游鱼、野猫和喜鹊、雕塑和木椅、球场和器材……终将会有新的房客去关注、留恋，它们必将在我们的记忆中慢慢淡去，时间越久便愈发模糊。同时入住的其他房客，多么希望你们在我的记忆中可以长久留住，或者说停留得更久长一些。

不算续貂地再叨叨几句。

当我们开学一段时间后，班上又空降了四位加拿大籍的华语作家。如是，史上一直都是52个学员的鲁院中青年作家高研班，到第33期时，第一次有了56个学员。因而，当我以《五十六个房客之412》为此小文的标题时，希望您能有所理解。

请告诉我，这真的不是农村

2017 年 11 月 6 日，周一，晴

  鲁院第一次组织"出远门"。

  其实也没有多远，只不过比一个多月之前的北京文化一日游去的地方才远那么一点点——北京市昌平区的一个村子。

  提前激动了好几天。鲁院的校园里，一切都是那么的美好惬意，天天待在这里学习生活，一点儿都不会觉得烦腻，但即便这样，当有机会外出呼吸一下京郊的空气时，还是忍不住有些小激动。

  本来打算在途中翻看随身带的书，或者打开包里的笔记本电脑敲字，但当车窗外树叶缤纷的颜色一次次撞进我的眼帘时，我发现"臣妾做不到啊"。

  周末，已经有喜欢大自然的同学们或三五结伴而行，或独自一人前往，到近郊的香山欣赏红叶，去周围的山峦远足，或者到有许多银杏树的某个好去处。班级微信群和朋友圈里，一拨又一拨颜色喜人的大树、靓丽的身影，一幅又一幅色彩诱人的视觉大餐，一篇又一篇激情满满的诗作或是散文，把围观者的小心思撩拨得一阵一阵的波澜起伏，心潮澎湃。

  大巴车很高，以至于沿途不得不一次次碰撞路旁大树的枝丫。我坐在大巴车后座右侧，每当大树伸出它们热情的手臂划过车顶，每当一些黄得耀眼的树叶颤抖着掠过车窗，我都不能自已地发出惊叫声。

  我真的不是故意的。

  虽然坐在车里，可当看到大树的枝叶如此热情豪迈，心里还是不能

做到平静如水。生怕它们碰着自己吗？是不是这样想的。我不知道。

眼神贪婪地望着窗外的景致。这个秋冬的上午，早高峰期刚刚过去，但各条主干线上依旧是挤挤挨挨的车辆，围绕它们的，是摩托车和自行车，其中还穿插着小黄车妖艳的身影。而我更多关注的，却还是近近远远的树木花草，是那些大自然本真的美丽。

那些树的叶子，形状自是各有各的特色。谁都不愿平庸地活着，不愿跟其他的同伴完全一样或者有几分相像，都想努力活出自己的精彩，引人注目。有的叶子大而圆，这是乍一看去的形象，但如若仔细再看，会发现它们其实也不完全就是圆的，叶柄位置有一些弧度，叶尖位置也不是圆的，之所以被称为"尖"，就是说那里也是弧度之后形成的一个尖。有的叶子清瘦狭长，一端稍微宽一些，另一端则稍微窄一些，像极了古时侠客手中的那把利刃，仿佛只要它们有足够的硬度，就一定可以被用来当作武器一样。有的叶子像是菱形，为什么不说它们像是正方形？为什么？我想想。

主要是从叶柄到叶尖，刚好是它们两个角的对角线，而这样的形状，用菱形来形容要更加妥帖一些，如果非得要用正方形来形容，只能说这个人太较真了！有的叶子呈扇形，小小的精致的扇面，满盈盈地挂满了树，一个个都是黄澄澄的、热烈的、喜悦的颜色。

其实更多叶子的形状，是不好准确描述的。说它们是圆形吧，它们其实也不圆；说它们趋于菱形吧，它们偏不是那么特别规矩；说它们是扇形吧，它们自己可能都会不高兴。

无论什么形状，每片叶子的边缘都不是齐整的，而像是锯齿一样，只是有的锯齿宽，有的锯齿窄，有的齿牙高，有的齿牙低。如果你一定要摘一片叶子在手上划拉一下，那我也绝对不去阻挡。

那些树叶的颜色，大体上是绿的和黄的，夹杂其间的也有许多深红和紫红的颜色。这样的颜色一般较为集中，而且必定是很完整的一大片的红，绝不可能其中还混合着一些其他的颜色。远远看去，像是刚学艺术没多久的一个孩子正在作画，手拿一支还不太熟悉的油画笔，涂抹上喜欢的颜料，在画布上恣肆而为。那些颜料停留在画布上，一层又一层，有的是用稍大号的画笔画的，有的则是用小号的画笔画的。因为作者还是新手，所以并不怎么明确自己究竟要画一幅怎样的画，只是那样随性地、一笔一笔地画着。

那个被叫作马坊的村子，远不是我之前曾想象的那样，其实我也知道自己想象中的村子在当下的中国几乎已不复存在，但还是没能忍住有那么一丝遐想。感念我们伟大的祖国，那个村子的道路是被水泥和柏油硬化过的，路边的水路等一应俱全。村民们的房子大都是平房，一家一院，大门外停放着小轿车、货车、三轮车、山地自行车和孩童的玩具车。也有的人家院门紧锁，门板斑斑驳驳，门锁锈迹斑斑，趴在门缝往里张望，院子里荒草萋萋，像是久已无人居住。只是这样人去房空的院落里，才会有祖祖辈辈居住了许多年的老屋存在的可能。

在此反省一下，当时我们几个人轮番趴在大门的缝隙向里张望，我一边看一边惊呼：天哪！院子的树上有好多柿子，都垂得好低啊！我想吃。而另一位则一边看一边喊：哇！这家房子的木雕好精美啊，简直太漂亮了！我瞬间就产生了要揍自己的强烈冲动——你说人和人的差距咋就这么大呢？

我们在村子里走动，并不见多少人影。正是农闲时节，人们理应在丰衣足食之后享受生活的安逸，但身处京城近郊，挣钱的机会很多，估计没几个人愿意安心待在家里。外出打工，去远处或者去近处，应该是许多农村人的首选。真正依赖土地生存的，或者说真正在土里刨食吃的，寥寥无几。

村子里建有供孤寡老人、残疾人等吃饭的公共食堂，那里宽敞明亮，厨房更是大得惊人，餐厅里桌椅餐具一应俱全，门窗地面干净整洁，墙壁上展示着我们当时没看到但却被相机记录的一切：一张张质朴但却真诚满足的笑脸，一盘盘热气腾腾的饭菜，一次次也算颇为有意义的活动。

然而，我总觉得缺了一些什么。

在一个娘娘庙里看到一些展示。当然是被重新修整过的娘娘庙，里面供奉的神像等已不知去向，不知是以前就被毁坏，还是后来才被清除的。我没有问，也没人告诉我。这里展示着一些所谓村史的图文和实物，有的物件我这样年龄的人也曾摸过使用过，它们好像离我们还很近，但却已经进入了村史的行列，成为玻璃展柜里的陈列品，成为被后人观看的物件。

其中一个展室里展示的，据说是晚年曾在这个村子终老的一位书法家的图文资料，当然也有他使用过的字帖和笔墨纸砚等物。他虽不是这里土生土长的人，但因为在这里生活过创作过，也算跟这里发生过一些关系，是村子里的人们引以为傲的谈资。于是，村民们就把他的相关资料展示于此，供后人缅怀和参观。

其实这次京郊农村之行还顺便参观了两个军事博物馆，吃了几顿让我后来激动了好几天的美味饭菜，这才让我觉得——啊！确实不虚此行。

从虚拟到现实的距离究竟有多远

2017 年 11 月 7 日，周二，雾霾

那天夜里，人生第一次失眠了。

第一次啊！以前从未体验过失眠是什么感觉。

生命旅途总是会有各种遇见，缘深缘浅，最终都湮没在俗世人生的各种无奈之中。渐渐地，学会了保护自己，一颗脆弱敏感的小心灵经受不起那些本不该有的摧残。岁月静好，慢慢前行，并不一定要成为什么，也不一定非得要怎样，只是按自己喜欢的节奏，按照既定的生命轨迹，默默前行。

我一直是个不争的人。于生活，于工作，在人生的许多阶段，我是不争的，冷静的，安静的。但有些时候，当某个可能会引起命运转折的机会在前方不远处出现时，可能会稍稍争取一下。争取跟争，我认为，是两个截然不同的概念。请原谅我的较真。

2016 年年底之前，我的"拒绝"还做得不够彻底，虽然十分疲惫，但当一些团队或个人找上门来时，我稍做犹豫，还是接下一些任务。那些任务对我来说难度并不算大，但身为家庭主妇需要尽职尽责，身为企业员工亦有自己的岗位职责，之外还有多年来一直支撑我伴随我的那些爱好，什么都要兼顾的结果是，只能亏欠自己。

岁末，终于倒在了病床上，不得不接受住院治疗。

在充斥着白色墙壁白色床单和白色被罩白色枕套的医院里，我熬了整整十二天。那是怎样的度日如年啊！不，是度分度秒如年！

回想人生的第一次住院，几乎是二十年前的事了。那次，是生我的小猫咪，只两三天就出了院。而第二次，实在是我自己"咎由自取"，还被各种瓶瓶罐罐硬生生折磨了十多天。

苍天哪！我何罪之有。

一次又一次，我在一片惨兮兮的白色的包围中苦苦思索这个问题。一次又一次，却始终无法找出令自己满意的答案。

之后，有好一段时间像个废物一样苟活。不能外出，不能劳累，不能……仅仅只是活着的状态而已。我终于有大把的时间思考人生，这样的说法并不矫情，也不是说以前的人生只是木然地机械地活着，只能说以前更多考虑的是别人。吃饭，睡觉，看书，发呆，闲极无聊时摆弄手中跟我一样寂寞的木头人玩儿。

那是一段不堪回首的灰色日子，也是一段在此后回想起来都会觉得五味杂陈的日子。五味杂陈，是说我自己很难准确定位它的感觉，也不想贸然评价它，对它和它背后那些看不见的东西，满怀敬畏和感恩。也许正是这些，才让我突然惊醒，更加学会了珍惜。"珍"和"惜"，实际应该是两个概念。

当一些机会来临时，我感谢对方，并委婉地表示，如果可以的话还是让别人去吧。当一些任务到来时，我终于，我终于平静地鼓起勇气，委婉但却坚定地告诉对方——对不起！但还是感谢您的认可，真的不是忙的原因，而是我的身体已经不允许再过度透支。

一次又一次说着"对不起"我发现其实也没有多少难度，并不似自己当初想象的那般艰难。只要内心笃定，不再去勉强自己，仿佛整个人一下子就豁然了许多。

春季几个出差的机会自然都没有去，包括在山西举办的鲁院作家班，也没有多少遗憾。但也不能说一点遗憾都没有，只是不那么强烈而已。

突然有一天，接到一个电话，我被问道："想不想上鲁院？"

什么叫想不想，我一时愣住了。

做过多年的文化版编辑，深知系统内文学、艺术领域早已到达相当程度的大咖乌泱乌泱的，他们，她们，才是真正有资格去更高层次艺术殿堂锻造的。而我，不过是被媒体浸泡多年的一个理工女，职业的缘故才跟文字和艺术有了结缘。

短暂的沉默，对方不明就里，又追问了一句："想不想上鲁院？"

我犹豫了一下，还是弱弱地，嗫嚅着说了一句："要不，让其他人上吧。"

不知道对方当时是怎样的表情和心情，不解，还是迷惑；失望，还是愠怒。

对方竟然也是短暂的沉默，然后说道："其实不止一个人追着撺着说要上鲁院，我们觉得你（此处略去他们认为我有此资格的理由）……所以，才准备推荐你。"

哦！可是……我犹豫了。

"好吧，就这样吧。报名表很快发你，按要求填写，然后寄给我们。"

数月后，收到鲁院的一纸录取通知书。而在录取通知书抵达之前，先是一条内容言简意赅的短信。

加微信好友，入群。看到一些完全陌生的头像，开始慢慢想象接下来不知将会发生什么的一段旅程。

或主动或被动加了一些未来同窗为好友，偶尔聊一些不咸不淡的话题。当然，对其中个别同道，可能好奇心要更强烈一些。我以为，有时候那种虚拟状态的遇见，可能远比现实中的突然撞见要唯美得多。因为虚拟，你可以放飞思绪；因为虚拟，你可以无拘无束；因为虚拟，你可以完全打开自己。

有没有期待，究竟有多少期待，又有过怎样虚空或者现实的期待，请原谅！那是我的小秘密，无论如何都是不可以轻易说出口的。

两天时间报道，我在第一天的中午时分就已经抵达。忙碌各种杂事的同时，忍不住四处张望。张望什么，因何而张望，这也是不能说的秘密。

第一天晚上的饭局原不打算去的。当天外出有好几件小事，事情本身不麻烦，只是地铁公交上上下下各种折腾，下午回到宿舍后疲倦至极，倒头就昏沉沉睡去。直到被手机各种信息接二连三的声响弄醒，才记得睡前忘了关网络。

班级群里已是一片热气腾腾的景象，我亲爱的同窗们已经像是即将沸腾的一锅开水，急不可耐的各种冒泡。隔着屏幕，我欣喜地看着这一切。

既然同学热情邀约，既然许多同学都已经爽快地答应了，既然自己也没有什么安排，为什么不去？可是我还在犹豫。原因是累，或者其他。如果说累，不是已经小睡一觉了嘛。如果说其他，这个……虽然渴望，但还是害怕遇见；如果不去，错过一次遇见的可能，会不会以后又颇多遗憾。在这个其实很简单的问题上反反复复，犹豫不决，我甚至都有些讨厌自己。

私信给活动发起者，表示自己不能参加，理由是自己不喝酒，也稍稍有些累。请他原谅！谁知这位同学口才十分了得，三两下就让拙嘴笨舌的我哑口无言。

坐在桌边，我根本不敢四处张望什么。只是低头摆弄自己面前的餐具，翻看手机，偶尔喝一口水。窘迫，局促。

其间大家分别介绍自己，同桌的一一介绍，邻桌的互相走动介绍。我始终不敢乱看，或许也看了吧，只是眼神快速掠过一张张完全陌生的脸，根本无法确定应该在哪一张脸上稍做停留，只因那些轻轻浅浅的期许。

回到宿舍，莫名地心生懊恼。真是蠢得可以，听到那个名字，抬头看一眼又何妨，只一眼就够了，难道会有人吃了你不成？

好吧，我不是猫，是猪。

开学了，上课了，直到大家在正式的场合一一介绍自己，我才看到恰好坐在对面的那位同道。四目相对的刹那，心里怦然一下，然后赶紧低下头去，隐隐的，感觉脸颊有些发烫。

一位在京工作的朋友约了晚上见面，吃的什么不重要，对方说过的话却如一记炸雷，以至于我那点蠢蠢欲动的小心思，瞬间就被击得四分五裂。对方虽不曾在这里学习过，但却听多了关于这里的各种八卦，以及各种八卦的始末，那些一地鸡毛，令旁观者扼腕叹息，唏嘘不已。

入睡前，我已经暗下决心，将自己刚刚准备跃动的心重又归位，并挂上一把大大的铁锁。

然而，身处同一个环境，怎么可能不一再遇见。当那个身影一次次出现，内心偶尔还是会抖动一下，使得我不得不一再地，一再地警告自己。

踏进教室门时，不经意那么一瞥，四目相对，回到座位上就赶紧告诫自己，哎！别想多了。除教室以外，餐厅、楼道、走廊，任何一个公共场合都有遇见的可能，我狠狠地告诫自己，哎！别想多了。一次又一次，我甚至暗自窃喜，简直都要佩服自己了——自制力远比想象的要强许多，好样的！继续。

我以为，风平浪静的日子终将一天天过去，一切安好。

我以为，风平浪静的日子将贯穿这段经历的始末，一切安好。

直到突然看到那个文字，同道发来的那个文字。猝不及防的，我仿佛听到一把大锁被一只无形的有力的大手瞬间就击落在地的声音，碎成大小不一的碎片，散落一地。

一次讨论和讨论背后的故事

2017 年 11 月 8 日，周三，晴

　　连着放松了两天，不！包括周末的话应该是四天，之后才又坐在了
教室。在教室里进行班级讨论，提前准备好的各组同学发言，之后是两位
专家关于非虚构和两部报告文学作品的评说等。

　　十个同学进行发言，主题是关于自己对两本书或是其中一本的读后
感分享，结合非虚构这个话题。这是第二次班级讨论，相比第一次讨论来
说，这次的效果要好得多。一是时间的大体控制，二是大家的准备情况。

　　虽然大家都是写东西的人，文字功底应该是没得说的，但并不是每
一个文字写得好的人口才也一定好，两者之间没有什么必然联系。相反，
许多文字写得很好的人恰恰拙嘴讷言。

　　我一边做自己的事，一边去听那些发言。这两本书我都是读过的，
也有自己的阅读感受，但并不妨碍去听听他人是怎样理解的。有的同学是
仔细阅读过的，而且认真写了读后感，跟非虚构也结合得也很好；有的同
学讲得好像头头是道，但很快就可以从那些语言中辨析出来其实并没有多
少真东西；有的同学整个过程只顾闷头照着自己写的文字念，根本不敢抬
头四顾，或是跟主持人视线对接；有的同学则可能写得不错，只是过于紧
张，只挑挑拣拣地念了其中一些内容，如此，便很难有一定的连贯性，效
果自然会打折扣。

　　文字是个硬头货，不是说你平常爱叨叨、爱显摆、爱嘚瑟，就一定
真的具有值得显摆和嘚瑟的资本，也不是说你平常藏得很深，就一定有

料。完全没有关系！作文是作文，做人是做人，既不相悖，也不一致。

我比较感兴趣的是两位专家的评说。

其中中国社科院外文研究所的一位女士，主要讲述《我不知道该说什么，关于死亡还是爱情》和它背后的故事。作为研究人员，她对作者成长的情况，工作和生活情况，入围诺奖决选前后的那些事，获奖的原因等，全都如数家珍。其中有的是人们可以从媒体的报道中看到的，有的则很难从国内的报道中看得到。所以，她的讲述我比较感兴趣。

唯一遗憾的是，她只是一位研究者，从不搞创作。那么，她的讲述只能是各种分析和研究，各种资料的陈述和分享，而不能从几方面来结合着讲述。因而，总觉得"欠了一些"。

相比来说，《小说选刊》杂志编辑部主任顾建平关于"非虚构"的观点和探析，就要精彩许多。一年多前曾听过顾老师关于诗歌的一些观点剖析，我虽不怎么写诗，但还是深以为是。顾老师是北大中文系少年班的高才生，还在校读书时，就已经在《人民日报》副刊发表作品了。一路走来，创作涉猎甚广，也在多家文学期刊工作过。所以，他是一位搞创作的文学编辑，是一位从事了二十年文学编辑工作的创作者，既生产又研究，看问题的视角和分析的全面性很强。

即便如此，顾老师却还一直谦逊低调，为人内敛。在那次关于诗歌的讲座上，他几次讲到自己"少时了了大未必佳"。我们都知道，他少时了了，大了仍然是一位牛哄哄的大咖。

顾老师讲道，非虚构只是一个命名的差异而已。虽然他并未准备完整的讲稿，更没有制作PPT配合讲述，只是准备了一些提纲和关键词，但却讲述得激情四溢引人入胜，以至于过了午饭时间都还在侃侃而谈。大家却并不觉得饿，一顿丰盛的精神大餐，其功效是不比餐桌旁的美味逊色多少的，有时则可能更甚。

而他所讲的，"'非虚构'作品必须做到文艺、文献、文学兼顾"的观点，我深以为是。站在文学期刊编辑和出版人的角度，并且替文学创作

作者在书中好像并不存在，但却是隐性的存在。

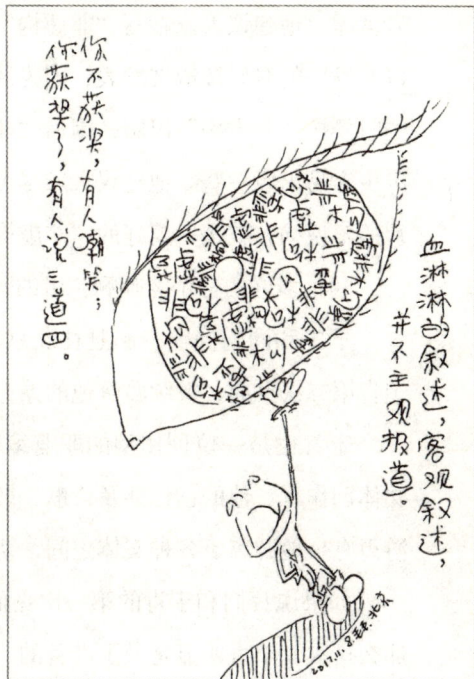

你不获奖，有人嘲笑；你获奖了，有人说三道四。

血淋淋的叙述，客观叙述，并不主观报道。

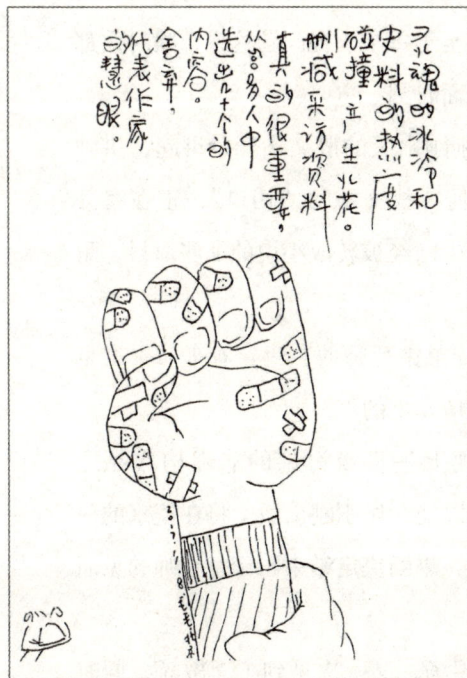

灵魂的冰冷？和史料的热度碰撞，产生火花。

删减采访资料真的很重要，从很多人中选出几个的内容，舍弃，代表作家的慧眼。

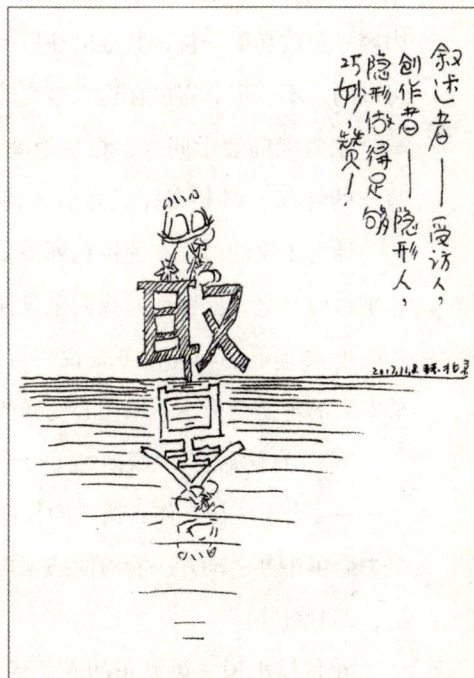

叙述者——受访人，创作者——隐形人，隐形做得足够巧妙，赞！

者考虑，他建议大家在写"非虚构"的时候最好散文性强一些，这样就可以在发表的时候按散文发表，因为散文比非虚构要容易发表得多；在出版的时候按"非虚构"出版，因为"非虚构"有真实性打底，要比散文小说等更容易出版一些。他建议大家尽可能多地看一些纪录片，一个好的纪录片的解说词，就是一篇好的"非虚构"作品。

啊！多好的一个老师啊，讲的句句都是干货。

下午和同门同窗一起赶往北京出版集团的《十月》杂志社，跟导师宁肯第二次见面，继续聆听他的谆谆教诲。

宁肯也是一位创作型的职业编辑，是一位从事编辑工作多年的多种文体创作者。他的创作涉及诗歌、散文、小说、报告文学等方方面面，且游刃有余地游离于各种文体之间，切换自如，拿捏到位。

如果说我们和宁肯的第一次见面，彼此都还没有完全做好准备的话，那么这次，宁肯明显是做了准备的。大家围坐好后，他一开口就表明了下午的三点安排，话音刚落，我们立刻表示，把"如何将散文转为小说"的内容一定放在第一位，其他的往后推，至于每个人提问题这事，啥时候都可以的，不一定非得放在这么难得的见面时刻。

宁肯老师表示同意，很快他就从刚刚出版的散文集开始讲起，讲到写作的缘起，讲到书完成之后，他如何寻找文字的"切口"，正在将其一一转为小说的过程。他挑选列举了其中已经被转成小说的那些篇目，耐心细致而又毫无保留地向我们全盘托出。

有没有很感动呢？不是说"教会徒弟饿死师傅"吗？看来一个有足够实力的师傅是根本不用担心这样的事情发生的。

其间偷偷瞅了一眼班级群，发现上午班级讨论的非虚构作品之一——《出梁庄记》作者梁鸿的长篇小说处女作刚刚出版，将在望京的一个书店里举办活动。一看时间还来得及，果断决定结束跟宁肯导师的见面后，即刻赶往。

在长篇小说《梁光正的光》活动现场，又一次见到了李敬泽，同时

传播真相，愿越来越多的人学会思考。

自我煽动力，对于一个人来说，真的很重要。

作家分阅读外国文学的作家和不阅读外国文学的作家。

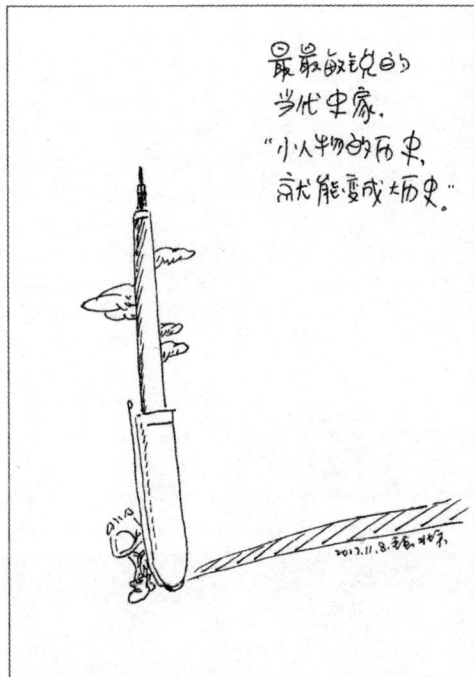

最最敏锐的当代史家。
"小人物的历史，就能变成历史。"

也见到了早有耳闻的格非、李洱两位老师。幸亏我们早到后抢先占了有利位置，用外套、水杯、笔记本、宁肯老师刚刚赠予的新著、画画的小本子……才使得在那样一个挤挤挨挨拥进去200多人的活动现场，可以几乎不受干扰地近距离接受智者的思想火花。

任何事情都是利弊相生的，也许当天实在太开心了，在活动开始前收回那些用来占座的私人物品时，不慎把刚刚开始使用的、长安城里的小美女同事寄来画画的小本子给丢了。回到宿舍发现小本子不见后，瞬间觉得十分懊恼，好在很快就从细心的女同学那里取回了它。

当天是又一个记者节。而我，直到给大家占好座位后，才在书店附近一个朴素的食堂里，含着激动的泪水吃了当天第一顿正经的饭——一碗重庆小面。当时，已经差不多晚上七点钟了。

一位"记者二代"的生命感恩

2017 年 11 月 9 日，周四，晴

　　这是我周二下午从京郊农村返回鲁院的途中，在手机上敲下的一些文字，大概可以算得上是我为数不多的用手机进行的写作吧。

　　当大巴车发动起来后，车身微微抖动，然后慢慢地调转车头。我们就要跟这个身份和处境都有些怪兮兮的所谓农村告别了，我却没有任何感伤。唯一恋恋不舍地还是前一天晚上的那顿铜火锅，那可真是难得的美味啊！

　　当时我们那桌女生居多，只有一两个男生。看着旁边架子上一大盘又一大盘新鲜的牛羊肉，女生们错误地估计了自己的战斗力，大方且毫不犹豫地把其中一大盘送给了清一色男生的邻桌，且抛出一句豪言壮语——我们吃不完的，送给你们好了！

　　多么慷慨激昂的陈词啊！但是不一会儿大家就发现一盘盘新鲜的肉下到锅里后，很快就会被一双双急不可耐的筷子给捞走，一片都不留。最后等所有肉全部吃光后，我们才把目标对准了那些菌类粉条和蔬菜，它们也没能招架得住，不多的工夫就全部被扫荡一空。而那些筷子，却还在锅边四处游荡，期待还能有所收获。有人终于忍不住，向邻桌表示愤慨：你们还我们的羊肉！

　　最终，他们用自己兴趣不大的一些蔬菜搪塞。因而，火锅虽美味，但一桌人总觉着吃得不够尽兴。其实大家心里也清楚，自己吃得差不多了，只是肚子饱了嘴巴却还是有些不满足而已，但若要再吃就必定超量了。

所谓欠一些的，有时候恰恰是刚刚好。

一次又一次，当我被问及"你是干什么的"时，总是会微笑着答——记者！

是的，我是一名记者。因为我亲爱的父亲，也曾是一名记者。

在我小的时候，父亲去一些不太远的地方采访，有时会带上我。印象比较深的是，每年正月，县上都会举办全县秧歌大会演，各乡各村都会拿出精心准备的最好的节目参加。父亲把我带到现场，安顿在主席台的一侧，然后就去忙他的事。拍照、录音……一次又一次，那样的情况令我陶醉而痴迷，满足而欣喜。每每跟同学们聊起父母，父亲的记者身份总是我最愿意谈论的话题。

父亲经常在工作结束后忙着去冲洗照片，还剩下的那几张底片，往往就给我们兄妹三人。一次又一次，使我对父亲手中那个可以发出"咔嚓、咔嚓"声响的家伙充满兴趣。

在那个还不知道电脑是个什么鬼，更不知网络为何方神圣的年代，父亲写出的稿子除了单位自用外，往外投就必须一份一份手抄。每天完成课外作业后，我最开心的事就是趴在家中的写字台一侧，替父亲一份一份地抄写稿子。

父亲骑着单位发给他的那辆自行车，几乎跑遍了全县的角角落落。偶有闲暇，最爱跟我们姊妹们谈论和分享的，是他下乡采访的那些虽平凡但却干出了许多不平凡事迹的人们。这句话是不是有些拗口？但我却一时找不到更加合适的叙述方式。"给荒山披绿的人"，父亲就讲过好多遍；"'女状元'的识字经"，也是父亲较为得意的作品之一……

父亲从延安市富县交道公社广播站的一名放映员起步，先后成为富县人民广播站和富县人民广播电视局的一名编辑、记者。再后来，成为富县县委宣传部的一名专职宣传干事……退休前的岗位是中共富县县委党校的书记。

回首往昔，我几乎不曾记得父亲说过他的哪篇会议消息写得很满意，或者给某位领导写的文章受到好评。究竟是我自己不慎选择性遗忘了呢，还是父亲压根就不曾提过，或者他根本就不以那样的事情为荣。

时隔多年后，当一名理工女也阴差阳错地成为记者，稚嫩的肩头也挂了一部渴慕已久的相机，耳畔传来一句话——我们一定要"镜头对一线、笔墨写职工"时，我的心里顿时朗然。

星移斗转，岁月飞逝。我也从地处偏僻小镇的电厂出发，到了更北的陕北。之后南下，到了长安城。再后来，到了京畿之地，担任过几年文化版的编辑记者。如今是新闻高级编辑、一名驻站记者……多年的工作历程，几乎都是在拍拍照照写写画画中度过的。我的血液里，流淌的都是新闻的汁液。

如果没有父亲当初一路打拼的努力，如果没有父亲带给我潜移默化的各种影响，那么我究竟能否走出生我养我的那块土地，甚至究竟能不能走出家乡小县城，能不能走出黄土高原上210国道边的那个村子，都很难说。

在我的宝贝女儿还小的时候，双方父母都还没有正式退休。孩子爸经常加班忙得不着家，当我有时外出采访当天不能返回时，不得不中断女儿幼儿园甚至小学的学业，带着她一起前往。而女儿几乎所有的家庭作业，都是在我的办公室里完成的，我们各忙各的，互不干扰。我也几乎从未按照老师的要求，替她检查过家庭作业。因而她不得不在写作业的过程中，自己尽量一次就做对做好，如果她希望将来发下来的作业本上都是"√"，而非"×"的话。

忙碌的日子总是过得飞快。努力已经成为一种习惯，而不仅仅只是一时兴起，一切得来的成绩全都跟侥幸毫无瓜葛，都是虽辛苦却愉悦的汗水凝结的精华。

当初那个总是时不时就跟着我外出奔波，许多次替我背过摄影包和相机的傻小孩，一不小心已经长成了比我还高的大姑娘。经常用她那细嫩的手臂环过我的肩头，拍拍打打推推搡搡的，好像我是她一个又矮又挫的的同窗。

一天，正在上大学的女儿从微信上发来一张图片，打开一看，原来是她担任她们学校校园官网记者的"记者证"。我立刻准备了一大波赞美之词，正准备"奉送"时，她又发来一张自己制作的网站首页大图让我帮忙给看看。我诧异道：以前你做的图不都由你们组长把关吗？谁知她很快回复：本人早就成为校园官网美术组的组长啦！

我赶紧幽怨地问她：街舞还跳吗？还画画吗？

当然！她的字很快隔着屏幕飞了过来，差一点将我击倒在地——"毛毛，允许你自己做到各种兼顾，凭什么我就不可以？"

当初那个乖巧听话的小猫咪，什么时候已经变成一个跟她娘颇有几分相像的"彪悍风"十足的记者了。

瞻前，顾后

2017 年 11 月 10 日，周五，晴

突然发现，来此学习都已经两个月了，隐隐的有一丝惶恐和不舍。

两个月来，都干了些什么呢，粗略想一想：听了一些课，认识了一些人，读了一些书，走了一些路，写了一些东西，画了一些画，仅此而已。既没有多少遗憾懊恼，也没什么轰轰烈烈。

一些讲课的老师是以前就认识的，曾有过一些交集；一些老师则是完全陌生的，不管对方的名字多么如雷贯耳。同一个教室听课的同学们，来来去去的并不是每一节课人都很全，加之一心在听课，所以直到第二个月才陆续把大家一一对上号，其中几个相似度很高的，到现在也分辨不清。好在私底下并不需要跟每个人交流，也没有那种交流的必要，倒也无妨。

来的时候自己带了一些书籍，得知鲁院图书馆可以免费借阅时也冲进去抱回来一些，从各个渠道了解到一些不错的书籍，没能忍住又线上线下地买了一些。于是，小小的宿舍里除了随性堆放着衣服、各种包、水杯水壶和水果零食以外，更多堆放的是学习用品和各种书籍，国内的国外的，文学的艺术的，访谈录或者诗歌、纯小说、大咖评传、画家随笔，还有授课老师推荐的以前被疏忽的我国古代经典书籍，以及杂志社寄来的一些文学期刊。

一次讲课期间，一位老师提到，作家分两种：读外国文学的作家，不读外国文学的作家。当时差点就"扑哧"一声笑出声来，这老师实在好

只要认真做事，每次
总会有进步。

玩，如果按此分类，我该算是读外国文学的那一类吧。因为当年还在家乡小县城沉溺于数理化的时候，就已经偷偷读过父亲的《钢铁是怎样炼成的》，对书中的女主角佟丽娅飞奔的样子，以及她脚上的小靴子喜欢得不得了，以至于自己后来在买鞋时，总是会倾向于靴子，尤其短靴。

不算自己的私人活动，学校组织了两次外出参观学习：一次是北京文化一日游，一次是几天前的京郊农村采风。热心的同学组织了一次两日的天津采风活动。走的路不能算太多，大都以京城为中心。但我以为，每一次外出，无所谓远近，收获都是有的，哪怕是坐几站公交车或是地铁，那些所见所闻也是有趣的，有益的。

我不喜欢记日记，也不是每天都会写东西，不喜欢那种按部就班过于规矩的状态，多随心随性敲字。也不似传闻中说的，有的作家珍惜自己的创作源泉，每天从不会多写，只固定写一两千字，然后就收手干其他的事。说得仿佛书写只是像打开创作源泉的水龙头一样，打开，灵感就源源不断地流淌出来；关上，仍旧在记忆的宝库里存储着。随时打开，随时关上，开合自如。我却不能够，兴之所至可能一鼓作气敲下洋洋洒洒的几千字甚至上万字，没有兴趣的时候，也许一连好几天都不着一字。却也并不愿意勉强自己，勉力而为。

在写东西或看书累了时，我会取出带来的纸笔勾勾画画，以缓解脑疲劳和视觉疲劳。咦！难道画画不伤眼睛吗？那倒也不是啦，只是画画相

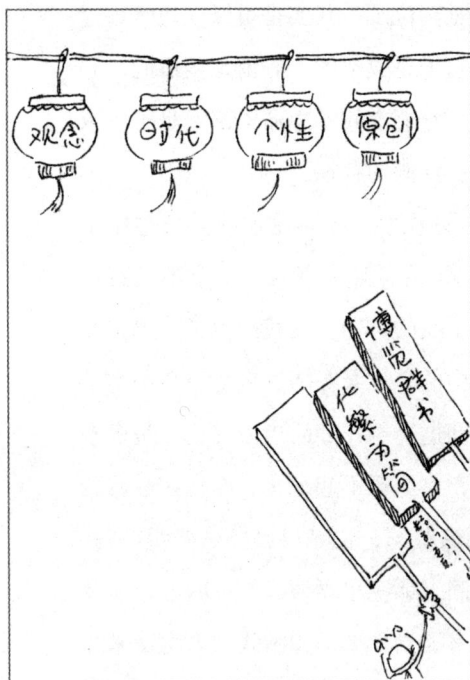

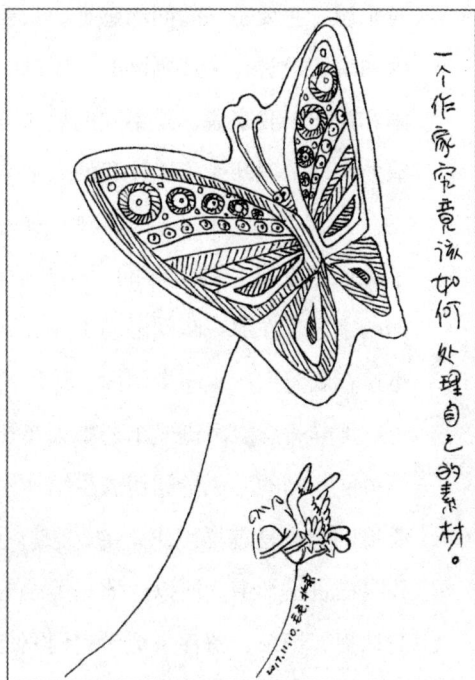

一个作家究竟该如何处理自己的素材。

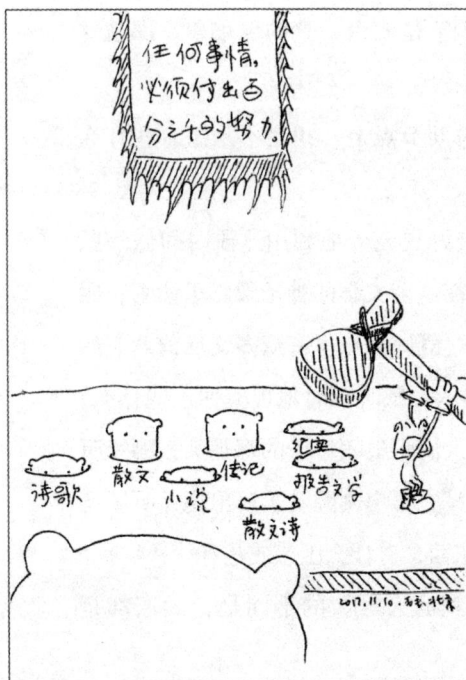

任何事情，必须付出百分斤的努力。

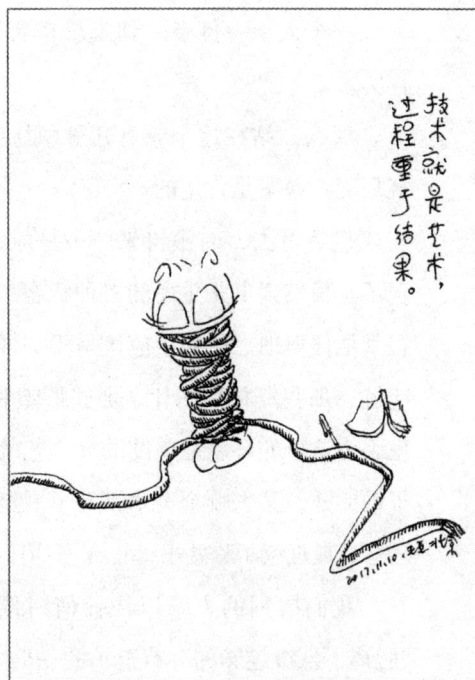

技术就是艺术，过程重于结果。

对来说，主要是一瞬间的感觉，只要感觉到位了，其实是可以一边听着老师的讲课录音，一边画画的。画画时，脑子是放空的，心情是闲适的。画画和写作于我来说，是不同的放松方式，它们在我的生命中都不是不可或缺的东西，但却是可以让我的人生丰沛、饱满的存在。

上课期间，我有时也会画一些画。请注意，这不是说我就思想抛锚了，而是在听老师讲课的同时，他的某句话、某个观点、某个不经意蹦出的字词，在那一瞬间触动了我、激发了我的神经，使我产生了共鸣，并迅速在脑海中产生一个画面，然后用手中的笔记录在随身带的一个小本子上。那样一念之间迸发出的小火花瞬间即逝，当我随后再去寻找，是根本不可能找到的，无论如何绞尽脑汁地想，再也想不起来了。而自己过后若要追问究竟是怎样想出来的，怎样想到这些的，也是没有办法搞明白的，我自己也不知道。所以，那些美丽的瞬间，那些稍纵即逝的一闪念，需及时捕捉、记录、留存，至于它们究竟将来能做什么，能给我的人生带来些什么，这都不重要。

一个人干一件事，如果总是要想个清楚明白，真的也很累。那就这样罢。

那么，站在这个颇有几分尴尬的时间节点上，我是不是该有些什么规划呢？答案是肯定的。

机不可失，时不再来……是应该更好更充分地利用这段时间做一些事了。虽然读书是生命的一种状态，但在这个文学的神圣殿堂里读书，跟在其他任何地点的阅读应该是不一样的。既因为这里有众多文坛前辈们的印迹，那些资料和图片，那些雕塑和展示，都时不时地提醒你一些什么；也因为这里的环境是单纯的、文艺的，人们张口闭口谈的都是又去哪里听了谁的课，又去哪个美术馆看了展览，又去哪个剧院看了演出还是听了音乐会，最近读了哪些书，正在写些什么东西，有什么困惑或是有什么收获。

我们周围的人跟以往任何时候遇到的人最大的不同是，大家都是"脱离了低级趣味的"有追求的一群人。

陶瓷上的毛毛

2017 年 11 月 11 日，周六，晴

晨曦中又一次站在窗口向外望，眼神散乱地四处张望，不急不躁。突然，我发现对面院落的两棵大树已经不知什么时候成了光秃秃的一番景象。叶子呢？就在几天前枝头不是还挂着许多秋叶吗，这才几天的工夫就悄无声息地全都没了影踪。

心里隐隐地有些黯然。虽然它们跟我的生活并没有什么交集和瓜葛，我们也不存在任何前世今生之类的渊源，只是因为在这个秋冬，在这个跟以往任何时候都有些不太一样的秋冬，一天又一天，它们一起陪我走过晨曦，走过黎明到来前的黑暗，一起迎接黎明的曙光。

我把视线移回窗台下的院落，这里的树木还是有许多枝叶在顽强地与寒潮做斗争，没有人手持长棍无情地敲打它们，它们可以按照自己喜欢的节奏，在任何愿意掉落的时间掉落，在不愿意掉落的时候，倔强地挂在枝头。

今天又是"双十一"，众多电商早已悄悄藏在虚拟世界看不见的角落里准备狂欢。剁手党也在各种复杂的心境中，眼巴巴地盯着电脑屏幕抢单。

中午时分，同学文欢邀请去她家的陶瓷工作坊看看。立刻叫上周水欣一起前往。那里的一切，远比我想象的有趣许多。

我们刚进去时，一个师傅正在朝已经做好并画好的大罐子上喷什么东西。罐子被搁置在一个圆形的转盘上，转盘在电力驱动下，缓慢地转动着，师傅操作着手里的喷枪，把一种散发着气味的物质均匀地喷在其上。

刚放上去时还可以清楚地看到那个大罐子上手绘的精美图案，很快，喷枪里的东西就渐渐覆盖了那些图案，使它们变得模糊不清，直到最后，只能隐隐约约地看到罐子身上好像是有一些图案，但是究竟是些什么图案，几乎看不清楚。似隐似现，似有似无，影影绰绰。

再朝里走，就是特别大的一个空间，陈列着一些大大的架子，架上是已经制作完成的瓷器。有圆形的盘子，有形状各异的罐子——有高而瘦的，有又矮又胖的；有又高又大自带气场的，也有小巧精致玲珑可爱的。有的罐子口是规整的圆形，有的则是有意无意捏制的不规则形状，却也有一种难以言说的美静静地展示在那里。

高高低低的桌子上，各种形状的展台上，甚至地上随便什么地方，堆放的或者摆放陈列的，全都是坛坛罐罐盘子瓶子等器物，或已烧制完成或还只是坯胎，有的上面有一些抽象或者具象的图案，有的则什么都还没有。我散乱地四处看，恨不能立时就多长出几只眼睛来。

东道主看出了我眼中的欣喜和茫然，带着我们一一做了介绍，这些是啥，那些是啥；这些是做啥的，那些是做啥的，下一步还有什么工序云云。因为对陶瓷制作流程以及如何烧瓷等几乎都一无所知，加之初见这样的场面，脑子既处于高度亢奋状态，又对她讲的东西很难立刻就听明白，眼神急切而空洞，心情迫切又黯然。

倒是周水欣因为长期跑马拉松，去过全国许多城市，包括鼎鼎大名的江西景德镇，也去过国外，比如日本的一些城市。马拉松给周水欣带来更宽阔的视野，使她可以跟文欢的讲述产生共鸣和交流，进行相对深层次的沟通和分享。而文欢家制作瓷器坯胎的那种泥土，就是专门从景德镇运到北京的。她家主打的瓷器品牌，就是景德镇的原厂家授权的。

这就是说，她家的陶瓷制作，并不完全是一种自娱自乐，也不是完全意义上的自创产品，而是一种合办，或者说联办，也不知这种说法准确不。最主要的，由于京畿之地是全国文化交流的中心，加之他们夫妻俩本身从事的都是文化艺术方面的工作，自然认识许多文化艺术界的名流和大咖。所以，文欢家的陶瓷，并不全是工人师傅们一气完成的，也有不少是艺术家或文艺大咖的杰作。

那些已经做好的，有不少大而规矩的花瓶、坛子和盘子，也有成套的餐具和大同小异的茶壶等，有你能想象到的许多器皿，也有许多你根本无法猜到究竟是做什么的，更不知道是如何制作出来的，奇形怪状的物件。

文欢带我们楼上楼下参观，当然，我最为惊讶的，

是书架上和桌子上的那些书籍；而心里挂念的，则是那些泥巴做的器皿。看到我满眼的急切和好奇，文欢让技师现场呈现了一个罐子的制作过程。

我该怎样叙述呢，让我想想。

只见一个围着围裙的技师把一块泥巴放在一个圆形的电动转盘上，然后按下按钮，那个转盘就开始匀速转动起来。他先用两手轻松地捏着泥巴，大拇指在里，另外四指并拢在外，几乎就是眨眼间的工夫，一个底部小上面大的"碗"的样子就已经出现在我眼前。就在我情不自禁地发出惊叹，以为一切都已 OK 时，他并未停止手头的工作，而是继续在做着什么。

我目光定定地看着他，只见他把手放在"碗"口的部位，在慢慢往里收。就在我的目光注视之下，"碗"口被越收越小，从底部往上并不是平滑过渡，而是腰部凸出一圈，再往上则在慢慢变细。咦！

随着变化，我努力猜测技师到底要制作出一个什么样的作品出来呢？可是，可是臣妾真的真的猜不到啊！

激动得小心脏简直都要跳出来了。

终于，技师一只手轻抚着器皿的外侧，另一只手神奇地从作品上部旋下了一块泥巴来，轻轻甩在旁边的一个盆里。此前匀速转动的电动盘也慢慢停了下来，我这才算看清楚了，他制作的原来是一个肚肥口小的罐子。

我长吁一口气，脑海里瞬间冒出的念头是：隔行如隔山，行行出状元。

看到我的喜悦，文欢说让我也画一个盘子玩玩。

我能行吗？我真的能行吗？我在犹豫和徘徊，我踌躇到底要不要画，以及怎样画。

已经来不及细想了。

当我还在努力找一个尽可能小的，或者有瑕疵的盘子练手时，文欢已经拿过一个大而完整的盘子递给我。

画吧！文欢笑着对我说。

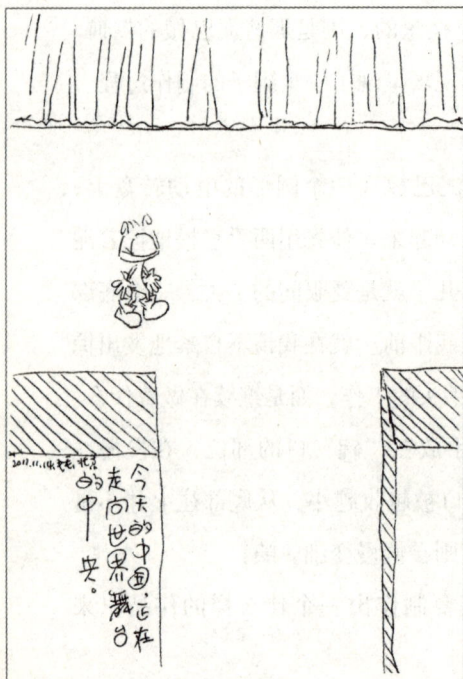

一个作家究竟该如何处理自己的素材。

散文不是个小文体，不是边角料。

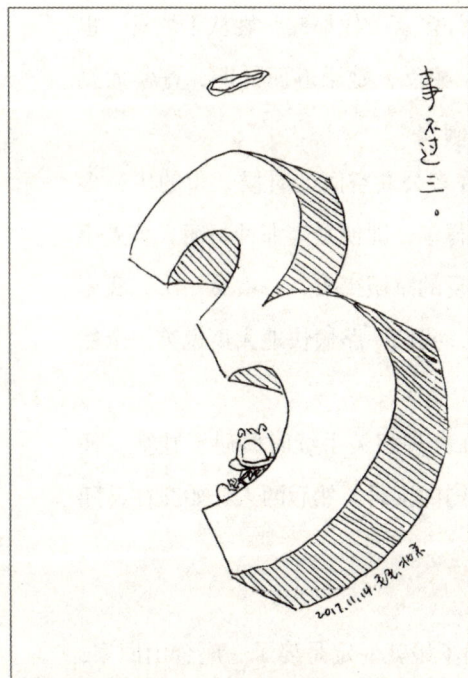

事不过三。

写作需要很多想象力。

只有强烈地希望，一切才能够实现

2017 年 11 月 15 日，周三，晴

　　鱼是我七年前刚到达这座城市时认识的第一批要好的朋友之一。

　　由于当时我一个人在这座城市工作，家人大都在其他城市，而当时的鱼在结束一段恋情后尚未有合适的拍拖对象，于是，两个都半闲着的人在工作之外走得就近了一些。

　　在我和许多朋友们眼中，鱼可以算是个不折不扣的富二代。她的父母工作生活在西南地区的一座城市，家底殷实，父母只有她一个宝贝女儿，自是呵护有加关怀备至。她并不像许多富二代那样，她从不炫富，也从未见她有珠光宝气颐指气使的行为。相反，她谦逊而低调，好学而勤勉，穿衣多是网购或者从一些街边小店淘。

　　在共享单车还不曾铺天盖地侵占许多公共空间的时候，鱼的出行多是公交地铁加自己的一辆半新不旧的自行车，即便是坐那种封闭式载人小三轮的时间都不是很多。在秋冬或者春夏的京城街头，一次又一次，我坐在她的自行车后座上，揽着她的小蛮腰，我们一路愉快地大声说笑，全然不顾周围的目光。

　　鱼大学毕业后一度想出国留学，在办理相关手续时偶遇了她某一任男友。两人后来就决定先不出去了，在国内读研。然后两人开始交往，随后，各自开始工作。

　　鱼是众人公认的最佳婚姻伴侣。

　　一方面因为她的家庭。倒不是说娶了她就一定是娶了一座金山回家，

但起码她的家庭非但不会给他们的小家带来任何拖累，而且还可以提供许多物质方面的资助。对于刚刚参加工作，在北上广苦苦打拼的年轻人来说，丰厚的物质基础是解决一切后顾之忧的前提。如此，才能更好地投入到自己的爱好或者事业中。

另一方面则因为鱼极强的动手能力。她从不曾有"娇""骄"二气，相反，她很爷们。她家里几乎所有修修补补需要动手的粗活全都是她自己完成的，即便办公室里的许多重活体力活，能不麻烦别人的，她几乎都自己搞定。日久天长，许多事好像自然地就成了她的任务。她倒也不恼，仍旧每天乐呵呵的。最主要的是，鱼还做得一手好菜，这是令许多朋友都望尘莫及的一身好本事。逛菜市场采购，进超市选择，下厨房烹饪，鱼都干得利索干净。至于她能做什么菜系我说不太清楚，好像从来没有她不能做的或者说做不了的。无论什么食材经过她的手加工之后，总是会变成餐桌上美味无比令人垂涎欲滴的佳肴。

于是乎，像我这样做饭水平一般，却又懒又馋脸皮还厚的人，自然经常去鱼家里混吃混喝。在她面前我几乎一无是处，但唯一的好处是我总是会吃得很认真。直到吃得肚子滚圆后，就懒散地躺在她家地板上，斜靠着沙发，很满足的样子。

鱼是业务尖子。进单位后被调换了几次工作岗位，她从不挑剔什么，而且在哪个岗位上都干得风生水起有口皆碑，从不拖泥带水拖拖拉拉。被派去多艰苦的地方出差，都会一声不吭地收拾好东西即刻就出发，从不磨蹭。有时候哪怕是别人的事，但是只要最终落在了她的肩头，她都会很快扛起，利索完成。虽也偶有一丝丝抱怨，但那些小小的不忿跟她超强的能力和超快的效率以及超高的质量比起来，足可以忽略不计。

咦！好像忘了说鱼的美貌。

她长着令许多女孩子都无比羡慕嫉妒恨的小脸蛋，只是五官却都长得很大：大大的眼睛、大大的嘴巴和高高的鼻梁，但这些堆砌在她那张小脸上却也还颇为协调自然，毫无违和感。算是名副其实的美女加才女！

鱼的美是自然而然的，天生的。她很少化妆，即便有时也涂涂抹抹，但那些不过是锦上添花，给她那张极吸引人眼球的脸上再增加一抹魅力。一头长长的秀发，多数时候都是随意地披散肩头，有时也被她弄成各种不同的造型，或配以发卡，或夹个蝴蝶结，无论她以什么样子示人，大家看她的眼神从来都是接纳的、赞赏的。

然而，就是这样的一个好女孩，她却一直情路坎坷，直到从某相亲网站上遇到她的最后一任男友。突然想起一句鸡汤：所有的丢失，都是为珍爱之物的来临腾位置；所有的匍匐，都是高高跃起前的热身；所有的支离破碎，都是为了来之不易的圆满。

他是北京人，是单位附近一所小学的老师。

认识他之后，鱼有些小纠结，在一次下班后约了我们一帮朋友跟他一起吃饭。或许我们来的人确实有点多，差不多有十个吧；或许我们一群人都太过恣肆张狂——搞媒体的家伙们平常都特别累，自然不愿意放过任何一个放松自己的机会；或许我们当时的表现特别不靠谱，还是其他什么原因，其实我们很想逗引他跟大家多交流，这样才好帮鱼参谋啊！谁知一个大男孩，那天表现得特别腼腆羞涩内敛，整个晚饭的过程几乎都是安静地坐在她的身边，只是时不时地满眼含情地看着她。鱼那天既不好完全流露本性，也不便制止我们，于是多数时候，其实是我们一帮人的兀自狂欢，她只偶尔掺和一下。

不能永远呆在自己的舒适区。完成度是靠许多次无聊的训练练出来的。

2017.11.17.张无.北京

次日，我极其认真地跟鱼说：嫁了吧！他真的不错。

之后，俩人又经过一段时间交往，才携手走进了婚姻的殿堂。

如今，他们的宝贝儿子已经一岁多了。前一阵，他被派去英国交流一年。鱼经过一番考虑，带儿子一起前往。

忘记补充关于鱼的一些内容。

她是无论工作还是生活都绝不含糊的人。挣的每一分钱都花得十分仔细认真，全都用在了刀刃上，总是会用很少的钱做许多很有用的事，但却并不小气吝啬。她喜欢旅游，国内几乎全都走遍了，她还去了国外许多城市旅游。她往往会提前半年多时间就开始制订行程计划，预订机票和住宿的酒店，确定旅行路线和参观的景点等。一次次外出旅行，鱼的视野越来越开阔，人也越来越能玩。

这样好的一个妹子，兜兜转转晃晃悠悠的，最终愣是让他捡了漏。

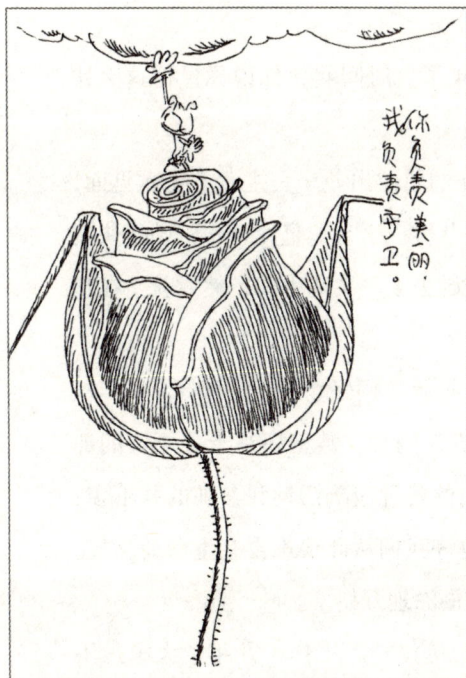

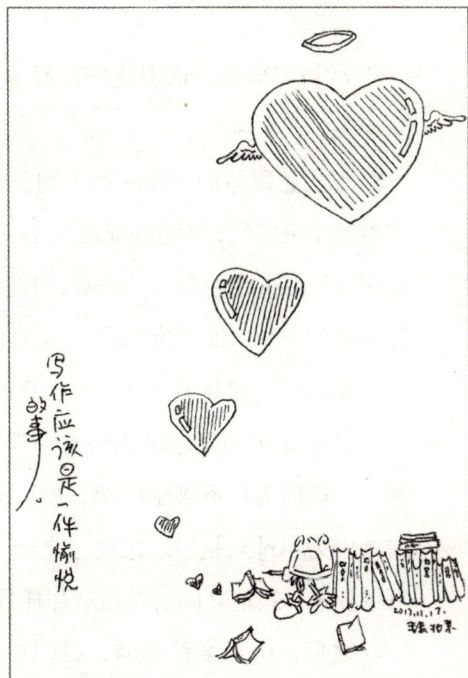

给你唱一首生日快乐歌

2017 年 11 月 16 日，周四，晴

饶赟突然说她明天生日。

就在我们断断续续互相约了两个多月之后的某一天，终于遇上她休假，而我也恰好没课，我们终于欣喜地见上了面。

当时她正在一家银行办事，我们坐在等候区的沙发上等待叫号时，她突然接到一条短信，点开一看，原来是银行系统自动发送的信息。她立刻叫出了声，"哎呀！明天我过生日。"

好啊！

从初识至今，认识饶赟已经七八年了。时间啊，你说你过得这么快干吗呢？

那次她跟他们主任一行人到我所在的单位出差。宾主双方初次见面，自然都十分客气，而她的酒量实在不敢恭维。于是，毫无悬念，她很快就喝多了。为了逃避骇人的酒桌，我拉着她去了一次洗手间，然后就坐在包间外面的一个水池子边凉快。

散场后，挣扎着送她去酒店房间，把她安顿好睡下后才离开。

其实那次并未想过我们有一天会成为朋友，甚至还是十分要好的那种。一则因为我不善于应酬，所以部门的各种应酬活动我参加的并不多；二则因为不过只是尽一次地主之谊，也许我们从此很难再有生命的交集。可谁知道，我们之间的友谊就那样稀里糊涂地开始了。

之后，由于某种原因，我们在一个单位一起工作了几年。大家虽不

在一个部门，但各种业务往来还是不少。我刚报到的那个周末，她和鱼带我去天坛游玩，那是那段时间屈指可数的一次放松，之后就投入到没黑没明的各种编版和写稿中了。

那几年，饶赟、鱼和我，我们三个的状态极其相似。有时，大家会在周末凑到一起吃饭、K歌。因为平常实在太忙了，所以偶尔的放松都十分珍惜，每次都玩得投入而愉快。有时饶赟也请我去她家蹭饭，她的妈妈待人热情周到，做的饭也超级好吃，对于吃多了员工餐厅的人来说，那简直就是人间美味。其实要好的朋友根本无须整天黏在一起，因为大家的心彼此是相通的。

几年后，我又恢复以前的工作状态，她曾和男朋友、父母到我工作的城市旅游，顺便看望了我。之后我的漫画个展在河北承德举办，主办方邀请我在展览期间去一次现场。我心里胆怯，力邀她一起前往。她又带上父母，我们一行四人驱车顺便游玩了一次。

那次展览时我还不太会应付那种场合，窘迫而局促，扭捏又小气，简直完全可以打个大大的差评。令人欣慰的是，当我实在难以应答时，热情的阿姨总是会替我解围，令我感激不尽。

好在对方第二天上午安排的承德避暑山庄游览小有收获。那旧日的皇家避暑山庄，虽然随着那个曾经辉煌的年代远去而风采不再，但无论如何当初的规模和一些建筑物还是保留了下来。

那些不高的山峦和弯弯曲曲的水面，水面上悠然荡过的扁舟和横跨而过的石桥，岸边腰身粗壮的垂柳和人为堆砌的石块；那些久经年月被皇家恩泽过的高大建筑物，宽阔的方砖铺就的地面，都令我好奇而又喜悦，欣慰而又激动。

更多的时候，大家各自忙碌，并不会时时联系。有时候我到了她工作的城市会提前告知一声，如果时间允许的话，俩人会见面聊聊，顺便吃顿便饭；有时太过匆忙也并不打招呼，各忙各的，忙完后走人就是了。

有一年国庆节前后，我的插画在中国国家博物馆展出，那也是一次

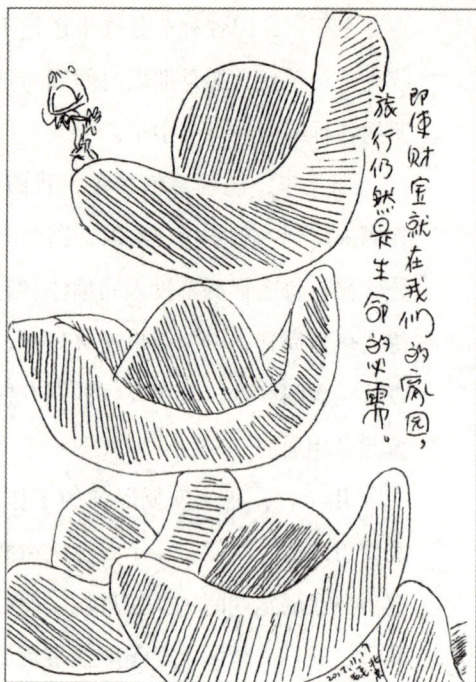

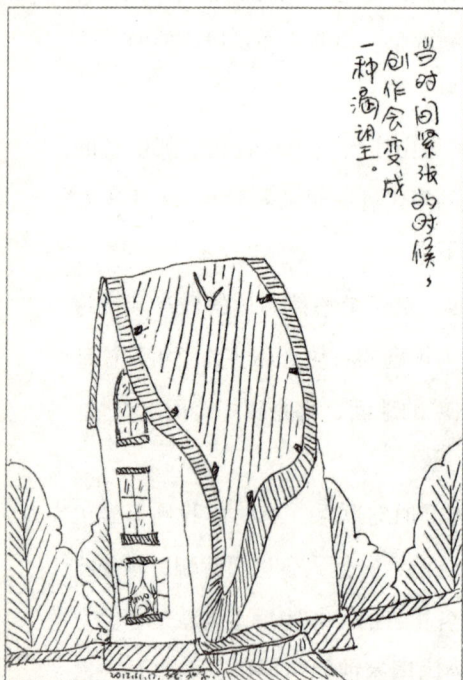

极其盛大的文化活动，到场的嘉宾有许多文化界官员，也有许多文化界、文艺界、文学界的前辈和大咖。我虽不知到底会有多牛的人参加，但多少也是有过一些猜测，心里自然惴惴不安。当我把活动的消息告诉她以后，她很快传递给她亲爱的爸爸妈妈，他们自然替我高兴。在活动当天组成强大的粉丝后援团来给我捧场，令我好生感激。

后来，饶赟和总是被她挂在嘴边的那个"胖子"结婚，我亦带着小猫欣然前来祝贺。

那天早上在她家醒来，我先是打开随身带的笔记本电脑干了一会儿活，然后又倒头补了一个回笼觉。等到再起来时，她已在给我们张罗早餐。就在我们的早餐还未结束时，快递打来电话，她的生日蛋糕已经到了小区。

饶赟提着装着蛋糕的盒子进门来，我好奇于一个蛋糕为什么会有两个盒子。她说，快递说一个里面装的是蛋糕，另一个里面装的是个头上戴的花环。一般商家搭配的都是一个硬纸片折起来的头饰，而这家竟然别出心裁地改为花环，怎么能不让人期待呢！

我们立刻开始拆包装，我拆花环的盒子，她拆蛋糕的盒子。她还未解开蛋糕上绑的绸带，我已经从那个精致的盒子里取出装点着鲜花和绿叶的美丽花环。取出花环的那一刻，我们都被藤条编的美丽花环给惊呆了，最主要的是，大冬天的花环上的叶子竟然绿意盎然，花朵娇艳欲滴。

"其实他们完全可以不这样用心啊！"我赞叹道，哪怕这是个装着绢花的花环或者塑料花的花环，已经要比其他硬纸板做的头饰好看多了。可是，商家竟然这么真诚地用鲜花制作花环，这得有多大的成本啊！

这就是营销，这就是新时代的一个成功的营销案例，商家根本无须为他家的蛋糕怎样去吆喝打广告，只需要随着蛋糕赠送一个完全有别于其他商家的、别样的礼物，你会一下子就被他们的诚意所打动，并且很快会把这种感动传递出去，并迅速在网络上传播。

当然，那个冰激凌抹茶红萝卜蛋糕，更是十分有创意。当你从一个

方方正正的抹茶蛋糕上小心翼翼地拔出一个个脆生生的红萝卜时，那其实已经不是惊喜和欣喜了，那简直就是发自肺腑的对商家的感激。

冰激凌、抹茶蛋糕、红萝卜，这几个完全不太可能发生关系的食物，就这样被商家巧妙地安排在了一个蛋糕上。

很显然，这是一次超级成功的混搭。这是一个什么样的脑袋想出的妙招呢？我们来不及细想太多，就赶紧点上美丽的红烛，在音乐的伴奏下，喜不自胜地开始了各种自拍和分享。

书缘

2017 年 11 月 18 日，周六，晴

阳光明媚的午后，汪彤、周水欣、陈莉莉、周草、姜雪梅、胡岚、程煜、杨静萍、我一起相约到太阳宫地铁站附近的字里行间书店，参加作家周晓枫等三人的文学分享会。前一天上午，周晓枫和汪惠仁在我们教室刚刚进行了一次文学对话。

嗯！是的，大家意犹未尽。

有同学把这个活动的消息发到班级微信群里，地方离得也不太远，恰好也是周末。天时、地利皆好，为什么不去看看听听呢！

那家书店的所谓崔曼莉书屋，其实是一块很小的地方，看样子也就一二十平方米吧。好在书店的氛围很好，各个书架前翻阅浏览的人都不少，走进书店时，我瞥了一眼门口的一个花车，看到在一块并不怎么醒目的牌子上写着"打折书"。我当下就心一动，好像那是一个视觉效果还不错的男子站在那里，等待与我的深情对视。

花痴！醒醒吧。

那天下午的文学活动，收获也有，但大都是意料中的。

几个熟悉的文友，各有各的创作方向，如今在文学方面的成就也都到达了一定程度，可以平等对话。恰好，其中的两位都出了新书，另一位——书屋的主人，就捧了朋友的场，提供场地，帮忙吆喝。

三个被书卷被文字浸染了多年的女人，容貌不能说有多么出众，但由内而外散发出的气质着实为她们增分不少。评论、散文、小说，文学、

书法、绘画，都是很好的话题。虽为女性，但她们的言语间并不过多牵扯"女性写作"这样貌似促狭的话题，我喜欢。

我以为，那个阳光正好风轻云淡的美丽午后，那一趟外出重要的收获之一，就是顺便买到的三本书。而其中须一瓜的《第五个喷嚏》，更是有些意外。而且可以说，还是意外中的意外。

生命中有些时候，我们往往打算做这件事，结果却不小心做成了另一件事。山重水复，柳暗花明，你根本不知道前方迎接你的，究竟可能会是哪一个结果。正因为不可知，便有了好奇和期待，有了期盼和向往。

看看时间尚早，脱掉厚厚的外套，用它和背包、水杯、笔记本等物品，给后面将要来的几个女生占好了座位，然后就把关注的目光投向了门口的花车。一番挑拣，拿了《什么人需要什么人——林奕华的心之侦探学》和另一本书，回到座位上开始阅读。

关于林奕华的书读过不少，对他的艺术感觉很是欣赏，自然很快就看了进去。一会儿，周围的人越来越多，另外几个女生也先后到了。我合上林奕华的这本，又去翻看另一本。

这段时间以来，虽一再克制，还是没能忍住，线上线下已经买了不少书籍，枕头边、床头柜、桌子、矮柜、箱子上、椅子上、卫生间里……到处都是，实在没办法。

活动结束后，大家相继散去，我还想再看一会儿书，就落在了后面。

终于该离开了，还是觉得想把这两本书据为己有。问过书店的工作人员，她说两本八折、三本七折。

我笑了，还有这样卖书的啊！

当时心仪的另一本书和《第五个喷嚏》设计风格极其相似，但内容却是关于阅读的一本访谈书籍。最主要的是，作者是一个媒体人。我不知道自己的喜欢更多的是由于对方职业的缘故，还是书籍的内容，或许两者都有吧。

站在花车前挑挑拣拣，突然就看到一个作者并不熟悉的绘本《童话镇》，随手翻了翻。画风忧郁，笔法并不是很细腻，但内容也很不错。这样的书已经拥有不少。买，还是不买？其中有一小段文字是这样写的："只是远远看到你带着明媚的笑容走过来，我的小心脏便像是被春风拂过的细柳般荡漾起来，默数二十下才能平复急速跳动的脉搏。"

心下一丝隐痛，又是一个只敢暗恋的菜菜。唉！

拿下吧，权当是支持同行。

当我终于斜倚床上再次开始阅读时，拿起书的一瞬间，就觉得有一种天旋地转的感觉——您要不要猜猜为什么。

它俩实在长得太像了，我拿错了书。捂脸！

瞬间，我有一种深深的懊恼，或者还夹杂一丝难以言说的自责和后悔，也许还有其他不太好的情绪。

想起站在花车前纠结时，一旁的同学周水欣说过：须一瓜？你知道吗，他写得也很好啊。哦。我嘴上这样应了一声，其实心里想我并不知道他是谁啊。

要不要晚上再出去一趟换回来，或者还是明天去换一下，反正也离得不太远。我有些犹豫。

还是先看看再说吧。作为资深懒虫，如果我不想做什么事，瞬间就可以找出超过一百条理由来说服自己。

那天晚上，本来打算写点文字的，却在翻开《第五个喷嚏》开始阅读后，彻底放弃了那个念头，一心一意地看了下去。不知什么时候，泪水已经充盈了我的双眼，并悄然从眼眶涌出来。慢慢地，慢慢地顺着脸颊，悄无声息地滑落，睡衣慢慢被濡湿了。

《大人》是这本中篇小说集中的第一篇，写的是 20 世纪那个特殊年代的一些人和事。众所周知，那是一个疯狂而又令人都不敢轻易回想的年代，家破人亡，妻离子散，夫妻反目，许多美好的事物被毁灭殆尽，余下的也残缺凋敝，元气大伤。小说的核心是写两个小姐妹，她们的父母被关进牛棚后，曾经幸福美好的生活立刻被彻底翻转。由于她们的父亲曾经是这个企业的负责人，而她们家就住在单位家属院，由此可以想象，她们的人生遭遇该有多么凄惨悲恸，痛不欲生，却还要努力活下去。

后来，她们的妈妈被放了出来。但她已经彻底疯了，苟活了一段饥寒交迫遭人冷眼和唾弃的日子，就失足掉进了一口废弃的水井，再也没有醒来。她们的父亲，后来跳楼自杀。

她们日渐年迈没有任何经济来源的奶奶，带着两个可怜的孙女，离开了这个院子，再也没有回来。

她们，究竟有没有坚强地活下去，长到成年。没人知道，也无人关心。

这是那个年代的真实写照，也是一段历史的缩影。

作者是从姐妹俩的小伙伴视觉去写的，从这样的角度看过去，平视，真实，有时还有些微的仰视，都是成年人常常忽略的地方。正因为此，阅读的过程中，才会有一种锥心的疼。

为什么生命如此之艰

2017 年 11 月 19 日，周日，晴

　　原以为《第五个喷嚏》的阅读应该是轻松的，愉悦的，谁知我从一开始就错了。整本书中的悲情故事，一个接着一个，一个比一个难受，忧伤，悲痛，苦情，幽怨，惨烈，不堪，破碎，阴沉，晦暗。

　　我不知道自己记忆的仓库里还可不可以再找出来非阳光的、非正能量的词汇，我真的不知道。

　　跟书名同名的《第五个喷嚏》，讲述了一个性感迷人的妙龄少妇独守空房的故事。其实也不完全是一直守空房，她的男人有时也会回家。他是一个军人，一次训练时出现意外，从此他不再是一个完整的男人。不用讲仔细了吧！

　　所有人看到的都是她表面的光鲜。一个不用辛苦劳作就可以衣食无忧的家庭，一个不说有多么帅气但也健壮的丈夫，自家亲人也跟着她沾了不少的光，烟火人生，大家都羡慕他们看到的一切。却没人知道漫长的黑夜里，她有着怎样的苦楚，也没人愿意了解她的内心真正在渴望什么。现实中很多人，从来关心的都只是自己，关照自己的物质、精神，永远不可能有人把他人的疾苦真正当作自己的疾苦来换位体会。

　　这样说其实并不是冷酷，也不是冷漠，而是人性使然。

　　其间有许多过程，那些过程无论多么曲折，都不过是为最终的结局在做铺垫。她终究想要得到一个正常的丈夫，要求虽然不过分，但现实就是那样残酷，没有办法。她被迫选择离家而去，净身出户。我这样简单几

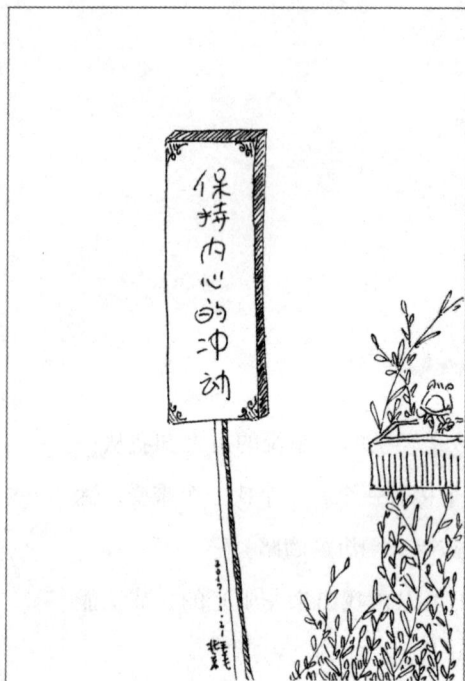

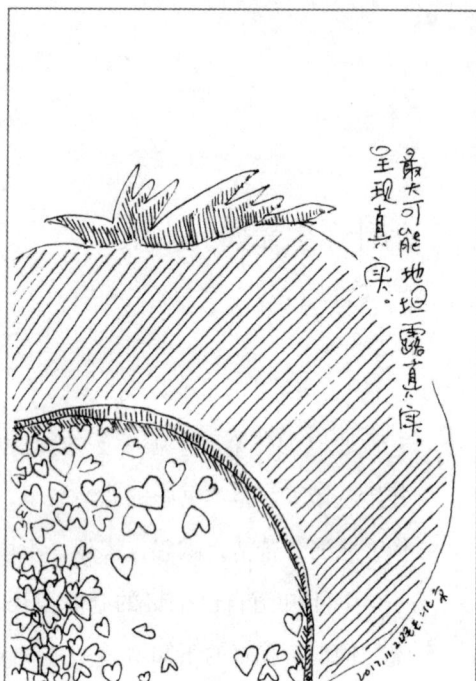

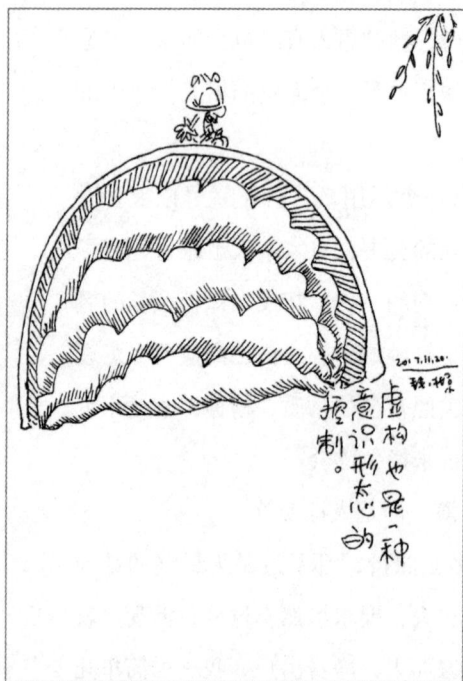

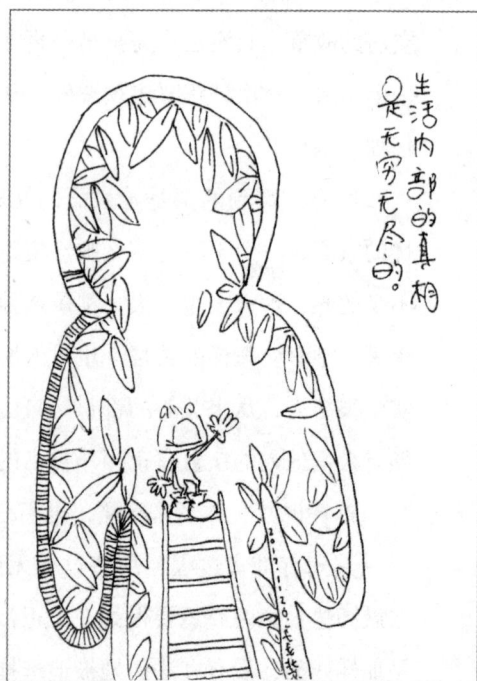

从此再不提起过去，痛苦O或幸福，生不带来、死不带去。

句好像并没有说出她的现实人生究竟有多么不堪，实在是不忍让那些黑夜里的泪、无人处的痛、哭红的眼被一一暴露。

为什么那个小说的题目叫《第五个喷嚏》，知道吗？这是"她"为了掩饰自己曾经哭过而自创的"小发明"。

多少年后，当"我"再次跟她偶遇时，她根本认不出"我"了，而"我"也几乎认不出她了。因为，"那曾经让我仿佛忘记年龄的面容，已经颓败如荒芜的弃院，因为找不到一丝生命的昂扬感，让人多看一眼都是戳心的痛……曾经的凤眼，已经萎靡为直角三角形，仿若断壁残垣旁的两点行将干涸的积水"。

"三十年的岁月风尘，像一段烘焙隧道，河惠和我一起进了这一头，而出来的那一头的我们，都已是风干的故事，物是人非。"

岁月把她曾经拥有的所有东西全部洗劫一空，片甲不留。

《茑萝》里那一对本来完全可以拥有幸福童年的姊妹俩，就因为父亲的严苛和母亲的未尽责，姐姐在尚且年幼时宁愿跳楼死去都不愿意再活在人世。妹妹在失去姐姐后完全像变了个人一样，比在世时的姐姐更加叛逆，而且叛逆得无以复加。父亲不让她做什么，她偏偏变本加厉地去做，桀骜，忤逆。他们彻底断绝了父女关系，直至得知父亲的死讯，她都执拗地不愿意回去送最后一程。

一个人对另一个人的恨，该有多么深切，才会如此决绝。

《忘年交》里的一对双胞胎兄弟，也是本该有幸福童年的，也算有过那么一段吧。只是当弟弟因车祸意外离世后，哥哥一直无法释怀。他一直不能原谅自己，执拗地认为是由于自己当时坚持要看那场电影，又在电影结束后非要买电池，才使弟弟横遭车祸。假如那天没去看那场电影，假如电影结束后很快回家而不是在他的一再坚持下去买电池，那么弟弟还是会像以前一样活蹦乱跳，跟自己一起上学放学，踢球玩耍，直至长成帅气逼人的小伙子，工作，成家，立业……

他坚持要在家中给弟弟单独保留一间房子，他常常会一个人在弟弟的房间里呆坐良久。没人知道他到底在想什么，其实也能大概猜得到他在想些什么。就在那样无休无止的自责中，他一天天长大，上大学，参加工作。表面看去，他是一个正常的成年人，只是搬到新家时，他仍然会要求给弟弟保留一间房子。

不知从什么时候开始，他慢慢失眠了。

后来越来越严重，不得不住到专门的机构去接受治疗。

在那里，他认识了一位有着几十年丰富人生经历的老者。他们成了忘年交。一个行将就木的耄耋老人，一直纠结于自己去世后的悼词到底该怎样写，却一直活得精神爽朗；一个生命本该尽情绽放的青年，却整天没精打采精神委顿。

在外人眼中，两人总是在一起。

年轻人甚至跟着兴味盎然的老人回了一趟他的老家。

最终，他还是无法自我救赎，选择坠楼而去。

《在水仙花心起舞》里，身患自闭症但却有惊人理发天赋的弟弟，整个故事凄美得不真实。

《老的人 黑的狗》里辛辛苦苦拉扯大了两个儿子的母亲，先后帮孩子们成家立业，但在老伴去世后，就因为一张千余元的存折而导致母子成仇。老人没有熬过生命的寒冬，最终跳崖身亡。

《义薄云天》里的他本来打算去给流浪猫喂食，意外遇到劫匪正在抢劫一个独行夜路的女子，出于本能他挺身而出却不幸身中数刀。他一口咬定是自己遭劫，拒绝承认是英雄救美，警察只好例行公事做笔录后结案了事。而他的苦难，才刚刚开始。虽然最终在舆论压力下，当事人——那个当时被打劫的、丈夫去世的女子出现了，也颇为有些戏剧性地"爱"上并嫁给了他，可是如果说真正的原因不过是想借他之名给她的儿子中考加分，你到底该哭，还是该笑。

现实像一袭华美的袍，上面布满了虱子。

是不是每个人的袍子里，多多少少的都有那么一些虱子呢。

未来到底长的什么样儿

2017 年 11 月 22 日，周三，晴

　　北大学者戴锦华讲未来，莫名其妙就想起之前读过的一本关于未来的书，以及写的一个书评——《〈撞见未来〉究竟触碰了我的哪根神经》，拿出来分享一下。

　　初次阅读《撞见未来》，是从一个春夏之交的午后开始的。那天阳光和煦，温度宜人，手难释卷。表达一次次累积的读后情绪，则是在温度持续攀升，游移徘徊在 40 摄氏度左右的火炉天里。斯时，被网友们调侃：出门记得带上孜然粉和辣椒面，随时准备把自己烤熟了吃。

　　虽生性愚钝，但这并不能说明我是多么的慢节奏和磨叽拖沓，实在是天下之书虽众，但多数看过一遍即可，根本无须几次三番地仔细阅读。如果宣泄那样的阅读感受，则可以拿出这样招数——迅速过滤，攫取干货，快速书写，然后翻篇。

　　很显然，《撞见未来》不属于此类。

　　之前曾散乱地阅读过作者的其他一些文字。后来因为一次合作，使我有机会对其文字做了较为深入的阅读思考，那是有别于其他阅读的、全新的一种阅读体验。

　　你不能说作者的文字很正经，如同你我在各种主流媒体和一些严肃书籍上看到的那样；但也不能说那些文字就不正经，因为每读一遍，总是会有所获，有所悟，有所思，值得一再品咂反复玩味。同样的道理，他那样讲着，你就信服；同样的事情，被他那样叙述出来，你就觉得深以为

然；同样的大人物，他用那样的形式请出来说话做事，你就觉得毫无违和感。以至于偶尔回想起来，还会诧异于他那令人难以置信却又不得不信的各种穿越，诧异于作者阅读的包容、想象力的爆棚和文笔的恣肆，诧异于作者时间利用上的精巧，和多个身份之间轻松切换的游刃有余。

讲真，《撞见未来》是一本不容易阅读的书。

生活不是想象的那样，却处处充满了想象。作者在这本书中如同驾驶着一辆看不见的时光机一般，轻松自如地穿越古今，最主要的是，带着我们去撞见未来。"今天的现实是过去的神话"，这句话使多少吃过一些盐走过一些桥的人都感同身受，但"今天的神话将是未来的现实"，则不是每个人都愿意相信的。当许多人喝着各色心灵鸡汤吃着各种垃圾食品，吵吵嚷嚷要"活在当下"时，你非得拍一下对方的肩膀，然后神情严肃地跟他说：嗨！哥们儿，醒醒吧，未来已来。

接下来，你还得拉开架势，理论一番。

作者用四分之一左右的篇幅告诉读者，"七可"都是谁，是干啥的，有啥存在意义。追溯人类过往的足迹，从"食物至上、力量为王"，到"土地至上、技巧为王"，再到"资源资本至上、技术谋略为王"。从人们普遍关注的"不可再生"能源入手，逐渐抽丝剥茧，慢慢由浅入深。我欣喜于作者把"全球能源互联网"这样看起来好像高不可攀的神秘之物，描述成解救可再生能源"坏脾气"的"中药"处方，因为"它除了是中国创造、中国智慧、中国方案以外，还是系统的友好的互动的可持续发展的思路与解决方案"。"它力大无穷又绝顶聪明，胸怀宽广且灵活包容。"它"让能源可以满世界随便溜达，还可以找个地方住下稍微休息一下。如此一来，任性的可再生能源就变得温柔可爱啦！"

对于这件关系全球人类未来的大事情，许多人都板着脸孔严肃认真又没完没了地探讨，并时不时地用语重心长的言辞，恳切地表示是在替你我和子孙万代考虑云云。让人倍觉肩头沉重，深感压力十足。而作者却用四两拨千斤的技巧，用既接地气又言简意赅的表述，用极少的文字和极形

象的比喻，就轻松抵达读者的灵魂深处，获得读者的理解和认同。

　　然后，作者用自己的远见卓识，长期工作和生活的积淀积累，以及对大量参考书籍深度阅读淬炼的精华，站在那里微笑着娓娓道来。其间不时夹杂一些网络语言，偶尔冒出一些或质朴或雅致的成语、谚语、俚语、歇后语；带着唐宋时期风流文人的洒脱身影，散发着格律的、自由的、古典的、现代的各种味道；间或还有那么一些经典影片的人物对白或场景再现，流行音乐朗朗上口的唱词和黑胶的文艺腔调；看似信手拈来实则巧妙借用一些随着潮流涌现在浪尖上的时髦语法，再运用现实中人们熟知的一些人物和事件进行例证，灵活运用热点节目中的热议话题……知名网红，网络大 V，古今名人，虚拟的，现实的，政治的，经济的，文化的，艺术的，全都成为其中较为妥帖的客串角色。

　　时而随嫦娥上九天揽月，时而跟悟空下龙宫借宝。套路看点一个接一个，让你目不转睛应接不暇；惊喜包袱一个又一个，让你急不可耐地

对生命的无望。

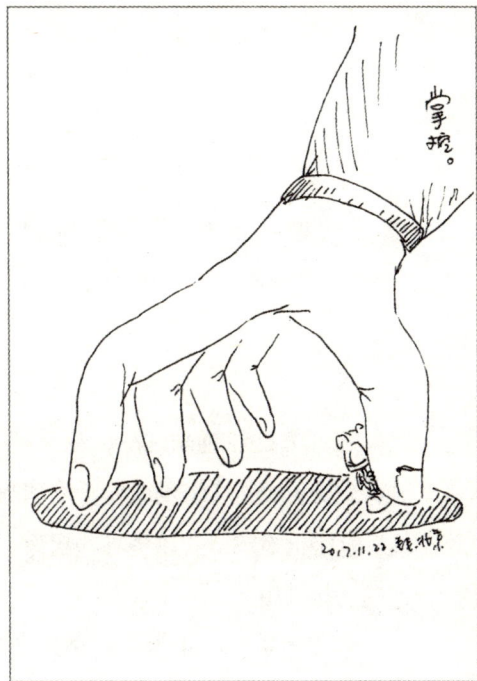

掌握。

想要打开来看个究竟。用一个个的小观点、小俏皮、小幽默、小玩笑、小犀利、小确幸、小可爱、小目标，愣是串成一串具有大智慧的璀璨夺目的"项链"。

撩得你不得不服气，撩得你不得不喜欢，撩得你不得不心向往之！

梦想是一定要有的，万一实现了呢！

但请不要误以为这不过是作者畅想的人类美好未来而已，因为也许就在你漫不经心的低头抬头之间，未来已经迎面而来，立时就让你措手不及心神慌乱。一切我们感觉到的当下，都已经成为过去，也必将成为过去。就像在满大街花花绿绿色彩浓艳的各种共享单车战火正酣时，瞪着一双大眼睛短腿萌蠢的小黄人，已经以迅雷不及掩耳之势潮水般席卷而来，打翻无数刚刚崛起的英雄。

亲，你还准备傻站在原地发呆吗？

请让我变成海边的一棵树吧

2017 年 11 月 28 日，周一，晴

　　当北方已经越来越冷，越来越冷，走在大街上的人们都把自己从头到脚武装得严严实实的时候，南国却是想象不到的旖旎风光。咦？用"旖旎"这个词对吗？我稍稍有些犹豫。那就先这样吧，反正一时没找到更合适的，姑且用之。

　　那天夜里，一出泉州机场就开始脱衣服。其实准确地说，应该是一下飞机，在廊桥上就开始从最外层脱起。黑色漆皮羽绒服自然是穿不成了，黑色连帽体恤穿着也感觉有那么一点点热。但是好像用"热"来形容似乎也不是那么妥帖，因为温度并不高。但是你就是觉得穿着长衫有那么一些不适感。

　　说不清楚，道不明白。

　　后来，当这种感觉一直持续时，我突然就醒悟了。那真的不是我们北方人所说的那种燥热或者闷热，而是沿海城市有别于内陆城市的一种湿热，像极了一场大暴雨的前奏，或是雨后未晴时户外的黏腻。但却并不令人有多么讨厌，因为那样的湿度，尚且不到无法忍受的程度，还是在人们普遍可以承受的范围以内的。加之有一定的湿度，皮肤就不会觉得有多么干燥。舒适，也是一定的了。

　　两个多月持续的脑补，各种脑补，关于文学的、政治的、经济的、文化的、文艺的、农业的、科技的等等许多东西的灌输，终于有了一次放风的机会，那该是怎样的一种欣喜啊！

街头看到的树，大都根系发达，枝繁叶茂，绿树成荫。有的树上还开着或红或玫红的花朵。花儿并不大，但却开得热烈浓艳，渗透出蓬勃的生机。

短暂的行程急促而紧张，每到一个地方，根本容不得你对周遭多看几眼。

虽然并不是跟团旅行，但却跟那种节奏差别不大，某种程度上或许更甚。主办方提前给过我们一份精确到分钟的行程安排，你可以知道某月某日的某时某刻你身处何地，观看何种景致，当然，如果你愿意，完全可以提前做足功课，去百度进一步了解这些景致背后的故事、前世、今生。以便于在真正身处其中时，在别人还懵懂时，你却已经了然于心。但是我并不是那样的一个人，许多东西如果一眼望去就知晓了答案，那将是无趣的，索然的，缺乏吸引力和想象力的。不可知的遇见，和那种遇见背后的故事，才是我渴望的。虽然那种渴望的情绪有时候也并不强烈，但有渴望和没有渴望，产生的效果却是大相径庭的。

泉州草庵、三创园、五店市、海交馆、开元寺、天后宫、泉州府文庙……莫不如是。

在五店市，有些奇怪，它虽名曰"市"，其实不过是一条街道，一条石头铺就的可以轻松过去一辆机动车的道路，但却并不通车，只有步行可以通过。道路的两旁是纵横交错的一些院落，高门大户，庭院深深，我想一定许多都是有故事的。那些故事的主人，可能有文人雅士，在科举制度

中一路考过去，过五关斩六将，最终成为状元郎者；也可能有商贾贩夫，凭一己智慧和勤劳的汗水，走南闯北做买卖，渐渐积累财富直至富甲一方。

只是在这个秋冬时节，我目光所及的并不是它们昔日的辉煌，而是多年后的风韵犹存，或者，仅仅只是风韵犹存的表象。因为内在的文化内涵和精神气质，全都在商业化的打造之后，荡然无存。这样说好像也有些不对。因为那些雕梁画栋的墙壁门廊，那些造型别致的、混杂了东南亚元素和大陆文化的屋脊和屋脊上的雕塑，还有房屋的结构布局，被岁月浸染过后颜色晦暗但却依然醒目的匾额、门楣、门窗以及被悉心保护下来的木雕、砖雕、石雕，还有古意盎然的木桌、木椅。

它们，是不是可以被叫作文物呢？或者说，是准文物。

五店市并不算十分商业。跟北京的后海和南锣鼓巷比起来，跟西安的回民街比起来，它简直就弱小许多了。但这或许只是此时此刻我眼中的它，并不代表它一直就会如此。谁敢说当黄金周到来时，这里不会站着来自祖国四面八方甚至世界各地的游人呢？

但五店市还是商业的。

就在我们花费一个小时左右的时间，散漫地四处游逛时，到处看到的，除了展示的房屋建筑的外观之外，再就是跟其他地方大同小异的旅游纪念品，商店或者小摊位。当然，隐藏其间的也有一两家格调不错的书店。我们在出发前去借用了一下卫生间的那家画廊，展示的陶瓷作品也是精美的、独特的，环境亦清雅安然，让你瞬间就从商业的纷乱中安静下来。

只是，人呢？

一幢房子若失去了烟火的熏染，它就是清冷的，这清冷跟有无如织的游人无关。

一条街道若失去了普通百姓的脚步，它是清冷的，这清冷跟满大街与它并不沾亲带故的游人也没有半毛钱的关系。

眼前的一切，看上去热热闹闹熙熙攘攘，貌似很繁华的样子。导游卖力地讲解着他们早已熟烂于心的那点儿内容。这里曾经于历史上的哪一个年月发生过些什么事情，有哪些大人物曾在这里短暂停留，或是留恋不已而居住了好些年月。他们，她们，曾在这里创作了一些什么，留下了一些什么。这些创作，并不一定是文学的、艺术的，有时建造一幢可供后人敬仰赞叹的宅子，哪怕私宅，某种程度上也是一种创作。虽然这种创作更多的应该是创造，但我更愿意将其归于创作的范畴。

短暂的停留，匆忙的脚步，匆匆的一瞥，现在就要离开厦门了。

有什么感觉，很难一两句话就说得清楚。离开的前一天下午，跟两位姐姐一下午的相处，是我们数月来少有的单独在一起的时光。大家平常虽然见面的机会很多，但多是浮于表面的相互问候，虽说有时也有关于某个话题的讨论，但多是客气的，理性的，是经过冷静思考后的语言表述。

毕竟，她们比我多吃了一些盐。

毕竟，她们比我多过了一些桥。

当天下午，当她们看到了我淡淡的忧郁，和眼神中不经意间滑过的一丝落寞，对我颇多安慰和照顾。其实我自己并没觉得有什么忧郁，有多少落寞，甚至，有什么理由而忧郁。但，她们还是看出来了。而且两人坚持认为，我一定是忧郁的。

那好，就算是吧！

那种忧郁其实还不能算是真正意义上的忧郁，只是有些说不清楚的小小的失落感，不知所以，不知该如何是好。

在那样的一个午后，我们结伴而行，漫无目的也不需要目的地在城市的街道上行走。看到不错的巷道就径直拐进去，左瞧瞧，右看看，这里拍拍，那里停停。没人关心我们在寻找什么，发现什么，也不需要别人关心。

那些弯弯曲曲的道路，它们是充满烟火味的、人情味的。我们随性地走着，买一些吃食，酸奶或者水果，一大碗面或者其他什么。愉快地吃着，开心地聊着。

我们一起走过的那些街巷，她们推心置腹说出的话，都令我十分感动。

猫咪博物馆是意外的遇见，吉吉面馆是意外的遇见，甚至公园里人们的闲适和雅好，也都是意外的遇见。当然，厦门大学校园的美丽，和那些几乎高耸入云高大挺拔的椰子树，也是意外的遇见。

那么，我意料中的遇见到底是什么？我不知道。

我只记得，离开厦门时走的那条路叫东渡路。

途中的田野里，有许多的芭蕉树。

我在这个温度宜人的海滨城市想起了什么

2017 年 12 月 1 日，周一，晴

厦门。

这是不是一次愉快的外出，这是不是一次难忘的旅行，这是不是一次对人对己的考验。

答案是肯定的。

在这个晨曦未起的海滨城市，在前一天的热闹喧嚣和各种玩乐之后，有没有一些失落？

答案是有点儿。

好，问答题到此结束。

没有过什么虚幻或者现实的计划，所以，这几天过得也还……怎么说呢。当然，首先还是好玩有趣，但多少感觉到有一丝憾意。

每每外出游玩，多是令自己愉悦的。好像总是喜欢从一个地方到另一个地方的辗转以及辗转途中的各种遇见，也许正是那种不可知，无法预见性，才会有好奇，有惊喜。种种因之而生发出的碰撞，正是我在阅读中无法得到的，却是生命中的难能可贵。

阅读和行走是一个人成长的必须。几年前，从什么地方看到这句话后，就深深地喜欢上了它。只读书，最终不傻才怪呢。但是如若整天只是四处去晃悠，估计心早就野得一塌糊涂，三匹马五头牛都拽不回来了。

到达厦门的当天晚上，我愉快地睡了一个很满足的觉。柔软而舒适的床，温度和湿度甚佳，一切都是最好的安排。没有牛鬼蛇神，没有老师

讲课，没有急迫的任务需要完成。当然，约稿恰好也不是那么太急促。

一切都是最好的安排！

这不是鸡汤，这是现实。

上午的海滩对我是有吸引力的，每个平常看上去或矜持或奔放的人，在大海面前全都放松了下来。大海实在是可以化解一切的良药，但却并不苦口。

海边的沙滩上，铺着细细的沙粒，干净，美好。海水是澄澈的、明净的、包容的，也许正是它的包容，更加吸引了我，也吸引了我的注意力。其实当我的双脚真正踩在沙滩上时，一开始还有一些不是怎么太适应。一两天之前还裹着厚厚的羽绒服，每天出行都必须从头到脚全副武装，同时还要被北方冬日凛冽的无情无义的寒风吹拂着。

海水是冰凉的，海水也是诱人的。一个又一个人忍不住湿足，湿身，引来一阵阵欢笑。此时此刻，此情此景，人们是欢乐的，大海是欢乐的，就连海边的空气，都充满了难以言说的喜悦。就连远处的海岛，近处的岛屿和礁石，还有那绵延不绝的海岸线，全都是喜悦的、欣喜的。

一片欢腾之后，辗转另一个地方。它叫什么名字不重要，有意思的是，刚开始我对这里小有遗憾。毕竟这里没有柔软的沙滩和碧蓝的海水，没有在都市里憋屈了许久的人们可以尽情放松的适宜环境。这里只有长长的曲曲折折的廊桥，用处理过的实木搭建的那种，理性而淡然，仿佛无形中禁锢了人们的兴致。

然而，一个人只要想玩，必定会找出一百个理由让自己玩个开心。

就在人们三五成群四散而去时，我一直慢吞吞跟在后面。然后找了一个合适的位置，努力选择合适的角度，各种自拍，左上方 45 度，嗯，右前方朝上 45 度，左前侧，右前侧，自顾自玩自乐。在这个海风正好的时间里，无人相扰，我兀自玩得快乐。

就在我为拍到几张较为满意的自拍照而激动不已时，突然发现前方不远处的地上坐着一个家伙。这倒不要紧，公共场合，人家愿意坐在什么地方，关我嘛事！可是那家伙竟然拿着手机定定地在对着我拍。我瞬间就佯怒，冲着他大喊大叫，试图阻止对方的拍摄。可是他并不理会我瞬间就激愤之至的情绪，依旧自顾自地拍摄。

成向阳！说的就是你。

于是，可怜的我，那一刻的情绪便不小心被定格。

在廊桥上晃晃悠悠地前行，随手拍摄几张美图，其实大自然的神手造化，不论从哪个角度看去，都是美的。但我以为，无论如何定格的画面，都远不及目光所及的真实那般摄人心魄。

走走停停的，总是感觉有音乐萦绕四周，却也并未去仔细分辨，它们究竟来自哪里，只是当一曲终了时，突然响起一段熟悉的舞曲——《野狼王》。我瞬间就觉得某根神经被点燃了。

手里拿着班长从京城一路带来的小巧音箱，就在那段廊桥之上，在随行几个人的目光注视下，我随着音乐再次疯狂。

没有舞台，没有舞美，不需要灯光，也无须太多观众。

女狼王，在那一刻抵达廊桥。

魏建军记录了那令人汗颜的一幕。

活成自己喜欢的样子，恣肆，泰然，一乐。

午休起来后，约了两位姐姐一起去参观厦大校园。

厦大是我们当天下午计划中的目的地，但却不是唯一的目的地。我们整整一下午都是在边走边逛边聊边看中度过的，闲散，随性，无拘。

我们在乘坐公交车之前，看了一眼白天游人寥寥的中山路，那些东南亚风格的建筑物，还有因地就势弯弯曲曲的干净街道。随后，用一块钱乘坐了非高峰时期的公交车。车上人影寥落，有许多空着的座位，我们随便挑了个位子坐好，欣喜地各种拍摄和自拍。

虽然几个人仔细听着站名，谁知心里一激动，还是提前下了一站。

但这丝毫未曾影响到我们的心情，恰好就因为早下了一站，才让我们有了计划之外的那些遇见，谁又能说这就一定不是老天爷的刻意安排呢？

我们朝厦大的方向才只走了几步，就发现路的右侧有一些个性鲜明的店铺。一些延伸进去的小路，也有曲径通幽的感觉。便随意地拐进一些店铺，或是一条小路。

遇到一家猫咪博物馆。在主干道一侧就伫立着两三只造型萌萌哒颜色鲜艳的猫咪雕塑，走近前拍照。走过十余米的一段坡路，眼前是一个浓缩的喷泉景致，假山流水以及点缀其间的花花草草，让你不由得佩服主人的用心。喷泉周围全是雅致的店铺，我们无心购买什么，只是沿着店门一路走着看着并随手拍着，以示到此一游。而猫咪博物馆的位置则在很不起眼的角落，我们惊呼一声就急急地涌了进去。

博物馆的面积并不很大，充其量也就一二十平方米的样子吧，但是陈设布置和空间利用简直达到了极致。进门左侧有一个大玻璃隔开的空间，里面有一些连排椅子，椅子靠背上是彩绘的各种猫咪的头像，旁边的台子上堆放着大小不一的石头，每个石头上也是彩绘的猫咪图案，或头像或全身像，或定定地与你四目相对，或半眯着双眼侧卧，或像是被什么吸引一样蓦然回首。

还有其他一些看似随性实则颇为用心的陈设，最主要的是有一些我叫不上来名字的猫咪，神态安详，从容自若，不急不躁。眼前的一切让我瞬间就想起《九条命》里那个诡异的猫咪之家。

猫咪博物馆墙壁上悬挂的、各种高高低低台子上摆放的、空中垂着的……层层叠叠，挤挤挨挨，丰富但却并不凌乱的创意作品，全都是以猫咪为核心元素的。画作或者抱枕，手办或者木雕，摆件或者瓷器，每一件都令你爱不释手，过目难忘。终究没能忍住，还是买了。

路遇一家精致的酸奶店，工作人员看上去还是一脸稚气未脱的学生样儿。一问果然是刚毕业没多久的大学生在创业，果断支持一下。

从小路拐进去，一路惊喜地看过一个又一个小小的店铺。还顺便支持了一家的水果店，满满一大盒子刚刚切好的熟透大芒果，竟然只要八块钱。坐在小咖啡店门外的桌椅旁，虽不打算喝一杯，但却可以伪装一下自己的格调。三个人分享了一大碗加海鲜的厦门面，之前路过吉吉面馆时还顺手拍了一张照片嘚瑟，只是那时候还没有丝毫饿的感觉，要不就一定会去尝尝。

哦！我们还顺道逛了郑成功公园。兴之所至，两位姐姐还跟公园里自娱自乐演奏乐器的老人们高声合唱了一首《夫妻双双把家还》。

我们优哉游哉地逛着，在天色不算太晚时到了厦大门口。没有给大门口那些黑牛和黄牛们一分钱，体验了排长龙的感觉后，顺利抵达厦大校园。

我在红军的足迹上发现了什么

2017 年 12 月 3 日，周日，晴

这里是古田，是当年红军召开古田会议的地方。

古田的早晨是静谧的，没有滚滚涌动的上班人流，也没有多少着急要去做的事。古田小镇的人们跟周围村落的人们生活大致一样，但多少又比村里人更靠近现代化一些，生活更方便，生活品质更讲究，穿着也更时尚。但他们骨子里，却还是农民的感觉。这其实不重要，重要的是，他们中的一些人安于眼前的现状，安于自己得到和拥有的一切。而满足感，是一个人幸福的源泉。

昨夜临睡前，窗外毗邻的道路上，还不时有"突突突"的拖拉机声音，一次又一次将我从迷迷糊糊的睡梦中吵醒。也许夜还不是很深，尚未进入深度睡眠，才会那样吧。我这样想着，感觉又好多了。这是人家拖拉机每天回家的必经之路。辛苦劳碌了一天，太阳落山已经好久了，拖拉机还是在路灯和车灯照耀下开回家的，兴许主人晚饭都还没吃。而我，不过是偶尔在它的家乡驻足，我们擦肩而过，痕迹不留，仅此而已。

我没有一丝一毫理由去埋怨什么，一点念头都不能有。

当我终于醒悟过来，主要原因是窗户开着时，立刻将它关上。当另一辆拖拉机再"突突突"地回家时，传递到房间里的嘈杂声音就要微弱许多。很快，就进入香甜的梦乡。

几十年前，类似于古田会议这样重要的会议还很多。当新中国成立

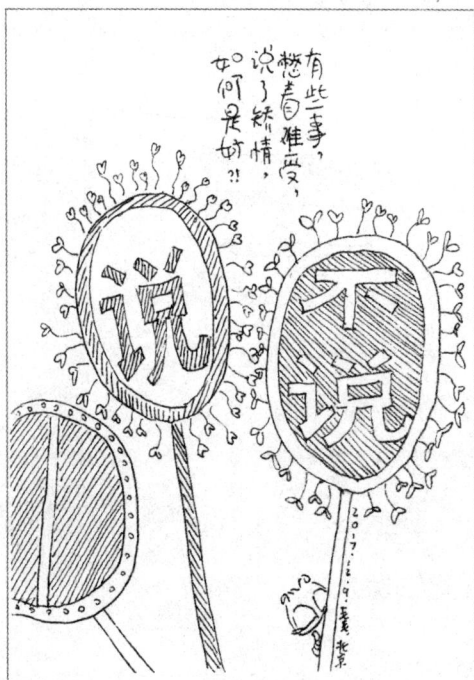

以后，当我们伟大的祖国一天天强大，那些曾给中国革命事业做出过贡献的地方，就被愈发重视。

古田会议旧址正在修缮中，我们便没能进入其中参观，只在门口宽敞地方聆听了讲解员千篇一律的讲解。当然，她是敬业的。虽然已经不知讲过了多少遍，但其实对于第一次来这里的人们来说，都是第一次，而且此生极有可能只会有这一次。

讲解员在整个讲解的过程中，始终面带微笑，声音抑扬顿挫。在有的地方，由于特殊的环境和特殊的历史事件，讲解员会在一番开场白之后，声调突然变得悲恸而深情，有时还会播放一段低沉的背景音乐，以烘托当时的气氛。搞得人心情立时就沉甸甸的，如同一块巨大的磐石压在胸口，沉闷，压抑，让人几乎喘不过气来。

之后，我们便只能在外面瞅一瞅，看一看。旁边的庄稼地里，农人们种的庄稼蓬勃旺盛，油菜的叶子长得大而饱满。这些墨绿的植物，一行

人忙，心不能忙。
在认清生活的真相之后，
仍然热爱生活。

行排列得整整齐齐，如同整装待发的士兵。

之前，我们参观了光荣亭，瞻仰了才溪乡调查旧址、才溪乡调查纪念馆。

之后，又瞻仰了古田镇毛主席纪念园，向毛主席敬献花篮；到松毛岭瞻仰了红军无名烈士墓，重走了一段红军路，参观了郭公寨前线指挥部；到中复村重走了红军街、红军桥，参观了长征出发地之一——观寿公祠；还心情复杂地参观了瞿秋白纪念馆、杨成武纪念馆、福建省苏维埃政府旧址（中央苏区的红色小上海——长汀），参观了"毛主席最牵挂的井"——老古井等。

多少年前，红军来了，又走了。

多少年后，每到一些特殊的日子，总是会有一些人蜂拥而至，到处走走看看停停拍拍。这样的情况见得多了，当地人早已不觉得稀罕，大人小孩该干吗还干吗。当我们走在村镇上那些鹅卵石铺就的小道，或是水泥柏油的大路，也或者是土石结构的田间小径，那些忙碌的人们并没有停下自己的脚步多看我们几眼。挑担的依旧一歇不歇地往前走，背东西的更不会扭头看这些外地人的举动，手牵孩子的也没有把关注的目光投向大声嚷嚷的我们。哪怕小小的孩童，尚且还不到上学年龄的稚童，三三两两在一起玩耍，也都沉浸在自己的世界里，没有好奇地注视我们。如果非要说有，或许只是漫不经心的一瞥，极其短暂的一瞬。对于熟视无睹的东西，谁还会在意呢！

松毛岭战役是惨烈的，也是极其悲壮的。

时隔多年后，当地进一步发掘革命故事的文化内涵，由长汀县委、县政府和福建省歌舞剧院联合出品，倾心打造的原创大型民族歌剧《松毛岭之恋》，已被列入"中国民族歌剧传统发展工程"。在我们抵达松毛岭之前，刚刚在长汀县客家大剧院首演。我从宾馆的一张《闽西日报》上看到消息，之后还将在北京、南京、福州等城市进行巡演。

《松毛岭之恋》以发生在长汀县南山镇的松毛岭战役为背景，讲述了女主人公赖阿妹与红军战士林阿根之间凄美动人的爱情故事。

1934年中秋前夕，红军林阿根奉命与战友们在松毛岭狙击国民党军队。临别前，赖阿妹前来为丈夫送行，并承诺会按照客家人的风俗，每年为阿根做一件衣服和一双鞋子，等着丈夫平安归来。阿根也向阿妹保证，等胜利后一定回来为她补办一场热热闹闹的婚礼。

转眼三十年过去了，痴情的阿妹等来的却是阿根的烈士证书。悲恸欲绝的阿妹最终在家对面59米处为阿根建了一个衣冠冢，把每年为阿根缝制的衣服和鞋子放进衣冠冢中，并与阿根进行婚礼和最后告别。歌剧不但讲述了阿根与阿妹的爱情故事，也呈现了红军长征前夕波澜壮阔的历史，展现了闽西苏区人民不屈不挠的奋斗历程。

宣传海报上写道：这是一部充满正能量的歌剧，是一部艺术精良的歌剧，是一部每个老百姓都能看得懂的歌剧。虽然我们一路行程紧张，并

不曾踏进当地剧院去观看，但我宁愿相信它一定如是。因为我们的社会需要这样的剧目，我们生活在当下的人们，也需要这样的剧目重新反省、思考现实中的一些人和事。

不忘初心，无论如何都不能只是停留在口头上。

阿九的世界

2017 年 12 月 9 日，周六，晴

一个人走的路多了，自然见的人也多，见解也更多。你会发现，有些诗人外形一看就很像诗人，比如头发和胡须的长度异于常人，着装非主流，且言谈举止都会表现出跟常人的不同，有那么一点特立独行。但有时也不能一概而论，也有一些诗人，虽不是如此外形，但其创作的诗作无论是数量、质量，还是作品题材的宽度、广度，都令常人无法比肩。

认识多年的彭世团就是这样一位诗人。彭世团笔名那山，幼时被唤作阿九。他有自己的本职工作，身兼数职，公务繁忙，在各种忙碌之后，才能进行文学的创作。许多时候他的那些诗作都是在汽车上、飞机上、饭桌旁，甚至候机或堵车时创作的，除了少部分敲打在电脑上以外，更多的则是在手机上写就。那些诗歌，有或长或短、洋洋洒洒、不拘一格的自由诗，也有三言五律七绝、对仗押韵的格律诗，最让人诧异的，也是阿九跟其他作家最为不同的，除了中文写作外，他还能熟练运用英文和越南文字进行诗歌创作。

每当看到阿九那些时而激情澎湃、时而忧心忡忡、时而客观冷静的文字，我都会自惭形秽，觉得自己还远远不够勤奋和努力。阿九的文章，或写景抒情，或阅人悟事，或评点世风民情，也有对某些社会事件的深刻思考，内容庞杂、丰富，包罗万象，不一而足。许多文字看似信手拈来，实则是阿九多年来游历世界各地沉淀和累积之果，是阿九丰富的人生阅历和深厚的文学素养长期凝聚淬火的精华呈现。

阿九心思缜密，细腻敏感，一弯新月、几朵闲云以及飘落的秋叶、呼啸的北风、滔滔的江水、汹涌的海浪……这些春华秋实、夏雨冬雪的自然景象皆会触动他创作的灵感，更不消说走过的沧桑岁月和游览的那些名胜古迹、博物馆、纪念馆等，都令他生发无限感慨。在全中国乃至世界各国的游历和行走中，一时一地，移步换景，他都心有所动，思索和感悟都涌入他的笔端，汇入他的诗文。

一页页翻阅品咂阿九的作品，你会觉得身临其境，仿佛阿九带着我们一起游历，去北国看大漠的苍茫和草原的辽阔，去海边看潮涨潮落，去山巅看云卷云舒，还有那些丰富多彩的文化活动，观看展览、参加各种研讨会，那些读过的书和遇见的人，那些新朋或者旧友，那些慈祥的长者或天真的孩童，那些幸福开心或无奈隐忧，那些肩负的责任或怜惜同情……皆在阿九的笔下跳跃，灵动、鲜活，富有生机，耐人寻味。

从某种意义上说，阿九的诗文既是诗与文，同时也是各地风光的另一种呈现，他的作品内容丰富，有对优秀书籍的介绍，有对展览言简意赅的述评，有对朋友们戏谑的调侃或敬重的仰望。读阿九的文字，仿佛沐浴着四季的阳光游走于世界各地，并一直走进那些陌生人的内心世界。你会真正理解了那句话：你用怎样的目光看世界，世界就是怎样的。

阿九在创作精短诗歌的同时，还创作了大量散文。他刚刚出版了诗集《时间线上的音符》，随之书写家乡的文字又结集成册——《那山的回响》。这本散文集是阿九对家乡风土人情和民风民俗的倾情诠释和深情书写。那些随着岁月流逝已经与现实世界渐行渐远的乡土气息，浓郁的民间传说、典故、习俗、民情、乡约等，全部在阿九的笔下重新活了起来。那些浸蘸着阿九深情和浓浓乡情的文字，朴素、真诚，略带一丝淡淡的忧伤。阅读时你可以感觉到阿九对往昔艰难生活的伤感，也有一丝略带甜意的追忆，以及面对现代文明的飞速发展对一些传统文化快速消逝的无奈。

如果你有时间，就四处走走看看吧，因为世界真的很美好。如果你没时间，那就看看阿九的书吧，让它带着你抵达梦想的家园。

洱海，妈妈及其他

2017 年 12 月 10 日，周日，晴，北京—大理

现在是凌晨五点钟，整座城市都还笼罩在一片黑黢黢的夜色中，只有星星点点的路灯、一串串的车灯和建筑物中亮起的零零星星的灯光，陪着我的寂寞。

其实在这里用"寂寞"二字，似乎也不是十分妥帖的。

我现在坐在首都国际机场 T3 航站楼的 37 号登机口，默默地等待一个小时后的登机。数小时后，我将在云南大理，见到我亲爱的爸爸妈妈，还有妹妹一家。

好几个月没见到他们了，很是想念。我平常不太爱打电话，总觉得电话虽然也很方便，可以听到亲人们的声音，甚至于通过手机也可以看到亲人们的模样，但还是不够真切。嘘寒问暖自然是真诚的，但隔着手机的那种真诚总会让人觉得欠缺一些什么。电话中如果妈妈说她感冒了，我只能急急地说：那你赶紧买点药吃。这药，是需要妈妈自己或者在她身边的亲人去买的，相距两地的我是无法代劳的，这就是我觉得电话无力和虚空的原因。

年初，妹妹跳槽到云南大理洱海边的一家五星级酒店去发展。数月后，才把爸爸妈妈和她的儿子小骆驼接了过去。妹妹去了没多久，就几次三番催促我去洱海边游玩。扬言，她管吃管住，酒店可是五星级的哪！五星级又怎样？哼。我也会偶尔心动，但却总是因这因那，一拖再拖……以后，以后，反正以后有的是时间。于是，时间就在这样一天天的拖延中慢

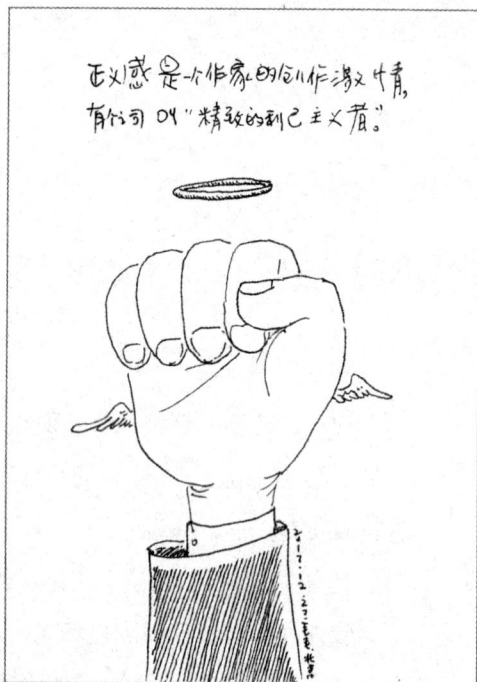

慢过去了。

妈妈和爸爸去了洱海后，每次电话或者视频，都对洱海极尽褒奖，我亦不为所动。实在是分身乏术，只能把游玩这种小事摆在毫不起眼的位置，才觉对得起自己。

就因为知道我们忙，妈妈和爸爸偶尔身体有恙，都故作轻描淡写地不告诉我们。知道了自然担心，担心了难免会影响到我们的工作，而这是他们不想看到的。这是不是就是传说中的，亲人之间善意的互相欺骗？我想，一定是！

写到这里，稍稍有些困，抬眼望去，发现候机楼四周宽大的玻璃外面，一会儿就从空中斜斜地下来一道光线。嗯！一架飞机顺利抵达机场了。一会儿，又是一架。外出的人们回家，或者出差、旅游的人们刚刚抵达，来来往往，出出进进，交流，交汇，社会才有进步的可能。否则，就是死水一潭。

作家一定要关注现实、现场。

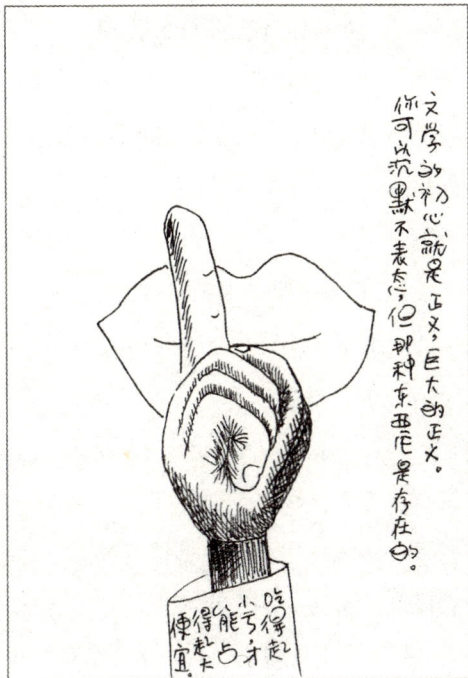

文学的初心就是正义，巨大的正义。你可以沉默不表态，但那种东西是存在的。

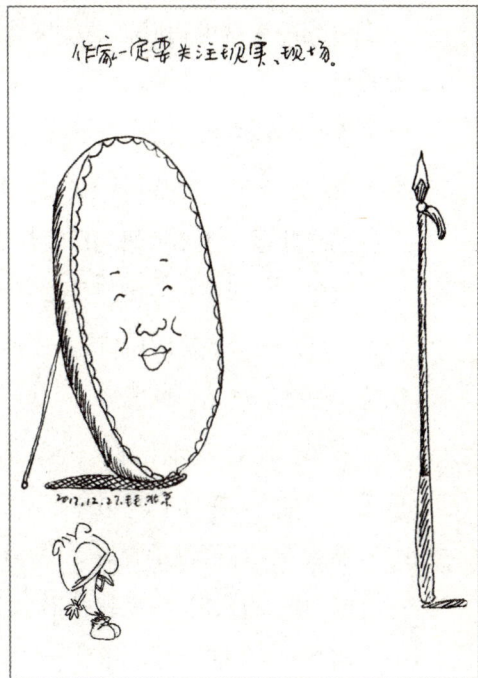

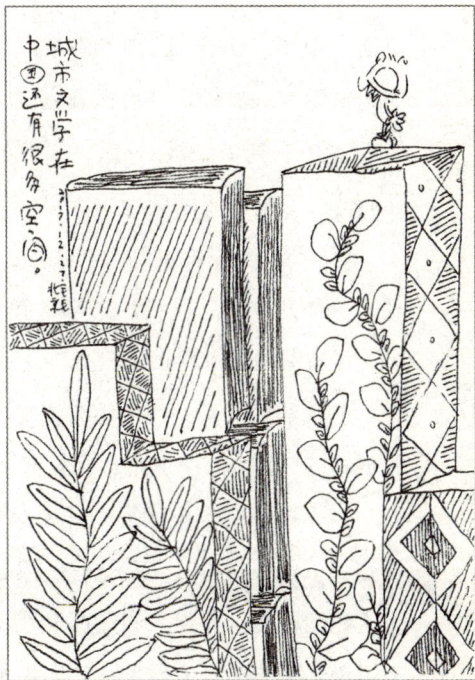

哈，小写得便宜能亏得起才起

2017.12.27 老潘 北京

写自己想写的，
写自己能写的，
写自己能写好的，
写自己应该写的。

2017.12.27 老潘 北京

城市文学在中国还有很多空间。

2017.12.27 老潘 北京

直到那天打电话时，妈妈突然冒出一句：要不你待会再打，我现在要雾化。

雾化？我有些狐疑，反问一句：你为什么要雾化？妈妈很快搪塞我：老毛病，一咳嗽就有些不舒服，医生让雾化。

问过妹妹，才知道妈妈已经住院，都好几天了。

立时就心里纠结，要不要去看看。想到当下的学业，以及各种忙碌，我给了自己一个很好的借口——妈妈没事的，上半年不是也这样折腾过一次嘛，最终不过是一场虚惊。

可是，干什么都不能安下心来。看书，看了好久，可眼前还是那几行字；写东西，思路总是胡乱跑，忽左忽右，莫名其妙。

然后，兄妹们商量着该让妈妈和爸爸下一步怎样生活，在哪里度过。

时间过得很快，一晃就是半小时。转眼间，又过去一个小时。

当哥哥在群里晒出他的机票信息时，我立刻就觉得自己一直在做的犹豫是不是确实有些多余。学习固然重要，可是去看看生病的妈妈，是不是更加重要。OK！瞬间就想通了。预订机票，开始请假，安排手头几件急迫的事，一件件排序后抓紧完成。

差不多到了午饭时分，一切准备都已完成。晚上临睡前，简单收拾了行李，又完成了两幅画。

还不到三点钟闹铃已经响了。刚刚洗漱过，网约车师傅已经打来电话，说他几分钟后就到。汪彤送我到学校门口，上车。大概二十分钟吧，就到了首都机场。

在凌晨黑黢黢的夜色中噼噼啪啪地敲字，抒发一些情绪。当然，室内是温暖的灯光。心下惦念：妈妈起来了没有？这会儿应该不太难受了吧。

三个多小时的空中飞行并不难熬。机舱外的夜空也一直是黑黢黢的。不知到了什么时候，突然就有些倦意，合上书，拉上连帽衫的帽子，很快进入睡眠状态。我想，假如那会儿没有一把舒服的可以向后靠的椅子，如果困极，我能不能睡得着。其实根本不用想，如果实在困极，哪怕马路牙子上，估计我也是可以倒头就昏沉沉睡去的。

唉！没追求的人哪。

大理机场的感觉跟拉萨贡嘎机场像极了。

天高，云淡，风轻。廊桥外的阳光直直地照耀下来，刺眼得根本无法往外看，幸好我对高原的环境还是有些经验，赶紧取出太阳镜戴上，才不至于使劲眯缝着眼睛到处瞅。

打开微信，发现哥哥在群里说让我到机场后等他。吃了一个随身带的水果，又打开电脑。落地玻璃窗外，是云贵高原朴实而又亲切的阳光，温暖而友好。

妹妹一再晒过的那些洱海边的照片，我也有过心动，却并没有多么强烈。只是对洱海边的太阳宫和月亮宫有些好奇，但也不能算有多么向往，因为除了现场感受外，从电视节目中看到的同样真切。最主要的是，我并不追星，哪怕对女神杨丽萍十分喜爱，亦如是。

昨天，不对，是前天。突然从班级群里看到扎西同学发的一条消息，号召大家去五楼一个房间。之前他们也不是没有搞过一些活动，夜谈文学，交流碰撞，但多是使劲晒图，疯狂晒图，让一众看客忍不住自行前往，主动掺和。这样大声吆喝让大家来的，似乎还不太多。

有些好奇，我私信他：今天的活动是什么主题？

谁知刚刚还有些调侃的腔调，在扎西回复后立刻就溃败一地。

扎西回道：点哥要回家，再也不来了，我们以后可能再也见不到他了。

这是什么话？从开学两个月时开始，就隐隐的有分别的气息袭来。一段时间后，又是一次。在距离终点还有整整一个月时，又有人中途退场，最主要的是扎西那句"我们以后可能再也见不到他了"，一下子就扎到了神经的痛处。我瞬间泪奔，立时就泣不成声，412室小小的房间里，立刻被我失声的痛哭声充斥着。

一会儿，心情稍微缓解了一些，整理凌乱的思绪，觉得我是不是有些夸张了。成年人啊，以后也未必真的就再也见不着了，哭什么！可是在

赶路的时候，要经常抬头看天。

动力
的驱动力
写作的驱动力
写作的驱动力
写作的驱动力
写作的驱动力
写作的驱动力
写作的驱动力
写作的驱动力
写作的驱动力

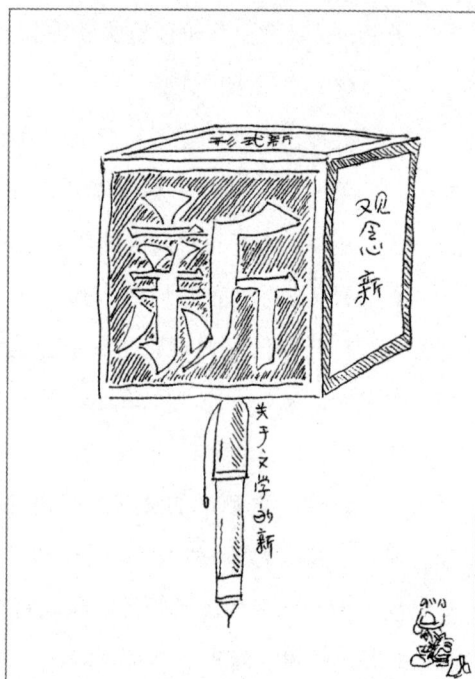

观念新

形式新

新

关于文学的新

文学金字塔，先出现塔尖。

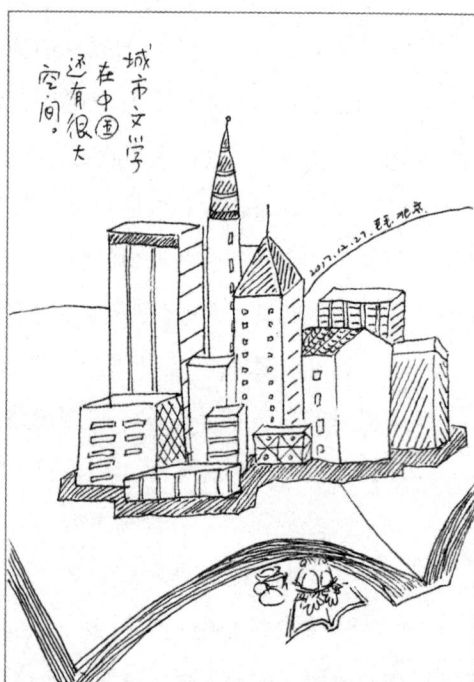

城市文学在中国还有很大空间。

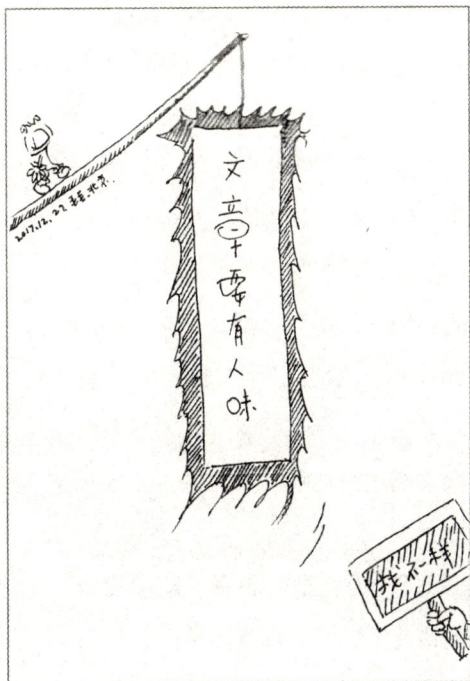

文章要有人味。

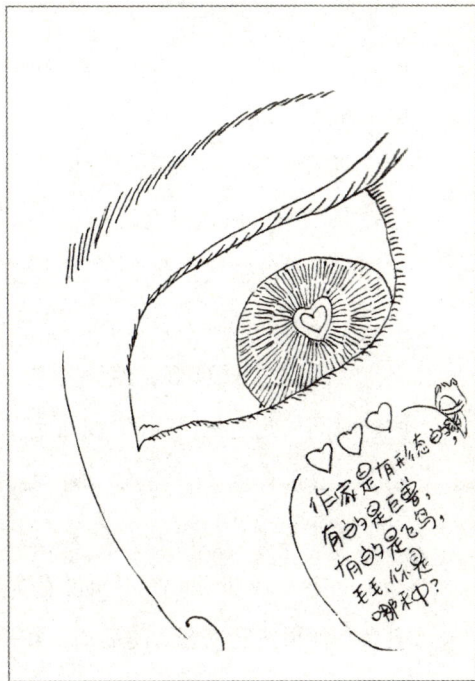

作家是有粮食的，有的是白面，有的是玉米，有的是飞鸟，至于你是哪种？

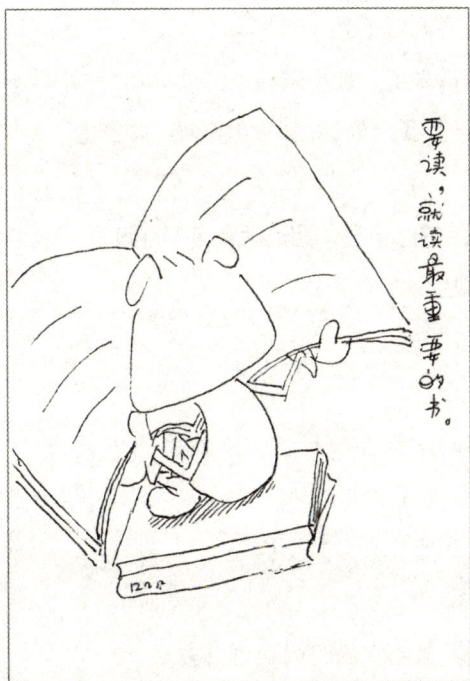

要读，就读最重要的书。

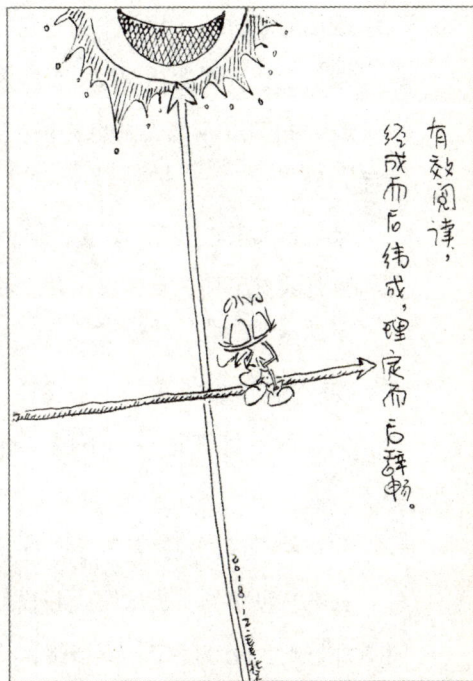

有效阅读，经成而后纬成，理定而后辞畅。

学校时，我们是天之骄子，尽享一切关心与呵护，回到各自的现实人生，为工作，为家庭，为孩子。正所谓，人在江湖，身不由己。也许真的就很难再相见了。

现实世界也容不得我持续悲伤，许多事等着一件件去完成，只得一边抹眼泪一边从相机上导图、处理图片。不时瞅一眼微信，发现也有同学跟我一样的情绪。几个关系相好的女生私信，悄悄抹眼泪的不止我一个人，平常看似平静的表象下，是一颗颗脆弱敏感的小心灵。

图片很快处理好，我突然想，该给老点同学送个什么临别的礼物呢？时间如此之紧。翻了一下抽屉，又环顾了一下凌乱的房间，发现东西不少但真正有意义的寥寥。嗯！要么画幅漫画送给他吧。

说画就画，很快坐在了桌子前。

一会儿就画好了，不能说有多好但总是一份特别的心意，微信发给老点。他很快发来感谢的话语，在那样的情绪下，文字丝毫不凌乱，也真是难为他了。

眼泪时断时续，我并不去管它。随它流好了。

微信上，有同学私信我：许多同学都来了，你不来吗？

我，我知道应该去，也必须去。可是我已经哭得一塌糊涂，去了也太丢人了。

来吧，大家心里都不好受，但是眼泪都忍着呢，谁也没有当面流眼泪。

可是我忍不住，真的忍不住，我害怕我去了丢人。

……

"咚咚咚"，谁在敲门？是成。

你真的不打算过去一下吗？许多同学都在那里，也有的去一下就走了。

我真的不行，眼睛都肿了，还一直在哭。太丢人了！

去吧！没事的。成试图说服我。

那好吧！让我稳定一下情绪，待会儿人不多的时候我再上去。

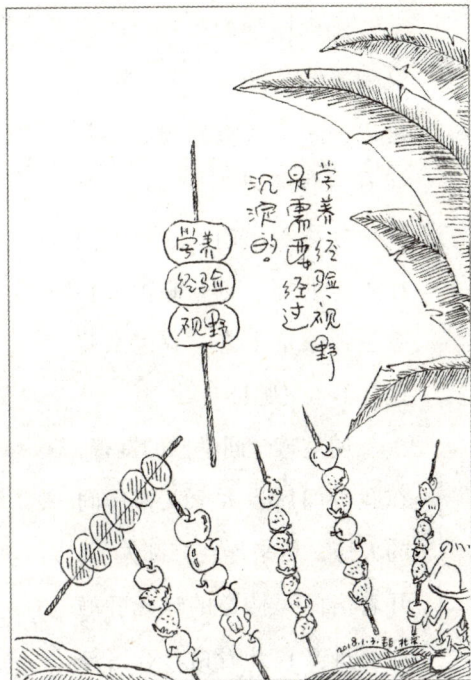

学养、经验、视野
是需要经过
沉淀的。

学养
经验
视野

写自己语言特质的，本民族语言特质的。

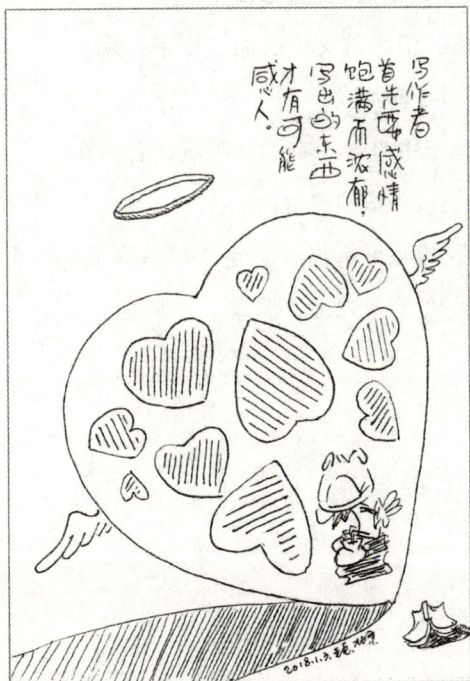

写作者
首先要感情
饱满而浓郁，
写出的东西
才有可能
感人。

自己心中首先
要有，然后，
才能形成笔墨。

研讨

是夜不打麻药的手术。

手术

2018.11.3 魏.北京

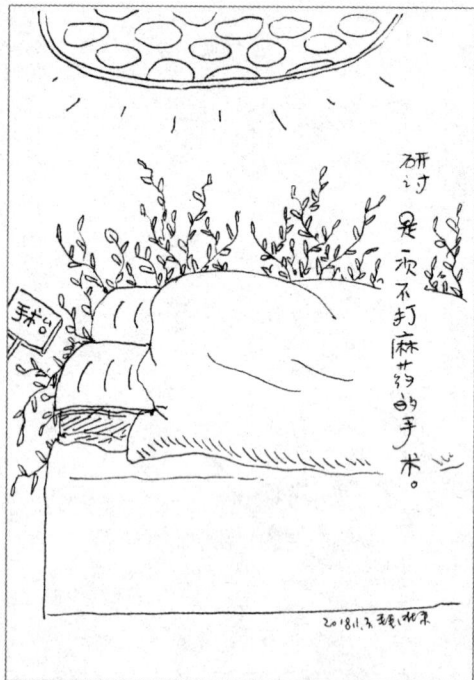

感念同学们的良善。成又一次催促我说，人不多了，可以去了。我突然想起不是还有一些泾渭茯茶吗？立刻找出来拎着出门。在关上门往外走的那一刻，眼泪又扑簌簌地滚落下来。我怎么就这么不争气呢！

还是感念同学们的良善，在我进门后，大家关掉房间的大灯，后来连台灯都关了。开着房门，楼道的灯光静静地照进来；开着窗户，窗外的月光也默默地照进来。

我把东西送给老点，才在床边坐下，泪水就又一次涌了出来，瞬间泪流满面。一旁的女生赶紧抽出一些面巾纸递给我。

不到一个小时吧，我们就那样在黑暗中坐着，有的在唱歌，有的在喝酒，有的只是那样默默地坐着，有一搭没一搭地说着话。

有些时候，语言真是多余。如果我的心里有你，一句话都不用说，你我非常清楚明了。如果我的心里毫无你的立足之地，那么，多少花言巧语都不过是空幻和虚无。

爱吧！在你还有爱的能力的时候。

相信自己，
相信自己的
感觉。
从不人云亦云。

晨曦中，一个妹子的黄粱梦。

若奇迹能够发生
我要立刻与你
相见。

2018.11.5日
《秒速五厘米》

眼界是自己慢慢撑开来。

2017.12.29.于北京

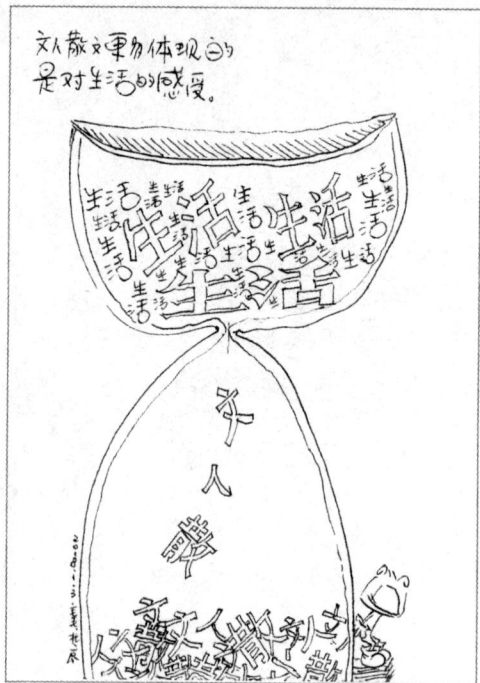

有一份可遇不可求的爱叫深情

2018年1月8日，周一，晴

昨天上午，鲁三三结业典礼如期举行。

结业典礼完毕，宿舍就陆续人去屋空。一间，又一间。保洁人员换下床单、被罩、枕套，拿用消毒液泡过的抹布仔仔细细地擦拭书桌、方桌、床头柜、矮柜、窗台、洗漱台，用清水拖干净地面，彻底抹去他或她四个月来在房间里所有的痕迹，恢复到原来的模样。

铁打的鲁院，流水的学生。离开，不哭！

如果有缘，相信你我还会在生命的某个阶段重逢。

额！看电影，看电影啦——

从见到她的第一眼起，他就开始喜欢她。

我以为，那并不能算作是一见钟情，充其量只是他对她产生了一些好感。而且当时只是他看见她，她并没有看见他。说明冥冥之中，两个人将会有一段缘分，可能会有一些故事发生。

经过时间的沉淀和打磨，他对她那份轻轻浅浅的喜欢，慢慢变成了爱。但他并没有向自己爱的人主动表白，或是深情告白鸿雁传情托人带个信什么的。当然，短信邮箱博客微博微信QQ留言都几无可能。仅仅只是远远地注视着她，关注着她。

一开始，她并不知晓在异国乡野里写生画雏菊的自己，已经被人喜欢上。25岁的韩国文艺女青年惠瑛，长发飘逸，阳光美丽，竟然恋爱史一片空白。

一天，当她像往常一样小心翼翼地走过那座独木桥时，不慎失足滑落，"扑通"一声掉进桥下的河水中。画板画架画笔等工具跟着她一起掉进湍急的河流，可怜的文艺女孩儿一番挣扎，眼睁睁地看着工具包随水漂走却无能为力，只得捞起其他物品闷闷离去。

这一幕恰好被隐居此地的他看在眼里，他立刻在第一时间一路狂奔而来。看到水中漂移的工具包，他毫不犹豫地跳进河里替她捞了上来。此时，她已浑身湿淋淋地推着自行车离开。

之后，他为她造了一座木桥。那是一座手工打造绝无仅有的，非常特别又独特的桥，锯、砍、刨、铺、钉……全都亲力亲为。钉好最后一个钉子，他还用脚踹了踹，试试桥是否结实。

他并不需要她的感谢，甚至在她经过时低头侧脸以手遮面。可当她大声朝四野里喊着"谢谢你"时，他的嘴角微微上扬，洋溢着幸福的味道。爱一个人，就是希望对方好。有没有回馈，重要，也不重要。

有一句超级狗血的话说：所谓暗恋，就是既害怕对方知道，又害怕对方不知道。有没有很悲催的感觉？

他为她做的，远不止这些。在想她的时候，去她爷爷的古董店门口悄悄放一盆盛开的雏菊，在一声情意浓浓的"flowers"之后就赶紧躲开。听到喊声，她会走出店门，端起花盆，茫然四顾。他则远远地看她一眼，只一眼，就已经很满足了。

她也知道暗中有个喜欢自己的人存在，为自己修桥，送雏菊。被人爱着，当然幸福得一塌糊涂，尤其情窦初开的文艺女孩儿，更是有事没事就浮想联翩。想当然地认为那个未曾谋面的他，就是自己的初恋。

后来，他在她经常画像的广场边租了房子，只为可以经常看见她，守护她。开始学习欣赏她的画作，开始阅读世界名画，了解世界名画家，甚至开始认真自学素描和油画，希望将来有机会跟她说话时，能有共同话题。

他可爱得简直像个孩子！

终于鼓起勇气走近她时，他满眼含笑，眼睛一刻也不离开她。哪怕她示意画他的侧脸，他仍然偷偷去看她，一眼，又一眼，全是深深的爱意。她下午离开时，他常常专门开车送她回家，就连开车时都还不住地拿眼看她。邀请她参观自己建在水上的家。浮萍一样，不知这是不是有某种隐喻。他替她推门、播放音乐、开窗户、倒饮料，跟她谈论莫奈和德加，请她看自己种在屋顶的雏菊……只要她在他的视线范围以内，他的眼睛一刻也不愿离开她，怎么看都不够。

及至给她做饭，双手为她捧上温度刚刚好的热茶。默默地陪着她忧伤，静静地看着她痛苦，他的心里，何尝不是如刀绞一般。

为了能跟意外失声的她正常交流，他悄悄学会了唇语，并满怀欣喜地展示给她看。那一刻的电视上，一个人对另一个人说"你是我的唯一"。而那一刻，是他们两人最美好的瞬间。他专注又专情，由于真的读懂了她的唇语而欣喜不已，阳光从窗外暖暖地照进来，笑得好开心；她由于他能读懂自己而嘴角露出浅浅的笑意，多日来的苦痛也仿佛减轻了许多，眼神亦是柔情的。

如果影片在那一刻就结束，该多好啊！

不要说他们的爱情没有结果，其实每一个瞬间，都可以是结果。

请不要误以为他真就是个多么胆怯懦弱的男子，深爱着一个女子，竟然连跟她表白的勇气都没有，实在是因为他的职业。他是一名叫朴义的职业杀手。

哪一行都有规则。要生存，就必须遵守，别无他法。

正如他的名字叫"义"一样，他也是个讲义气的人。当一名叫正佑的国际刑警突然出现在她身边时，他心碎，他忧伤，他失落，他痛苦。不管暴雨如注的漆黑夜晚，还是广场上警匪枪战的混乱时刻，或是随便什么时候，只要扣动枪上的扳机，朴义完全可以轻松干掉对方，继续拥有惠瑛。起码从精神层面来说，惠瑛是完全属于他的。可是，他没有这样做。

朴义认为正佑是好人，自己是坏人。正佑可以给惠瑛的，自己却不能够。于是，为了她，他默默地退出。虽然仍会远远地看着她，但自从惠瑛和正佑开始交往后，朴义便不再送雏菊给她。

雏菊，象征着埋藏在心底的爱。

也是惠瑛疏忽。朴义送的雏菊，每一盆都枝繁叶茂密密实实，那是他亲手所为，那是爱的象征和表达。花儿开得刚刚好，花盆也超有感觉。而正佑初见她时手上拎着的那盆雏菊，明显是卖家随便栽的商品，稀稀拉拉的并不带有任何情感。而他郑重其事送给她的，却是一束黄色的玫瑰，只有包装，没有花盆，更不沾土。

当惠瑛向正佑讲述那座桥和那些雏菊的故事时，正佑不能承认自己就是那个人，却也不愿意否认。他的沉默和种种巧合，使她误以为他就是那个人，且深信不疑。而他爱她，这是没有办法的事。

当惠瑛向朴义讲述那座桥和那些雏菊的故事时，朴义也没有承认自己就是那个人，却也没有机会让他否认。那时，她的心里已经填满见不到正佑的悲伤，没法再去爱任何人。朴义深爱着她，为了她，宁愿选择沉默。表现在外的，则是羞涩腼腆，含蓄隐忍。一张张翻看着她写在卡片上的文字时，不知他内心究竟有多么受伤，有多么心碎，有多么痛苦。

天下最痛苦的事，莫过于我就站在你面前，而你却不知道我爱你。

惠瑛当然知道朴义是爱自己的，但她却不知该怎样接受。为了减轻自己的愧疚感，只能一幅又一幅地给他画像。那些画，自然多是她凭记忆画出来的。只是画中面容清俊的朴义，不管从哪个角度看，眼神大都是忧郁的，忧伤的。当然，也可以解读为深情和深邃。我敢说，惠瑛给朴义画的像，远比给正佑画的多很多。但那又怎样？谁让正佑是第一个走进惠瑛情感现实里的人呢。

伤愈归来的正佑心生愧疚，主动上门告诉惠瑛真相，坦陈自己的心迹。但那时的她已经不在乎他到底是不是那个人，唯有一腔淤积已久的情愫无法用言语表述，只能一边抽泣一边无力地拍打着门。一声，又一声。门里的朴义，铁骨铮铮理性冷静的硬汉，也忍不住掩面哭泣。

令人感动的还有，当朴义和正佑终于正面相对时，两个人并没有想着很快弄死对方，独得惠瑛的爱。都颇为君子地觉得，对方更应该跟她在一起。不是说爱情是自私的嘛？缘何惠瑛遇到的两个男人都这么不食人间烟火呢。他们还约定，将来无论谁最后得到惠瑛，另一个人一定要成为她的朋友。无论朴义的真情付出默默守候，还是正佑的豁达通透披肝沥胆，都无不令人心生钦佩和崇敬之情。

在最后那场激烈的枪战之前，朴义不忍再让惠瑛伤心痛苦，毅然决然地选择放弃任务，出现在已经真相大白的惠瑛面前。向她言明自己的顾虑、担忧、无奈，并表达深深的歉意。两个真心相爱的人儿，泪眼相望，肝肠寸断。

但是，但是一切都已经太迟了，到了根本无法挽回的地步。

这部虐心的电影叫《雏菊》，女主是韩星全智贤，搭配两个画风略有差异的韩国帅哥，我可以更喜欢郑雨盛吗？嘻嘻。影片中的主要人物一开始就身处同一屋檐下避雨，他们和她，都没带伞。一心只等雨停的惠瑛根本不曾想到，近在咫尺的他和他，将会和自己有一段扯不断理还乱的生命交汇。不是她不明白，任何当事人都很难在事情尚未开始时就能猜得到结果。因而才会有阴差阳错，才会有悔不当初，才会有前世冤家。

蹲在地上的朴义，面前就放着一盆雏菊。在他抬头去看惠瑛时，视线无意间跟正佑的相遇，两人还点头微微致意。只是镜头切换得太快，看两三遍根本发现不了导演暗藏的伏笔。

整部影片贯穿始终的，都是那一大片美丽怒放的雏菊，和一盆又一盆传递含蓄爱情的雏菊。留下深刻印象的，除了安静素朴的田园牧歌，就是朴义那双深情款款爱意浓浓却又无可奈何的眸子。其实，他眼睛里的内容，远不止这些。每看一遍，都会有不同的感受。

顺便给影片中一段又一段恰到好处的电影配乐点个大大的赞，俄国作曲家柴可夫斯基的钢琴曲《六月船歌》，极好地起到了画龙点睛的作用，还有那首每次听都会瞬间泪奔的主题曲。这些为电影的成功起到了不可多得的作用。

在另一个爱情故事的结尾，智银圣对韩千穗说"真爱是不需要语言的"。把这句话送给朴义和惠瑛，送给两个共同走过美好光阴，但却当时只道是寻常的悲情角色。